2025 겨울 | 통권 제 88호

계간 미스터리

2025 겨울호

2025년 12월 15일 발행 통권 제88호

발행인 이영은

편집장 한이

편집위원 김재희, 박광규, 송시우, 조동신, 홍선주,
　　　　　홍성호, 황세연

교정 오효순

홍보마케팅 김소망

디자인 조효빈

제작 제이오

인쇄 민언프린텍

발행처 나비클럽

등록번호 마포, 바00185

등록일자 2015년 10월 7일

출판등록 2017. 7. 4. 제25100-2017-0000054호

주소 (04031) 서울 마포구 동교로22길 49, 2층

전화 070-7722-3751 팩스 02-6008-3745

메일 nabiclub@nabiclub.net

홈페이지 www.nabiclub.net

페이스북 @nabiclub

인스타그램 @nabiclub

ISSN 1599-5216

ISBN 979-11-94127-29-1 (03810)

2025 겨울호를 펴내며

며칠 전에 한 출판사가 AI를 이용해 한 해 동안 9천 권의 책을 출간한 일이 화제가 되었습니다. 대형 출판사의 한 해 출간 수가 200권 정도인 걸 감안하면 정말 엄청난 숫자입니다. OTT 기업인 넷플릭스가 할리우드의 대표적인 영화 제작·배급사이자 스튜디오인 워너브라더스 디스커버리를 약 106조 원에 인수하기로 했다는 소식도 들립니다. 벌써 극장 업계가 더 위축될 것이라며 반발하는 목소리가 커지고 있습니다. 올해 가장 인상적으로 본 카드 뉴스 문구는 "세계는 아사리판이 되었다. 어쩌다 이 지경에 이르렀을까?"입니다. 콘텐츠를 둘러싼 환경만이 아니라, 전 세계가 대혼란에 빠져들었습니다. 그럼에도 우리가 할 수 있는 일은 아사리판 속에서도 《계간 미스터리》를 내놓는 일이라 믿으며 겨울호를 선보입니다. 이번 호 특집은 올해 미스터리 장르 전반을 돌아보는 기획입니다. 첫 번째는 〈미스터리 장르 전문 출판사가 본 2025년과 2026년 전망〉으로, 래빗홀, 북스피어, 블루홀6, 자음과모음, 황금가지, 나비클럽 출판사가 2025년을 정리하고 내년을 전망했습니다. 두 번째는 〈베스트셀러 순위로 살펴보는 2025년 미국 추리문학계 흐름〉으로, 《뉴욕 타임스》가 매주 집계해 발표하는 순위를 통해 올해 어떤 경향의 작품들이 인기를 끌었는지 살펴보았습니다. 신인상은 본심에 오른 여섯 편의 작품 가운데 김현철의 〈미스 아가페〉를 뽑았습니다. 요양원이라는 한정된 공간과 누구나 마스크를 써야만 하는 코로나 대유행 상황을 활용한 트릭이 수준급이었고, 단순히 사건의 해결에만 급급한 게 아니라 주인공의 개인사가 얽히면서 자연스럽게 주제가 드러나도록 한 점이 높은 평가를 받았습니다. 영상 전공자답게 긴 분량을 한 호흡에 읽게 하는 스토리텔링이 앞으로의 가능성에 기대를 걸게 합니다. 단편은 홍선주와 김범석의 작품을 실었습니다. 홍선주의 〈로키의 후예와의 대화〉는 하버드와 UCLA에서 뇌과학과 심리학을 전공하고 현재는 심리상담소를 운영한다고 자칭하는 간현주라는 인물의 독백으로 이루어지는데, 홀린 듯 읽다 보면 유쾌한 결말에 도달하는 작품입니다. 김범석의 〈순간이동 장치는 어쩌면 살인 장치일지도 모른다〉는 일종의 특수설정 미스터리입니다. 순간이동 장치와 관련한 몇 가지 규칙 속에서 엄정한 논리에 근거한 추리 쇼가 펼쳐집니다. 사실 이 작품은 2024년 여름에 투고된 작품인데, 올 가을호에 실린 홍정기의 〈인공지능의 살의〉와 비슷한 아이디어가 나와 깜짝 놀랐습니다(확인 결과 두 작가 모두 공유한 바가 없는 아이디어였습니다).

꾸준히 연재를 이어오고 있는 박인성의 〈마스터플롯으로 읽는 장르문학〉의 네 번째 주제는 〈명예와 존엄이라는 이야기 시스템〉입니다. 중세 기사도 문학에서 시작해서 현대의 서부극과 무협, 영화와 웹소설에 나타난 자부심과 수치심이라는 시스템이 어떻게 사회 구조를 반영하는지 설명하고 있습니다. 벌써 세 번째가 된 무경의 〈작품 톺아보기〉는 우리가 흔히 사용하는 '추미스'라는 단어에 미스터리 장르의 경계가 어떻게 혼선되고 있는지 논의합니다. 쥬한량은 르네 나이트의 《디스클레이머》를 원작으로 하는 동명의 드라마를 분석하고, 박소해는 김홍모의 만화 《빗창》을 역사 미스터리라는 관점에서 풀어냈습니다. 김소망은 최근 《죽음을 인터뷰하다》를 출간한 박산호 소설가 겸 번역가를 만나, 죽음 주변에서 일하는 직업군을 인터뷰한 소회를 들었습니다.

무엇보다 이번 호를 풍성하게 하는 것은, 초단편 공모전 수상작 세 편과 제1회 나비클럽배 미스터리 백야장 수상작들입니다. 특히 미스터리 백야장은 10월 30일 전국 14곳 서점에 모인 70명이 넘는 독자가 '내 인생의 가장 미스터리한 일'이라는 주제를 가지고 한 땀 한 땀 손으로 쓴 작품들을 모아 심사했습니다. 대상(100만 원)과 우수상(50만 원) 상금은 해당 서점에 지급되고, 당선자의 도서 구입비로 사용됩니다. 두 공모전 모두 수준 높은 작품들이 응모되어 편집하는 내내 즐거웠습니다.

글을 쓰는 것, 특히 소설을 쓰는 것은 끊임없는 연습과 반복의 과정입니다. 헤밍웨이가 말했듯, "글쓰기는 언제나 다시 쓰기"입니다. 챗GPT로 뚝딱 지어낼 수 있을지는 몰라도, 진짜와 가짜는 엄연히 다릅니다. 타협하지 않는 작가와 출판사만이 지금의 아사리판을 뚫고 나갈 수 있으리라는 믿음으로, 2026년을 기대합니다.

– 한이·계간 미스터리 편집장

2025 겨울호를 펴내며 004

특집
1. 미스터리 장르 전문 출판사가 본 2025년과 2026년 전망 ✦ 편집부 008
2. 베스트셀러 순위로 살펴보는 2025년 미국 추리 문학계 흐름
 ✦ 박광규 018

신인상
수상작_미스 아가페 ✦ 김현철 034
수상자 인터뷰 071
심사평 073

단편소설
로키의 후예와의 대화 ✦ 홍선주 080
순간이동 장치는 어쩌면 살인 장치일지도 모른다 ✦ 김범석 098

연재
마스터플롯으로 읽는 장르문학 :
④ 명예와 존엄이라는 이야기 시스템 ✦ 박인성 160

초단편 공모전
대상_일곱 개의 인형으로 청소하는 법 ✦ 박언령 184
우수상_AI가 알고 있는 것 ✦ 길정현, 드라이브 스루 ✦ 김은애 190

작품 톺아보기
선명과 모호를 둘러싼 투쟁
- 《살인자의 기억법》과 《타오》로 살피는 '추미스'의 경계 ✦ 무경 202

미스터리 백야장 – "내 인생의 가장 미스터리한 일"
수상작 ✦김상화　　　　　　　　　　　　　　　220
우수작 ✦이정오, 박소영　　　　　　　　　　　224

인터뷰
스릴러를 사랑하는 번역가, 죽음을 묻다
《죽음을 인터뷰하다》 저자 박산호 ✦ 김소망　　242

미스터리 영상 리뷰
한 권의 책이 파국을 연다 – 알폰소 쿠아론 감독의 드라마
〈디스클레이머 Disclaimer〉✦ 쥬한량　　　　250

말풍선 – 미스터리 만화 웹툰 리뷰
역사라는 이름의 미스터리 – 미스터리적 관점에서
김홍모의 《빗창》을 들여다보다 ✦ 박소해　　　258

사건의 재구성
목소리 살인✦황세연　　　　　　　　　　　　266

신간 리뷰
《계간 미스터리》 편집위원들의 한줄평　　　　278

2025 가을호 독자 리뷰　　　　　　　　　　　284

미스터리 장르 전문 출판사가 본 2025년과 2026년 전망

✦ 《계간 미스터리》 편집부

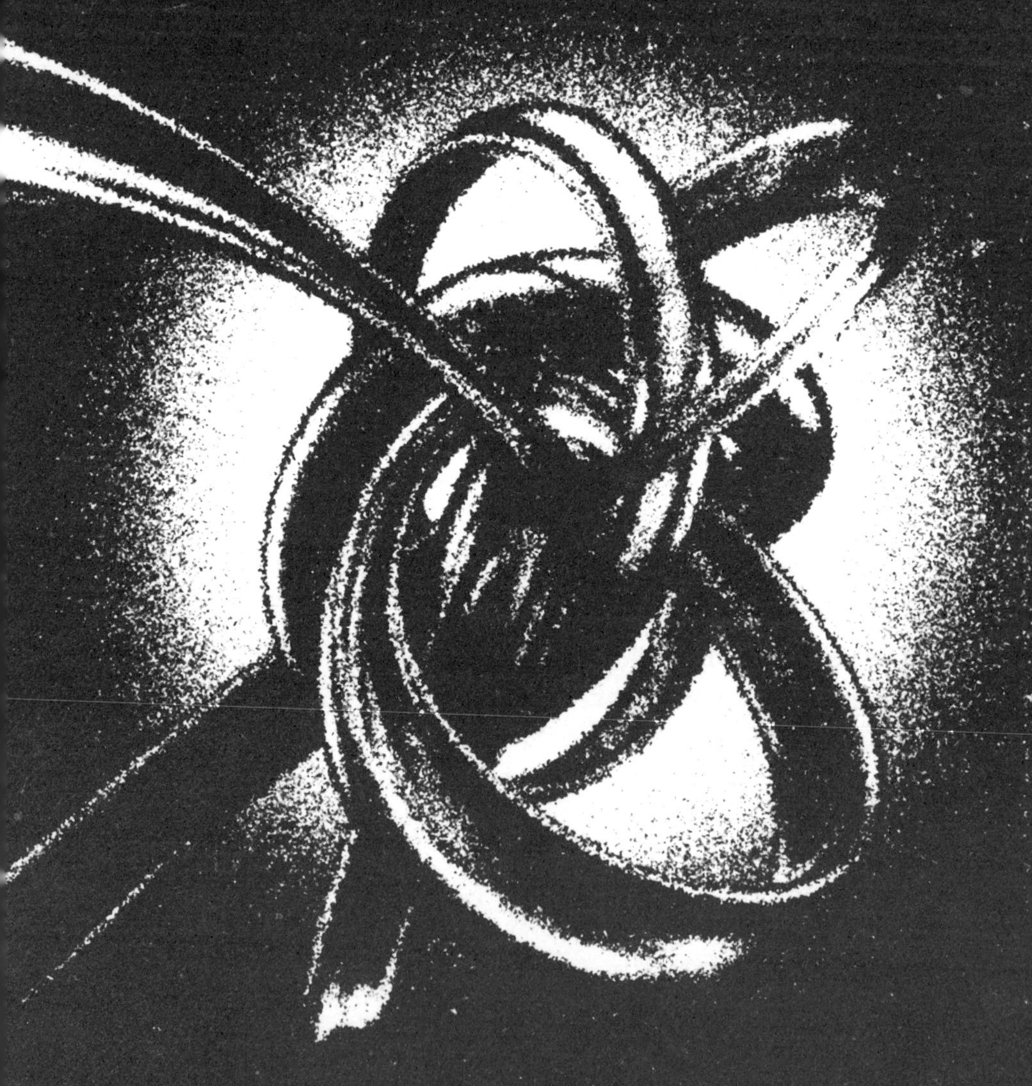

겨울호를 맞아 작년과 마찬가지로 국내외 미스터리 작품을 출간한 출판사들을 대상으로 간단한 설문을 진행했다. 이번 설문을 진행하면서 느낀 압도적인 감정은 '고단함'이었다. 단순히 피곤하고 지친 게 아니라, 피로가 누적되어 심리적으로 위축된 느낌이었다. 설문에 성실히 응해준 출판사에도, 각자의 사정으로 고사한 출판사에도 깊은 감사를 드리며, 2026년에는 미스터리 장르가 전반적인 활기를 찾기를 바란다.

질문

1. 2025년 최고의 작가와 작품

2. 2025년 새롭게 떠오르는 작가와 작품

3. 2025년 아쉬웠던 작품

4. 2026년 출간 예정작과 기대작

5. 2025년 회고와 2026년 전망

■ 래빗홀

1. 2025년 최고의 작가와 작품

현찬양의 장편소설 《식탐정 허균》은 '궁궐 기담'으로 독자들에게 강렬한 인상을 남긴 작가의 신작 장편소설입니다. 명석하지만 식탐이 많아 예상치 못한 사건들에 휘말리는 허당 캐릭터 허균의 매력을 재발견하는 재미가 있습니다. 재영, 작은년과 합심해 살인사건의 진실에 다가가는 여정이 유쾌하게 펼쳐집니다. 당대 음식과 사회상을 세밀하게 담아내면서 정교한 플롯으로 자연스럽게 사건 현장으로 우리를 데려다 놓습니다. 내년에 출간되는 2권에는 새로운 사건과 인물들로 더욱 풍성하고 흥미진진한 이야기가 담깁니다.

2. 2025년 새롭게 떠오르는 작가와 작품

이소영의 장편소설 《통역사》를 꼽고 싶습니다. 첫 장편소설 《알래스카 한의원》

때부터 호러 요소들과 결합해 담백하고 유머러스하게 미스터리 서사를 견인해가는 작가의 능란함에 감탄했는데, 이번 작품에서 한 단계 진일보를 증명했다고 믿습니다. 한국의 이주민 문제와 원전 폐기물 이슈 등을 깊이 있게 다루면서도 몰입감 넘치고 가슴이 먹먹해지는 재미있는 이야기를 선보입니다. 올가을 누구에게나 자신 있게 추천하고 싶은 작품입니다.

3. 2025년 아쉬웠던 작품

2025년은 아니지만 지난해 말에 출간된 단요 작가의 《피와 기름》은 "정밀하게 설계된 미스터리 스릴러"이면서 "결국엔 단요 그 자신의 계보로만 설명될 수 있는 소설"(《한국일보》 한소범 기자)이라 할 수 있는 수작입니다. 다만 신학과 윤리학을 경유하는 다소 깊고 사변적인 소설이다 보니 그동안 단요 작가를 사랑해온 독자들도 접근이 쉽지 않았던 듯합니다. 한 번 펴기는 어려울지 몰라도 눈 깜짝할 새 완독하게 되는 이 소설을 다시 한번 알리고 싶었습니다.

4. 2026년 출간 예정작과 기대작

래빗홀의 밝아오는 새해는 무경 작가의 신작으로 시작합니다. 1939년 경성의 한 아파트에서 일어난 살인사건을 담고 있습니다. 이어 1930년대 여성 기자가 범죄 사건들을 파헤치면서 진짜 기자로 인정받는 과정을 담은 김이삭 작가의 신작도 출간됩니다. 《성은이 냥극하옵니다》로 웰메이드 퓨전 사극을 선보였던 백승화 작가와, 《가장 나쁜 일》에서 놀라운 밀도와 충격적 반전의 이야기를 선사한 김보현 작가의 신작도 독자들을 찾아갈 예정입니다.

5. 2025년 회고와 2026년 전망

2025년의 한국 미스터리 작품들은 신작과 신인이 새롭게 발견되고 떠오르기에 여러 난관이 있었다는 생각이 듭니다. 해외에서 K-호러, 스릴러, 미스터리의 수요가 떠오름과 동시에 다양한 미디어에서 잘 짜인 이야기를 찾는 시기인 만큼 더 많은 독자를 만날 내년을 기대해봅니다. 올해보다 더 많은 미스터리 소설이 준비되어 있는 2026년의 래빗홀은 읽는 이의 호기심을 자극하고 오싹하게 빠져드는 이야기들로 여러분의 밤을 환하게 밝혀보고자 합니다.

■ 북스피어

1. 2025년 최고의 작가와 작품
세스지,《긴키 지방의 어느 장소에 대하여》

2. 2025년 새롭게 떠오르는 작가와 작품
R. F. 쿠앙,《바벨》

3. 2025년 아쉬웠던 작품
찬호께이,《고독한 용의자》

4. 2026년 출간 예정작과 기대작
하야시 마리코,《소설 8050》

5. 2025년 회고와 2026년 전망
지난 계엄(2024년 12월 3일) 이후로 상반기에는 북스피어도 고전했습니다. 지금껏 처음 겪는 일이었는데 판매가 요지부동이더군요. 오프라인은 물론 온라인의 모든 이슈가 계엄으로 뒤덮이는 바람에 SNS에서 하는 책 홍보 따위는 아무런 소구력이 없는 듯했습니다. '매출이 반 토막'이라는 상황을 실감했습니다. 그래도 하반기에는 어느 정도 회복해 한숨 돌렸습니다. 2026년에는 더 나아지겠죠. 북스피어도 몇 가지 야심작을 준비 중입니다. 아직 계약이 진행되는 중이어서 타이틀을 밝힐 수는 없지만요.

■ 블루홀6(블루홀식스)

1. 2025년 최고의 작가와 작품

가지 다쓰오, 《용신 연못의 작은 시체》

이 멋진 클래식함이란!

2. 2025년 새롭게 떠오르는 작가와 작품

미키 아키코, 《패자의 고백》

국내에는 《기만의 살의》, 《귀축의 집》에 이어 《패자의 고백》이 세 번째 작품이다. 1947년 생, 떠오르는 신예 작가 멋지지 않은가?

3. 2025년 아쉬웠던 작품

구라치 준, 《시체로 놀지 마 어른들아》

강렬한 좀비 표지가 호불호를 탄 것 같다. 그럼에도 구라치 준의 특유의 유머러스한 재미는 살아 있다.

4. 2026년 출간 예정작과 기대작

출간 예정작으로는 미나미 아소부의 《영겁관 초연속 살인사건》, 가미시로 교스케의 《내가 대답하는 너의 수수께끼 - 그 어깨를 안을 각오》, 유키 하루오의 《살로메의 단두대》, 사카키바야시 메이의 《독 화형법정》이 있으며, 기대작으로는 오승호의 《Q》, 야마구치 미오의 《금기의 아이》, 이토 신고의 《0시의 평의실》 등이 떠떠오른다.

5. 2025년 회고와 2026년 전망

2025년에도 새로운 재미를 찾기 위해 다양한 작품들을 시도해보았다. 가장 기억에 남는 작품은 잠시 잊고 있던 초심으로 돌아가게 만든 클래식 미스터리 가지 다쓰오의 《용신 연못의 작은 시체》다. 특수설정 미스터리가 난무하는 요즘의 유행과는 거리가 먼 고전이지만, 오랜만에 미스터리 마니아로서 푹 빠져 읽었다. 물론 블루홀식스는 2026년에도 최신간도, 시리즈도, 라노벨 느낌의 원서 표지도 계속 내겠지만 기본 원칙은 무조건 재미있는 작품이 될 것이다.

■ 자음과모음

1. 2025년 최고의 작가와 작품

2025년 장르문학 시장에서는 서사적 완성도와 세계관의 독창성을 갖춘 작품들이 두드러졌습니다. 특히 아오사키 유고의 《지뢰 글리코》는 촘촘한 플롯과 감정선을 균형 있게 조율해 독자층의 폭넓은 호응을 얻었습니다. 해당 작품은 온라인 커뮤니티와 서점 플랫폼에서 꾸준히 추천되었으며, 올해 장르문학을 대표하는 작품으로 손꼽을 만합니다.

2. 2025년 새롭게 떠오르는 작가와 작품

올해는 신인 작가들의 활약이 돋보였습니다. 개인적으로 장르적 특색은 다르지만, 이사구의 데뷔작 《직장상사 악령 퇴치부》는 새로운 시각의 장르적 해석으로 시장에 신선함을 불어넣었습니다. 세계관 구축의 탄탄함, 독창적 설정, 속도감 있는 전개가 독자들에게 강한 인상을 남겼고, 후속 작품에 대한 기대감도 높아지고 있습니다.

3. 2025년 아쉬웠던 작품

특정 작품을 언급하기보다는 전반적으로 평가한다면 완성도나 소재의 참신성은 있었으나 전개 구조와 캐릭터 호감도에서 아쉬움이 남는 작품도 있었습니다. 특히 일부 작품은 설정의 스케일에 비해 캐릭터 구축이 충분히 뒷받침되지 않아 독자 이탈을 유발하기도 했습니다. 이는 장르문학 시장에서 "세계관과 캐릭터 서사의 균형"이라는 과제를 다시 한번 확인한 사례로 볼 수 있습니다.

4. 2026년 출간 예정작과 기대작

2026년에는 감정 서사와 장르적 재미를 균형 있게 조합한 작품들이 다수 출간되기를 기대합니다. 개인적으로 특히 다음과 같은 흐름의 작품을 기대하고 있습니다. 현실 기반 미스터리, 초자연 요소 결합형 작품의 증가와 한국적 정서와 지역성을 활용한 세계관을 구축한 작품을 기다리고 있습니다.

5. 2025년 회고와 2026년 전망

2025년 장르문학 시장은 전반적으로 안정 성장기에 접어들었습니다. 독자들은 단순한 자극보다는 "감정적 설득력을 갖춘 캐릭터 중심의 장르 서사"를 선호하는 경향이 뚜렷했습니다. 특히 여성 독자층의 영향력이 더욱 강화되며, 관계성·감정선이 중요한 키워드로 자리 잡았습니다.

2026년 장르문학에는 다음과 같은 변화가 있을 것으로 예상합니다.

• 로컬리티 강화: 한국적 장소, 문화, 정서를 활용한 스토리가 해외에서도 경쟁력을 가질 전망이라고 말씀드리고 싶습니다.

• 장르 간 경계 허물기: 미스터리+로맨스, 호러+성장 서사 등 복합 장르의 확대.

• 캐릭터 중심 서사의 부상: 설정 중심에서 캐릭터 중심으로 패러다임 이동.

종합적으로, 2026년 장르문학 시장은 감정 서사 강화, 장르적 긴장감을 동시에 충족하는 작품들이 경쟁력을 가질 것으로 전망합니다.

■ 황금가지

1. 2025년 최고의 작가와 작품

이영도,《어스탐 경의 임사전언》

2. 2025년 새롭게 떠오르는 작가와 작품

미스터리 장르에선 딱히 없네요. 미스터리가 아닌 쪽에선 그나마 나나 크와메 아제-브레냐의《체인 갱 올스타전》이 떠오릅니다.

3. 2025년 아쉬웠던 작품

다카노 가즈아키,《죽은 자에게 입이 있다》

4. 2026년 출간 예정작과 기대작

스티븐 킹,《네버 플린치》

5. 2025년 회고와 2026년 전망

추리 스릴러 출간작이 많지 않은 중에 상반기에는 도진기의 단편집 《법의 체면》이 대중의 관심이 집중된 법조계와 연결되어 주목받았다. 오랫동안 작업해온 애거사 크리스티 전집의 리뉴얼이 마무리되었으며, 하반기에 김종일의 스릴러 《밸런스 게임 지옥》이 출간되었다. 연말에는 이영도가 신작을 '미스터리 판타지' 장르로 들고 왔는데, 이전부터 이 장르를 잘 쓸 작가 1순위로 꼽혔던 만큼 밀도 높은 작품성을 선보였다. 12월에는 도진기의 새 장편소설 《4의 재판》이 출간되는데, 아마도 2026년 1월 가장 주목받을 작품으로 기대하고 있다. 내년 여름에는 전건우 작가의 《주술 탐정》, 하반기에는 새롭게 선보이는 장편 《크리스마스에는 납치》, 켄 리우의 테크노 스릴러 시리즈 첫 장편소설과 김종일, 신진오 작가의 신작 장편소설이 준비되어 있어 기대가 크다.

■ 나비클럽

1. 2025년 최고의 작가와 작품

소설은 아니지만 염건령의 《탐정의 세계》입니다. 국내에 합법화된 탐정의 실재 활동을 보여주며 우리 사회의 '훈련된 관찰자'이자 '걸어 다니는 사회학자'로서의 탐정을 통해 세상을 보는 책입니다. 공권력만 믿고 있을 수는 없는 시대, 각자가 '탐정의 사고방식'을 장착할 필요가 있습니다.

2. 2025년 새롭게 떠오르는 작가와 작품

무경의 미스터리 연작 《부디 당신이 무사히 타락하기를》입니다. 무경은 작년에 출간된 《마담 흑조는 곤란한 이야기를 청한다 - 1928, 부산》으로 눈 밝은 미스터리 독자들에게 눈도장을 찍었는데, 한국 역사의 변곡점마다 인간의 타락을 부추기는 악마가 등장하는 흥미로운 연작 소설로 돌아왔습니다.

3. 2025년 아쉬웠던 작품

2번 답과 같은 무경의 《부디 당신이 무사히 타락하기를》입니다. 이 작품은 6월에 열린 서울국제도서전에서 처음 공개되며, '無事墮落' 굿즈와 함께 상당히 좋은 반응을 얻었습니다. 내심 도서전의 열기가 온·오프라인의 판매로 이어지지 않을까, 기대했습니다만 실제 반응은 예상보다 크지 않았습니다.. 이른바 '텍스트힙' 열풍이 침체한 출판계를 살리기에는 역부족이라는 생각이 듭니다.

4. 2026년 출간 예정작과 기대작

한국의 히가시노 게이고로 기대되는 공민철의 휴먼 미스터리 《내일의 별빛》(가제)이 출간 준비 중입니다. 구상과 집필에만 5년이 걸린 만큼, 서사의 밀도와 캐릭터의 깊이가 압도적인 작품입니다. 또한 동화와 웹소설 등 다방면에서 종횡무진 활약하고 있는 홍선주의 오피스 유머 미스터리, 《타오》로 한국추리문학상 대상을 받은 김세화의 신작 장편, 문학평론가 박인성 교수의 장르 비평집, 무경의 신작 등이 대기하고 있습니다. 무엇보다 2026년 나비클럽에서는 책이 아닌 다른 형태의 미스터리 콘텐츠를 선보이기 위해 공을 들이고 있습니다. 기대해 주시길 바랍니다.

5. 2025년 회고와 2026년 전망

2025년 상반기는 사회적인 이슈가 그야말로 모든 것을 씹어먹었고, 가장 손쉬운 먹잇감이 출판계였습니다. 변변한 신작 미스터리가 거의 눈에 띄지 않았고 출간된다 해도 판매가 미미했습니다. 6월 서울국제도서전의 과열된 분위기가 잠시 희망 회로를 돌리게 했으나, 차디찬 현실을 깨닫는 데는 오래 걸리지 않았습니다. 2026년에도 비슷하리라 봅니다. 특히 주요 도서 구매층이 일부 특정 계층에 한정되는 한 획기적인 변화는 없을 겁니다. 그래도 장르 판 자체를 견인할 메가히트작이 등장하기를 고대해봅니다.

베스트셀러 순위로 살펴보는 2025년 미국 추리문학계 흐름

✦ 박광규

2024년 겨울호에 이어, 매주 집계되는 《뉴욕타임스》 베스트셀러[1] 순위를 통해 2025년 미국의 추리문학계 동향을 살펴보려 한다(2024년 12월부터 2025년 11월 중순까지). 크게 소설/비소설은 구분되고, 소설 분야는 하드커버(양장본)와 페이퍼백(염가판), 전자책 등의 판매량을 소설/비소설로 집계해 각각 15위까지 공개하는데, 해당 연도의 신작을 중점적으로 살펴보기 위해서(페이퍼백은 기존에 출간했던 하드커버 작품을 판형을 바꿔 출간하는 경우가 대부분이다) 하드커버 순위 쪽을 택했다. 해당 기간 중 순위에 오른 미스터리 관련 작품은 모두 85편으로, 이 중 5주 이상 머물렀거나 짧게라도 최상위권에 올랐던 작품을 선택해 줄거리 등을 간단히 소개하겠다.

■ 2024년 12월~2025년 2월

11월 중순 루이즈 페니의 《The Grey Wolf》가, 12월 첫 번째 주는 데이비드 발다치의 《To Die For》가, 두 번째 주는 재닛 에바노비치의 《Now or Never》가 출간 동시에 1위를 차지했다.

11월에 출간되어 1위에 올랐던 리 차일드 & 앤드루 차일드의 《In Too Deep》과 마이클 코넬리의 《The Waiting》도 각각 8주, 6주간 머물렀다. 또한 2024년 여름 무렵에 출간된 스티븐 킹의 《더 어두운 걸 좋아하십니까You like it darker》(16주), 크리스 휘터커의 《All The Colors Of The Dark》(22주), 리즈 무어의 《숲의 신The God of the Woods》(42주)은 연말부터 2025년 초중반까지 순위 밖을 벗어나지 않았다.[2]

◎ 데이비드 발다치, 《To Die For》

"전직 육군 특수부대 정예 요원이자 현재 국토안보부 산하 비밀작전 기관 소속

---

1 《뉴욕타임스 베스트셀러》는 미국의 일간지 《뉴욕타임스》가 일요일마다 발간하는 《뉴욕타임스 북리뷰The New York Times Book Review》를 통해 소개하는 베스트셀러 순위로, 이 순위는 미국 전역의 다양한 장소(서점뿐만 아니라 대형 슈퍼마켓, 백화점, 신문 가판대까지 포함된다)의 실제 판매를 반영한다. 다만 주간 단위의 판매량을 집계하기 때문에 조금씩 꾸준히 판매되는 작품은 순위에 오르기 어려운 맹점이 있다.

2 이들 작품에 대한 소개는 《계간 미스터리》 2024년 겨울호(84호) 참조.

의 트래비스 디바인은 RICO법(기업이나 범죄 연루 단체가 거둔 수익에 대해 적법성을 밝히지 못하는 경우 그 수익을 몰수하는 법) 위반 혐의로 조사받고 있는 삼촌 대니를 면회하는 열두 살 고아 소녀 베시의 안전을 책임지는 임무를 맡는다. 그런데 디바인은 베시 부모의 죽음에 알려진 것보다 더 깊은 비밀이 숨겨져 있고, 대니의 적들이 다음 표적으로 베시를 노리고 있음을 깨닫는다."

국내에도 번역된 《6시 20분의 남자》 시리즈 세 번째 작품으로, 출간 첫 주 1위에 올라 7주간 머물렀다.

◎ 루이즈 페니, 《The Grey Wolf》

"가마슈 경감의 집에 울리는 전화벨 소리가 8월 아침 스리파인스의 정적을 깨뜨린다. 상대가 누군지 아는 것 같은데도 전화를 받지 않던 그는 결국 수화기를 집어들고 분노를 터뜨린다. 몬트리올 자택의 경보가 울리고, 가마슈를 찾아온 미지의 남성은 떠나는 도중 차에 치여 즉사한다. 수사팀은 사망자가 퀘벡 지역의 식수 공급과 관련한 위협을 조사하고 있었다는 사실을 알게 되는데, 가마슈가 해답을 찾지 못하면 생물학적 테러가 뉴스 헤드라인을 장식할 수 있다."

아르망 가마슈 경감 시리즈 열아홉 번째 작품으로, 첫 주 1위 후 4주간 머물렀다.

◎ 재닛 에바노비치, 《Now or Never》

"현상금 사냥꾼 스테파니 플럼은 오랫동안 친밀하게 지내왔던 두 남자 친구 모렐리와 레인저의 청혼에 각각 '예스'라고 대답했다. 그러나 스테파니 플럼은 두 명의 약혼자를 두고 어떻게 해야 할지 결정을 내릴 수 없는 상황에 마주했다. 게다가 그녀가 추적하던 다양한 도주범들의 위협 때문에 누구와도 결혼할 만큼 오래 살지 못할지도 모른다."

유머 넘치는 스테파니 플럼 시리즈의 서른한 번째 작품. 12월 출간 직후 1위를 차지했으며, 7주간 순위에 올랐다. 국내에도 시리즈 1, 2작이 번역되었으나, 안타깝게도 절판되었고 후속작도 번역 출간되지 않고 있다.

◎ **제임스 패터슨, 《The House of Cross》는 알렉스 크로스 시리즈[3] 서른세 번째 작품.**

"새로 당선된 대통령은 취임식을 준비하고 있다. 그러던 중 워싱턴 DC 연방 항소법원 판사, 샌프란시스코 항소법원 판사, 조지아대학 로스쿨 교수가 살해당한다. 세 사람은 차기 대법관 후보였으며, 이 사실을 아는 사람은 극소수였다. FBI 최고의 범죄심리 전문가인 알렉스 크로스 형사는 사악한 살인마의 내면을 파헤쳐 미래의 대법관을 제거하려는 이유를 밝혀내야만 한다."

제임스 패터슨은 집계 기간에 무려 열 편(그중 아홉 편은 공저)을 발표해 그중 여덟 편을 순위에 올려놓았으며, 그의 공식 홈페이지에는 2025년 11월부터 2026년 7월까지 출간 예정인 아홉 편의 작품을 소개하고 있을 정도로 끊임없는 필력을 과시하고 있다. 《The House of Cross》는 3위에 오른 뒤 6주간 순위에 머물렀다.

그밖에 순위에 오른 작품은 다음과 같다.

저자	제목	최고 순위	기간	비고
그레이엄 브라운	《Clive Cussler: Desolation Code》	15위	1주	NUMA 파일 시리즈[4] (21)
제임스 패터슨 & 브라이언 싯시츠	《Holmes is Missing》	7위	2주	홈스, 마거릿 & 포 시리즈[5] (2),
피오나 데이비스	《The Stolen Queen》	13위	1주	
그래디 헨드릭스	《Witchcraft for Wayward Girls》	2위	3주	
앨리스 피니	《Beautiful Ugly》	6위	2주	

3 주인공 알렉스 크로스는 범죄심리학자로 워싱턴 DC 경찰청, FBI 소속으로 활동 중이다. 《스파이더 게임Along Came a Spider》(1993)에서 처음 등장한다.
4 클라이브 커슬러(1931~2020)가 창조한 NUMA(National Underwater and Marine Agency, 국립 수중 해양 기관) 특수 임무팀 팀장 커트 오스틴을 주인공으로 한 시리즈. 첫 작품은 《Serpent》(2000)이며, 커슬러가 작고한 후 그레이엄 브라운이 열아홉 번째 작품 《Dark Vector》로 이어받았다.
5 브루클린의 사설탐정 사무소 동료인 브렌던 홈스와 마거릿 마플, 그리고 오귀스트 포가 주인공. 《Holmes, Marple & Poe》(2024)에서 처음 등장한다.

로버트 크레이스	《The Big Empty》	8위	1주	엘비스 콜 & 조 파이크 시리즈[6] (20),
스콧 터로	《Presumed Guilty》	13위	3주	러스티 사비치 시리즈[7] (3),
J. D. 롭	《Bonded in Death》	3위	3주	'in Death' 시리즈[8] (60),
팜 제노프	《Last Twiligh`t in Paris》	9위	1주	
조너선 켈러맨	《Open Season》	14위	1주	알렉스 델라웨어 시리즈[9] (39)

■ 2025년 3~5월

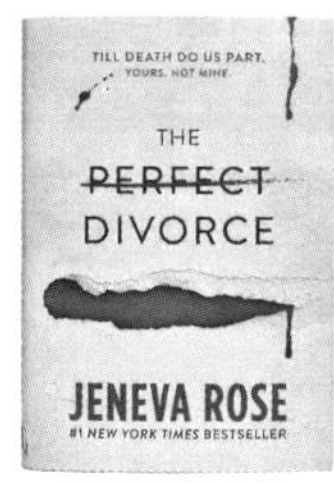

◎ 제네바 로즈, 《The Perfect Divorce》

"유능한 변호사 세라 모건이 남편의 내연녀 살해 혐의 변호를 맡은 뒤 11년이 지났다. 그동안 새 남편 밥 밀러와 가정을 꾸리고 직업도 바꾸면서 새로운 삶을 살아가던 중, 남편의 외도 사실을 알게 된 그녀는 바로 이혼 소송을 제기한다. 그러나 진흙탕 싸움이 되어버린 소송 과정 도중 전남편과 관계된 새로운 사실이 드러나고, 새 남편의 내연녀는 실종된다. 세라는 '완벽한 이혼'을 이룰 수 있을까?"

2025년 여름 국내에도 번역 출간된 《완벽한 결혼The Perfect Marriage》의 후속작. 5월 첫 주 1위에 오른 뒤 8주간 순위에 머물렀다.

◎ 데이비드 발다치, 《Strangers in Time》

"독일 공군의 폭격이 이어지던 1944년의 런던. 부모 없이 살아가는 열네 살의 소년 찰리 매터스는 필요한 것을 훔쳐 하루하루 살아가면서 입대할 나이가 되기를 기다린다. 열다섯 살 소녀 몰리 웨이크필드는 시골로 피난을 갔다가 5년 만에 돌아온 뒤 자신이 고아가 되었음을

---

6 엘비스 콜 & 조 파이크가 주인공. 《몽키스 레인코트The Monkey's Raincoat》(1987)에서 처음 등장한다.

7 데뷔작인 《무죄추정Presumed Innocent》(1987), 그리고 《이노센트Innocent》(2010)에 이은 러스티 사비치 시리즈 세 번째 작품.

8 가까운 미래, 즉 21세기 중반의 뉴욕을 배경으로 한 범죄 수사물로 수사관 이브 댈러스가 주인공. 《Naked in Death》(1995)에서 처음 등장한다.

9 로스앤젤레스의 법정 심리학자 알렉스 델라웨어 박사가 주인공. 첫 작품은 《큰 가지가 부러질 때When the Bough Breaks》(1985).

알게 된다. 최근 아내를 잃은 이그나티우스 올리버는 두 아이와 친밀한 관계가 되지만, 세 사람은 각각 위험한 비밀을 갖고 있다. 전쟁의 위협이 계속되는 동안 서로를 믿고 함께하는 것이 그들이 살아남을 수 있는 유일한 방법이다."

2차 세계대전을 배경으로 한 역사 스릴러로, 최고 순위는 2위였으며 6주간 순위에 올랐다.

그밖에 이 기간에 순위에 오른 작품은 다음과 같다.

저자	제목	최고 순위	기간	비고
제임스 패터슨 & 제임스 O.본	《Paranoia》	4위	3주	마이클 베넷 시리즈[10] (17)
스티브 베리	《The Medici Return》	10위	1주	코튼 말론 시리즈[11] (19)
그렉 허위츠	《Nemesis》	2위	4주	오펀 X 시리즈[12] (10)
마크 그리니	《Midnight Black》	6위	1주	그레이 맨 시리즈[13] (14)
C. J. 박스	《Battle Mountain》	2위	4주	조 피켓 시리즈[14] (25)
질리언 맥칼리스터	《Famous Last Words》	13위	1주	-
샌드라 브라운	《Blood Moon》	5위	2주	-
제임스 패터슨 & J. D. 바커	《The Writer》	2위	3주	-
스티븐 그레이엄 존스	《The Buffalo Hunter Hunter》	4위	1주	
할런 코벤	《Nobody's Fool》	3위	2주	로저 '새미' 키어스 시리즈[15] (2)
존 샌포드	《Lethal Prey》	5위	3주	'Prey' 시리즈[16] (35)
앤 힐러맨	《Shadow of the Solstice》	15위	1주	리프혼 & 치 시리즈[17] (28)
제임스 패터슨 & 맥신 패트로	《25 Alive》	2위	4주	우먼스 머더 클럽[18] (25)
애슐리 플라워스	《The Missing Half》	4위	2주	-

10 뉴욕 시경 형사 마이클 베넷이 주인공. 《Step on a Crack》(2007)에서 처음 등장한다. 초기에는 마이클 레드위지와 합작했으나 아홉 번째 작품부터 제임스 패터슨이 단독 집필했고, 열한 번째 작품부터 제임스 O. 본이 참여했다.

11 전직 미국 법무부 수사관이자 코펜하겐에서 고서점을 운영하는 코튼 말론이 주인공. 《The Templar Legacy》(2006)에서 처음 등장한다. 역사적 음모와 현대 서스펜스가 결합한 시리즈.

12 열두 살에 '오펀(고아) 프로그램'을 통해 훈련받은 정부 기관 소속 암살자 에번 스모크(오펀 X)가 주인공. 《Orphan X》(2016)에서 처음 등장한다.

13 전직 CIA 요원이자 프리랜서 암살자인 코드 젠트리가 주인공. 《그레이맨The Gray Man》(2009)에서 처음 등장한다.

14 와이오밍의 수렵 감시관 조 피켓이 주인공. 《오픈 시즌Open Season》(2001)에서 처음 등장한다.

15 뉴욕 시경 살인과 형사 로저 '새미' 키어스가 주인공. 《비밀의 비밀》(2016)에서 처음 등장한다.

16 미니애폴리스의 수사관 루카스 데이븐포트가 주인공인 사이코 스릴러 시리즈. 《Rules of Prey》(1989)에서 처음 등장한다.

17 토니 힐러맨(1925~2008)이 《나바호 늑대The Blessing Way》(1970)로 시작한 아메리카 원주민 혈통 수사관 조 리프혼과 짐 치 시리즈. 힐러맨은 《셰이프 시프터The Shape Shifter》(2006)를 끝으로 시리즈 열여덟 편을 남기고 작고했으며, 이후 그의 딸인 앤 힐러맨이 《Spider Woman's Daughter》(2018년)부터 시리즈를 이어가고 있다.

18 샌프란시스코를 배경으로 범죄 수사와 관련된 여러 직업을 가진 여성 그룹이 살인사건을 수사하는 시리즈. 첫 작품은 《첫 번째 희생자1st To Die》(2001).

추리소설의 성수기(?)답게 연중 가장 많은 작품이 출간되어 순위에 올랐다.

◎ 마이클 코넬리, 《Nightshade》

"경찰 내부의 정치적 갈등으로 로스앤젤레스 중심부에서 멀리 떨어진 카탈리나섬으로 좌천된 스틸웰 형사는 사소한 사건들만 처리하던 중 항구 바닥에서 시체가 발견되었다는 신고를 받는다. 신원 미상의 여성 시체, 그리고 섬 보호구역에서의 밀렵 사건 신고는 차츰 심각한 사건으로 확대된다."

마이클 코넬리의 마흔 번째 작품이자 새로운 시리즈의 주인공 스틸웰이 등장하는 작품이다. 5월 말 출간되어 2위에 올랐으며 5주간 순위에 머물렀다.

◎ 스티븐 킹, 《Never Flinch》

"벅아이시티 경찰서에 '열세 명의 무고한 사람과 죄를 지은 한 사람을 죽이겠다'는 협박 편지가 날아오고, 사건을 맡은 이지 제인스 형사는 편지 작성자가 심각할 정도로 진지하다는 사실을 알게 되면서 친구 홀리 기브니에게 도움을 요청한다. 한편 홀리는 공격적인 여성 인권 운동가인 케이트 맥케이의 경호원으로 고용된다. 그녀는 살인을 막으면서 인권 운동가를 스토커로부터 보호해야 하는 역할을 맡는다."

《미스터 메르세데스》에서 조연으로 등장해 《아웃사이더》와 《홀리》 등에서 활약한 홀리 기브니 시리즈 신작. 6월에 출간되어 1위에 오른 뒤 13주간 머물렀다.

◎ 빌 클린턴 & 제임스 패터슨, 《The First Gentleman》

"현직 미국 대통령 매들린 라이트는 헌신적이고 신뢰받는 인물로 특별한 문제가 생기지 않는다면 재선될 것이 확실하다. 하지만 젊은 시절 프로 미식축구 스

타 선수였던 그녀의 남편 콜이 17년 전 살인사건의 주요 용의자로 지목되면서 상황이 달라진다. 콜은 제기된 혐의에 대해 부정하지만, 과거의 증거들이 놀라운 속도로 드러나면서 결국 체포되어 법정에 서게 된다. 그는 과연 살인을 저질렀을까?"

《대통령이 사라졌다The President is Missing》(2018), 《대통령의 딸The President's Daughter》(2021, 미번역)에 이은 빌 클린턴 전 미국 대통령과 제임스 패터슨의 세 번째 합작 장편소설로, 6월 2위에 올라 5주간 순위에 머물렀다.

◎ 리사 주얼, 《Don't Let Him In》

"남편의 갑작스러운 죽음을 맞이한 니나 스완은 남편의 오랜 친구 닉 래드클리프의 조문을 받는다. 닉은 품격과 안목이 있는 남자처럼 보이지만, 니나의 딸 애쉬가 보기에는 지나칠 정도로 세련되고 완벽해서 불안하다. 애쉬는 어머니 몰래 닉의 과거를 파헤치면서 불안감을 넘어서는 무서운 사실을 알아낸다."

《엿보는 마을》, 《가족주의보》 등이 번역되어 국내 독자들에게 낯설지 않은 리사 주얼의 작품으로, 7월 중순 1위에 오른 뒤 3주간 순위에 머물렀다.

◎ 대니얼 실바, 《An Inside Job》

"가브리엘 앨론은 베네치아에서 가장 중요한 그림 중 하나를 복원하는 작업을 의뢰받았다. 그러나 베네치아 석호에서 바티칸 미술부서 소속의 여성 미술품 복원가의 시신이 발견되고, 사건을 알아보던 가브리엘은 알려지지 않은 레오나르도 다빈치의 그림이 존재하고, 누군가가 그것을 훔쳐갔음을 알게 된다. 한편 사건 배후의 범죄 조직은 교황의 목숨을 노리는 계획을 꾸미고 있다."

예술품 복원가이자 은퇴한 이스라엘 스파이 가브리엘 앨론 시리즈의 스물다섯 번째 작품. 8월 초 1위에 올랐으며 4주간 머물렀다.

◎ 홀리 잭슨, 《아직은 죽을 수 없다Not Quite Dead Yet》

"모두가 '젯'이라고 부르는 메이슨은 늘 '나중에 할 거야'라는 말을 입에 달고 산다. 그러던 어느 날 그녀는 누군가에게 폭행당하고 쓰러진다. 기적적으로 목숨은 건졌지만, 부상 때문에 7일 이내에 치명적인 동맥류가 발생해 사망할 가능성이 아주 높다는 진단을 받는다. 그녀는 미루는 습관을 버리고 7일 동안 자신을 '살해'한 범인을 찾아내기로 결심한다."《여고생 핍의 사건 파일》시리즈로 한국 독자들에게도 인기 있는 홀리 잭슨의 스탠드얼론 작품으로, 8월 1위에 오른 뒤 5주간 머물렀고, 국내에도 신속하게 번역 출간되었다.

그밖에 순위에 오른 작품은 다음과 같다.

저자	제목	최고 순위	기간	비고
칼 하이어젠	《Fever Beach》	8위	1주	
노라 로버츠	《Hidden Nature》	2위	2주	
더글러스 프레스턴 & 링컨 차일드	《Badlands》	6위	1주	노라 켈리 시리즈[19] (5)
크레이그 존슨	《Return to Sender》	12위	1주	월트 롱마이어 시리즈[20] (21)
줄리 클라크	《The Ghostwriter》	13위	1주	-
라일리 세이거	《With a Vengeance》	5위	2주	-
S. A. 코스비	《King of Ashes》	9위	1주	-
브래드 소어	《Edge of Honor》	2위	1주	스콧 하바스 시리즈[21] (24)
루스 웨어	《The Woman in Suite 11》	4위	3주	로라 블랙록 시리즈[22] (2)
리사 스코토라인	《The Unraveling of Julia》	13위	1주	
제임스 패터슨 & 마이크 루피카	《The Hamptons Lawyer》	2위	4주	제인 스미스 시리즈[23] (3)
샤리 라피나	《She Didn't See It Coming》	3위	1주	-
메건 미란다	《You Belong Hete》	5위	1주	-
카린 슬로터	《We Are All Guilty Here》	2위	1주	노스 폴스 시리즈[24] (1)
리사 가드너	《Kiss Her Goodbye》	10위	1주	프랭키 엘킨 시리즈[25] (4)

19 스탠드얼론 작품인 《썬더헤드》(1999)에 처음 등장했으며, 《살인자의 진열장》(2002)에서 FBI 특수 요원 알로이시어스 펜더개스트의 고고학 관련 협력자로 나온 노라 워터포드 켈리 박사가 주인공. 이후 《Old Bones》(2019)에서부터 FBI 요원 코리 스완슨과 활동하는 단독 시리즈가 시작되었다.

20 와이오밍의 가상 도시 앱사로카 카운티의 보안관 월트 롱마이어가 주인공. 《The Cold Dish》(2014)에서 처음 등장한다.

21 전직 네이비 실이자 현재 미국 비밀경호국 요원인 스콧 하바스가 주인공. 《The Lions of Lucerne》(2002)에서 처음 등장한다.

22 여행 전문기자 로라 블랙록이 주인공. 《우먼 인 캐빈 10》(2017)에서 처음 등장한다.

23 형사 변호사 제인 스미스가 주인공. 《12 Months to Live》(2023)에서 처음 등장한다.

24 작은 마을 '노스폴스'를 배경으로 한 시리즈의 첫 작품. 2026년 8월 후속작(제목 미정) 출간 예정.

◎ 댄 브라운, 《비밀 속의 비밀 The Secret of Secrets》

"로버트 랭던 교수는 저명한 노에틱 사이언스(마음의 잠재력을 연구하는 과학) 연구자 캐서린 솔로몬의 획기적인 강연을 듣기 위해 프라하로 향한다. 캐서린은 인간 의식의 본질에 관한 놀라운 발견을 담은 폭발적인 책을 출간하기 직전인데, 이는 수 세기 동안 확립된 신념을 뒤흔들 수도 있다. 그러나 잔혹한 살인사건이 벌어진 뒤 캐서린은 원고와 함께 갑자기 사라지고, 랭던은 수수께끼 조직의 표적이 되어 쫓기게 된다. 그는 인간의 정신에 대한 우리의 생각을 영원히 바꿔놓을 비밀 프로젝트에 관한 충격적인 진실을 밝혀낸다."

《오리진》(2017) 이후 8년 만에 출간된 로버트 랭던 시리즈 여섯 번째 작품으로, 9월 말에 출간되어 2주 연속 1위를 차지했으며, 현재(11월 중순)까지 8주간 순위에 머물러 있다. 이 작품도 국내에 신속하게 번역 소개되었다.

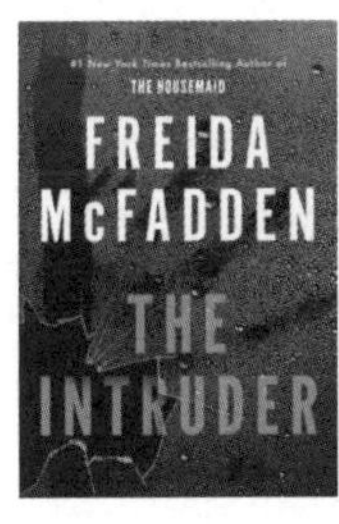

◎ 프리다 맥파든, 《The Intruder》

"케이시의 오두막은 허리케인을 견딜 수 있도록 튼튼하게 지어지지 않았다. 지붕이 덜덜 떨리고, 불빛이 깜빡이며, 현관문 밖 나무가 바람에 불길하게 흔들린다. 그때 케이시는 부엌 창문 밖에 숨어 있는 소녀를 발견하고 오두막 안으로 들어오게 한다. 어린 소녀는 온몸이 피투성이였고 오른손에는 칼을 쥐고 있으며, 어디에서 왔는지, 무슨 일이 벌어졌는지 설명하지 않는다. 소녀는 비밀을 지킬 수 있다면 살인도 서슴지 않을 어두운 비밀을 품고 있으며, 케이시가 진실에 너무 가까이 다가간다면, 다음 날 아침을 맞이하지 못할지도 모른다."

《하우스메이드》 시리즈로 익숙한 프리다 맥파든은 2025년 1월에 《The

---

25 알코올 중독에서 회복 중인 중년 여성이자 경찰이 포기한 실종자를 찾아 나서는 프랭키 엘킨이 주인공. 《Before She Disappeared》(2021)에서 처음 등장한다.

Crash》, 5월에 《The Tenant》, 10월에 《The Intruder》라는 스탠드얼론 작품을 발표했는데, 그중 마지막 작품은 출간 후 1위에 오른 뒤 현재 순위에 머물러 있다.

◎ 리즈 위더스푼 & 할런 코벤, 《Gone Before Goodbye》

"뛰어난 실력과 명성을 지닌 육군 군의관인 매기 맥케이브는 연이은 비극으로 의사 면허를 박탈당하고 인생이 뒤바뀐다. 삶의 목적을 잃은 매기가 새롭게 선택한 길은, 지구 반대편의 은신처에서 익명의 고객들을 대상으로 비합법적인 의료 활동을 하는 것이다. 그러나 환자가 그녀의 치료를 받는 도중에 사라지면서 매기 또한 도망자가 되어야만 한다. 그렇지 않으면 그녀가 다음 희생자가 될 것이다."

2023년 가을 무렵부터 아카데미 여우주연상 수상자인 영화배우 리즈 위더스푼과 베스트셀러 스릴러 작가 할런 코벤의 공동 집필 작업이 알려진 뒤 약 2년 만에 출간되었으며, 11월 초 2위에 올랐다.

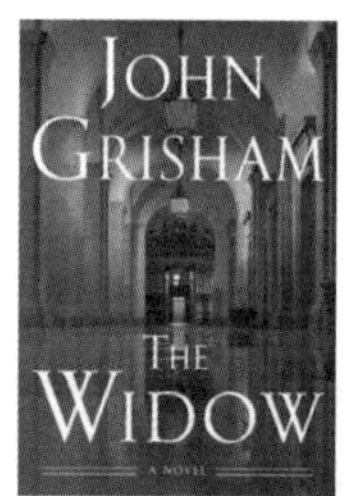

◎ 존 그리샴, 《The Widow》

"버지니아주의 시골 변호사 사이먼 래치는 간신히 생계를 유지할 만큼 수입이 적은 탓에 결혼 생활이 서서히 무너져가는 중이다. 그러던 중 나이 든 미망인 엘리너 바넷이 유언장을 작성하기 위해 사무실을 찾아온다. 죽은 남편이 그녀에게 상당한 재산을 남겼는데, 아무도 그 사실을 모르고 있었다. 엄청나게 부유한 의뢰인을 확보한 사이먼은 그녀의 재산을 비밀로 유지하기 위해 조용히 움직인다. 그러나 사이먼은 모든 것이 겉보기와 다르다는 것을 알게 되고, 자신이 저지르지 않은 범죄, 즉 살인 혐의로 법정에 서게 된다. 그는 자신이 무죄임을 당연히 알고 있으나 정황 증거는 모두 그를 가리키고 있으며, 위기를 벗어나기 위해서는 진범을 찾아내야만 한다."

매년 장편 하나씩을 발표하는 법정 스릴러의 대가 존 그리샴이 3년 만에 발표한 스탠드얼론 작품으로, 11월 초 1위에 올랐다.

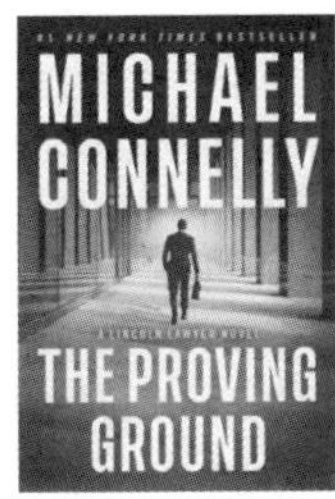

◎ 마이클 코넬리, 《The Proving Ground》

"미키 할러는 한 인공지능 회사의 챗봇이 열여섯 살 소년에게 전 여자 친구가 다른 남자를 만났다는 이유로 살해해도 괜찮다고 조언한 사건에 대해 민사 소송을 제기한다. 피해자 가족을 대리하는 할러는 재판 과정을 책으로 쓰기 위해 재판 현장을 지켜보고 싶어하는 기자 잭 매커보이를 만나 사건과 관련된 방대한 증거 자료 검토 작업을 맡긴다. 매커보이의 조사를 통해 결국 핵심 증인인 내부 고발자가 모습을 드러내는데, 수십억 달러가 걸린 이 사건은 위험으로 가득 차 있다."

전작 《회생의 갈림길》에서 새로운 방향을 모색하던 미키 할러가 공익 소송에 나서는 모습을 그리는 '링컨 차를 타는 변호사' 시리즈 여덟 번째 작품. 존 그리샴의 《The Widow》에 밀려 2위에 머물렀다.

◎ 루이즈 페니, 《The Black Wolf》

"몇 주 전 아르망 가마슈 경감과 그의 팀은 몬트리올에서 생물학적 테러 계획을 적발하고 저지했으며, 그 배후 인물인 '검은 늑대'라는 별명의 남자를 체포했다. 그러나 가마슈가 체포한 '검은 늑대'는 진짜일까? 아니면 아직 어딘가에 숨어 있는 것일까? 체포 과정에서 부상을 입은 가마슈는 스리파인스 마을에서 요양하면서, 공격을 준비하고 있는 보이지 않는 적을 찾아내기 위해 은밀하게 수사를 지휘한다."

전작 《The Grey Wolf》에서 바로 이어지는 내용으로, 전작과 마찬가지로 출간 직후 1위에 올랐다. 아르망 가마슈 시리즈의 스무 번째 작품.

그밖에 순위에 오른 작품은 다음과 같다.

저자	제목	최고 순위	기간	비고
크리스토퍼 골든 & 브라이언 킨	《The End of the World as We Know It》	3위	1주	단편집[26]
트레이 가우디	《The Color of Death》	2위	3주	-
스테이시 윌링엄	《Forget Me Not》	12위	1주	-
로버트 갤브레이스	《The Hallmarked Man》	8위	1주	코모란 스트라이크 시리즈[27] (8)
J. D. 롭	《Framed in Death》	5위	3주	'in Death' 시리즈 (61)
제임스 패터슨 & 듀에인 스위어친스키	《Billion-Dollar Ransom》	6위	2주	-
윌리엄 켄트 크루거	《Apostle's Cove》	7위	2주	코크 오코너 시리즈[28] (21)
M. P. 우드워드	《Terminal Velocity》	11위	1주	잭 라이언 주니어 시리즈[29] (14)
믹 헤론	《Clown Town》	4위	1주	'슬로우 하우스' 시리즈[30] (9)
잭 뒤 브룰	《Clive Cussler: The Iron Storm》	7위	1주	아이작 벨 시리즈[31] (15)
레이첼 해리슨	《Play Nice》	12위	1주	-
켄 폴릿	《Circle of Days》	8위	2주	
리처드 오스먼	《The Impossible Fortune》	5위	1주	목요일 살인 클럽 시리즈 [32] (5)
토머스 핀천	《Shadow Ticket》	7위	1주	
돈 벤틀리	《Vince Flynn: Denied Access》	6위	1주	미치 랩 시리즈[33] (24)
잭 카	《Cry Havoc》	3위	2주	
퍼트리샤 콘웰	《Sharp Force》	11위	1주	케이 스카페타 시리즈[34] (29)
제임스 패터슨 & 하워드 러펀	《The Picasso Heist》	9위	1주	
조 힐	《King Sorrow》	9위	1주	
넬슨 드밀 & 알렉스 드밀	《The Tin Men》	13위	1주	스콧 브로디 & 매기 테일러 시리즈[35] (3)

26 스티븐 킹의 《스탠드》(1978) 세계관을 토대로 34명의 작가가 참여해 원작 당시와 이후 이야기를 창작한 단편집(스티븐 킹 공식 허가).

27 '해리 포터 시리즈'의 작가 조앤 롤링이 필명으로 발표한 시리즈로, 사설탐정 코모란 스트라이크가 주인공. 《쿠쿠스 콜링》 (2013)에서 처음 등장한다.

28 미네소타주 오로라의 전직 보안관이자 아일랜드인과 아메리카 원주민 혼혈 코크 오코너가 주인공. 《Iron Lake》(1998)에서 처음 등장한다.

29 톰 클랜시(1947~2013)의 첫 주인공인 잭 라이언의 아들 잭 라이언 주니어가 주인공으로 등장하는 시리즈. 첫 작품인 《The Teeth Of The Tiger》(2003)는 클랜시의 마지막 단독 집필 작품이며, 그가 작고한 후 그랜트 블랙우드, 마이크 메이든, 돈 벤틀리, M. P. 우드워드 등이 이어서 집필하고 있다.

30 영국 정보부(MI5)에서 좌천된 요원들을 주인공으로 한 '슬로우 하우스 시리즈'. TV 드라마 〈슬로우 호시스〉로 잘 알려졌으며, 첫 작품은 《슬로우 하우스》(2010).

31 20세기 초 미국을 배경으로 밴 도른 탐정사무소(핑커톤 탐정사무소를 모델로 한 것으로 보인다)의 유능한 탐정 아이작 벨을 주인공으로 한 시리즈. 첫 작품은 《The Chase》(2007)이며, 세 번째 작품부터 저스틴 스콧, 잭 뒤 브룰이 커슬러와 합작한 뒤 작가가 타계한 후 잭 뒤 브룰이 집필하고 있다.

32 실버타운의 거주자 노인 네 명이 사건을 해결해나가는 시리즈. 넷플릭스 영화로도 제작된 《목요일 살인 클럽》(2020)이 첫 작품이다.

33 CIA 대테러팀의 비밀요원 미치 랩이 주인공. 《권력 이동 Transfer of Power》(1999)에서 처음 등장했으며, 원작자 빈스 플린이 열네 편을 발표하고 작고하자 카일 밀스와 돈 벤틀리가 이어받아 집필하고 있다.

34 버지니아주 수석 법의학자 케이 스카페타가 주인공. 《법의관 Postmortem》(1990)에서 처음 등장한다..

35 미 육군 수사대 특수 요원 스콧 브로디와 매기 테일러가 주인공. 넬슨 드밀(1943~2024)과 그의 아들 알렉스 드밀이 집필. 《The Deserter》(2019)에서 처음 등장한다.

이 글을 읽은 독자 중에는 2024년 겨울호(제84호)에 실린 '2024년 동향'이나 2025년 봄호(85호)에 실린 '2025년 출간 예정작'을 다시 살펴본 사람도 있을 것이다.

먼저 2024년과 2025년을 간단히 비교해보도록 하겠다. 집계 기간인 전년도 12월부터 해당 연도 11월까지 순위에 오른 미스터리 작품은 2024년에 64편, 2025년에 76편으로 다소 증가세를 보였으며, 그중 1위에 오른 작품 수 역시 2024년 9편, 2025년 11편으로 약간 늘었다.

지난해에 언급했던 대로 유명 작가의 작품들은 대개 상위권에 올랐으며, 장기간 지속 시리즈 역시 인기가 있음을 확인할 수 있다. 특히 2세 작가가 대를 이어 시리즈를 이어가는 모습(토니 힐러맨 - 앤 힐러맨, 넬슨 드밀 - 알렉스 드밀 등)이 눈에 띈다. 전체적으로는 시리즈 작품 수(2024년 37편, 2025년 41편)가 스탠드얼론 작품 수(2024년 26편, 2025년 34편, 단편집 1편)보다 많았다는 점에서 고정 독자들의 힘을 보여준다(그렇기에 현재의 스탠드얼론 작품이 훗날 시리즈가 될 가능성도 있다). 이 외에 매년 하나의 단편집이 순위에 올랐는데 모두 스티븐 킹과 관련이 있는 작품이라는 점이 이채롭다.

한편으로는 출간 예정작에 소개했던 많은 작품 중 일부만이 베스트셀러 순위에 오르는 모습(특히 한국에서 지명도가 있는 제프리 디버나 리 차일드의 작품이 순위에서 빠진 점)에서 미국 출판계의 치열한 경쟁을 실감할 수 있다.

미국 독자와 한국 독자의 선호도에는 분명한 차이가 있으나, 21세기에 등단한 많은 작가가 일찌감치 국내에 소개되면서 차츰 그 틈이 줄어들었으며, 인기 작품들 - 특히 드라마나 영화로 제작될 때 - 소개도 점점 빨라지는 것 같다. 2026년에도 좋은 작품이 많이 출간/번역되어 독자들을 즐겁게 해주기를 바라며 글을 마무리한다.

박광규 추리소설 해설가로 《계간 미스터리》 편집장, 월간 《판타스틱》과 한국어판 《엘러리 퀸 미스터리 매거진》 등의 편집위원으로 활동. 현재 한국 추리소설 역사를 조사, 정리중이다.

신인상

수상작

미스 아가페✦김현철

심사평

수상자 인터뷰

미스 아가페

김현철

1

"엄마 미쳤어?"

중학생 딸 세영이 놀란 눈으로 나를 바라봤다. 들어온 지 얼마나 됐다고 꼭두새벽에 나간다고 하니 그럴 만도 했다.

"난 뭐 가고 싶어서 가? 일이니까 어쩔 수 없는 거지."

"그러다 감염되기라도 하면?"

"마스크 있잖아. 쓸데없는 걱정 말고 가서 자."

"다 들었거든? 거기서 사람 죽었다며!"

겁에 질린 아이의 목소리가 떨렸다. 며칠 전부터 뉴스는 온통 코로나 바이러스 얘기로 뒤덮였다. 정부의 긴급 방역 조치로 세영의 학교는 무기한 휴교에 들어갔고 학원은 문을 닫았다. 돌이켜보면 딸의 인생에 이만큼 큰 일은 없었다.

"대한민국 경찰은 엄마 말고 사람 없대? 왜 맨날 엄마야?"

경찰 공무원인 나는 바이러스 확산을 막는 데 투입됐다. 팬데믹 사태에서 경찰의 가장 큰 임무는 역학조사 지원이었다. 사람 찾는 도사들이니,

경찰을 빼고 방역 조치가 이루어질 수는 없었다. 나와 동료들은 '나쁜 놈' 잡는 일을 잠시 미루고 '걸린 놈' 잡기에 혈안이었다.

"무슨 일 있으면 전화할 테니까 잔말 말고 자. 알겠어?"

"몰라. 마음대로 해."

못된 년. 기어코 속을 긁어놓을 작정이었다. 나는 차 키를 챙긴 후, 마스크를 빈틈이 생기지 않게 귀에 단단히 걸었다. 세영은 벌써 방으로 들어간 뒤였다.

목적지는 차로 15분 거리에 있는 아가페 요양원이었다. 근처에 냉면 맛집이 있어 눈에 익었던 곳이기도 했다. 화단에 분홍 꽃을 피운 나무가 가득했던 깔끔한 신식 건물이었는데, 엄마도 저기로 모셨으면 어땠을까 하는 생각을 했었다. 거의 다 도착할 즈음 전화가 왔다. 상문의 목소리가 피곤함에 찌들어 있었다.

"경위님 눈 좀 붙이셨어요?"

"한두 시간. 조 경사는?"

"저도요. 이러다 애들이 아빠 얼굴도 잊어버리겠어요."

"현재 상황은 어떻대?"

"방역팀 말로는 노인네 한 명 때문에 아무것도 못하고 있대요."

방역팀이 요양원 관계자들과 잠시 대화하는 사이 누군가 현장에 들어가 문을 잠근 모양이었다. 한숨이 절로 났다. 감염 취약자로 가득한 요양원에서 사망자가 발생한 것만으로도 미칠 노릇인데 이송을 막는 빌런이라니. 자칫 잘못하면 시신이 여러 구로 불어날 수도 있다는 불안감이 몰려왔다.

오전 3시 30분경, 나는 상문과 함께 아가페 요양원 입구로 들어섰다. 내가 기억하던 분홍 꽃은 이미 지고 없었다. 아니면 피기 전일지도. 체온 측정기에 잠시 머문 후 계단을 통해 2층으로 향했다. 복도에 채 닿기도 전에 소란이 들려왔다.

"어머님! 문 좀 열어보세요!"

어두운 복도에 여성 목욕탕만이 불을 밝히고 있었다. 목욕탕 앞에는 방역복을 입은 두 명의 방역 팀원과 정장 차림의 50대 여자, 요양사로 보이는 40대 여자가 있었다. 우리를 발견한 정장 차림의 여자가 반색하며 달려왔다. 여자는 KF94 마스크를 턱에 걸치고 잔뜩 흥분해 말했다.

"지금 안에 있어요! 감염됐을지도 몰라요!"

나는 여자에게 마스크를 올려달라는 손짓을 했다. 여자가 마스크를 올리며 자신을 원장인 조선주라고 밝혔다.

"저는 부한 지방 경찰청 형사과 황미애고 이쪽은….”

"일단 노인네부터 처리하죠.”

그녀는 우리가 누구인지는 관심이 없다는 듯 목욕탕 쪽으로 이끌었다. 복도의 불안한 시선들이 느껴졌다. 노인들이 방에서 얼굴만 내밀고 소곤거리고 있었다. 나는 목욕탕 유리 너머로 어른거리는 그림자를 발견했다.

"말씀하신 분이 사망자 최순자 씨와 같이 있나요?”

"그렇다니까요. 무섭지도 않나 봐요.”

"왜 문을 잠근 겁니까?”

상문이 통 이해가 안 간다는 투로 물었다.

"모르겠어요. 최순자 어머님이 코로나로 죽은 게 아니라나.”

"네?”

"치매기가 있는데 밤이 되면 더 오락가락해요.”

나는 방역 팀원들 쪽으로 고개를 돌렸다. 내 시선에 담긴 뜻을 알아차린 그들은 무척이나 난감한 표정이었다.

"그게… 아직 검사는 못했지만, 감염에 의한 급성 심장마비 같았습니다.”

"문을 잠근 분 성함이 어떻게 되죠?”

"임덕희요.”

나는 그들을 지나쳐 문 앞으로 갔다. 그러고는 목소리를 차분히 가다듬었다.

"임덕희 어머님. 경찰입니다. 괜찮으세요?"

"순자 언니 데려가려고 온 거지? 어디 한번 해봐! 한 발짝도 못 들어오니까!"

"흥분을 좀 가라앉히시고요. 안타깝지만 최순자 어머님은 코로나로 사망하신 것 같습니다. 저희가 인계해 편히 보내드리겠습니다."

"순자 언니는 코로나로 죽은 게 아니야! 살해당했어! 누가 언니를 죽였다고! 너희는 그걸 덮으려고 하는 거잖아!"

조선주의 땅 꺼지는 한숨 소리가 들렸다.

"그냥 문 뜯죠. 죄다 감염되기 전에."

"가만히 계세요. 현장은 제가 통제합니다."

나의 경고에 조선주가 주춤했다. 나는 다시 목소리에 신뢰를 가득 실었다.

"어머님, 말씀 잘 알겠고요. 정확한 사인을 판단하려면 시신을 봐야 해서요. 잠깐만 문 좀 열어주세요."

안에서 훌쩍이는 소리와 함께 긴 침묵이 이어졌다. 거의 다 넘어왔다는 신호였다.

"저 경찰 경력만 25년이에요. 믿으셔도 돼요."

잠시 후 걸쇠를 푸는 소리가 들리고 눈물, 콧물 범벅이 된 임덕희가 모습을 드러냈다. 내 가슴께밖에 오지 않는 작은 노파였다. 살짝 눈인사를 하자 임덕희가 옆으로 물러났다. 나는 상문이 건넨 덧신을 신고 증거 수집용 장갑을 꼈다. 대여섯 평 정도 공간에 욕조와 세면대, 거울, 변기가 알맞게 들어서 있었다. 벽에 붙은 큰 글씨의 주의 사항이 눈에 띄었다.

* 사용한 목욕용품은 항상 제자리에!
* 다음 사람을 위해 바닥 물기는 깨끗이!

욕조에 물이 가득하고 바닥에도 흥건한 걸 보니 누군가 주의 사항을 무시한 게 틀림없었다. 사망자 최순자는 가운을 비롯한 옷을 모두 입은 채 욕조 앞에 쓰러져 있었다. 파마가 풀린 머리카락이 물에 푹 젖어 있었고 살짝 벌어진 눈은 천장의 무언가를 쫓고 있는 듯했다. 무엇보다 왼쪽 가슴을 부여잡은 채 굳어진 손에서 마지막 순간의 고통이 고스란히 전해졌다. 아마 이런 모습을 보고 방역 팀원들이 심장마비로 판단했을 것이라 짐작했다. 나는 주머니에서 펜을 꺼내 끝에 달린 포인터로 동공 반응을 확인했다.

"최초 발견자가 누구죠?"

소심한 인상의 40대 요양사가 손을 들었다.

"3시 순찰 중이었거든요."

그녀는 끔찍한 기억이 다시 떠오르는 듯 몸서리쳤다.

"분비물이 나오기 전에 항원 검사부터 하죠."

방역 팀원들이 방역복을 정돈하고 목욕탕으로 들어섰다. 신속 항원 검사 키트의 멸균 면봉이 최순자의 콧속으로 들어갔다. 잠시 후 면봉을 담근 시약 몇 방울이 테스트기 위로 떨어졌다. 결과를 기다리는 사이 조선주는 임덕희를 따갑게 쏘아보고 있었다.

"이렇게 물바다로 만들어놓으면, 누구 하나 미끄러져 죽으라는 거야 뭐야…."

조선주에게 최순자의 사인 따위는 관심거리가 아닌 듯했다. 그녀의 태도가 오래된 나쁜 기억을 불러왔다. 엄마가 있었던 요양원 원장도 그랬다. 환자를 언젠가는 치워버릴 돈벌이 수단으로 대했다. 엄마가 침대에서 낙상 사고를 당했을 때도 원장은 책임을 회피할 뿐이었다. 애초에 낙상인지조차 의심스러웠다.

"어? 음성인데요?"

방역 팀원이 내민 테스트기 위에 붉은 줄이 하나 선명하게 떠올라 있었다.

"코로나 감염이 아니란 얘기예요?"

"정밀 검사를 해봐야겠지만 일단 그렇게 보입니다."

조선주가 테스트기를 낚아채 믿을 수 없다는 얼굴로 응시했다.

"원장님, 사망자가 전에 확진된 이력이 있나요?"

"아니요. 그건 아닌데…."

"혹시 실족사 아닐까요? 바닥의 물기가 장난 아니잖아요."

상문이 끼어들었다. 나는 시신의 머리를 살피며 고개를 저었다.

"두부 쪽에 치명적인 손상은 없어."

"뇌내출혈일 수도 있잖아요."

"미끄러졌다면 슬리퍼가 벗겨지거나 날아가 있어야 하지 않을까?"

내 말대로 최순자의 두 발에는 슬리퍼가 얌전히 신겨져 있었다. 나는 몸을 낮춰 최순자의 손가락 끝을 응시했다.

"손톱 끝에 청색증이 나타났어. 발톱도 마찬가지고. 청색증은 혈관에 산소 공급이 원활히 안 됐다는 증거야. 급성 심장마비의 전형적인 증상이지. 아마 고령인 나이가 원인 같아."

내가 요양사에게 손짓을 하자 그녀가 다가왔다.

"혹시 사망한 어머님이 심장 쪽에 지병이 있지 않았나요?"

"아, 아니요. 심장은 문제없었어요."

예상치 못한 대답이었다. 나는 당황한 기색을 숨겼다고 생각했지만, 임덕희는 그것을 놓치지 않았다.

"내가 그랬잖아. 누가 순자 언니를 죽인 거라니까."

하지만 시신 어디에도 타살 흔적은 없었다. 최순자가 정말 살해됐다면 적어도 방어흔 정도는 남아 있어야 했다. 정황만 놓고 보면 돌연사가 자연스러운 결론이었다. 물론 타살 흔적이 외부로 드러나지 않는 때도 있지만 내가 판단할 수 있는 영역은 아니었다.

"아무래도 부검해야 할 것 같습니다."

내 한마디에 일순간 공기가 무거워졌다. 노인이 홀로 사망한 경우, 부검을 하는 건 흔한 일이었다. 하지만 유족은 별로 반기지 않았다.

"요양사님. 가족과 연락이 될까요?"

"저… 최순자 어머님은 가족이 없어서요…. 외동딸에 미혼이고, 자식도 없으세요."

"그러면 여기는 어떻게 들어온 거죠?"

"그냥 어느 날 갑자기 오셨어요. 캐리어 하나 끌고요."

나는 최순자를 내려다봤다. 그녀의 벌어진 입이 왠지 나에게 말을 걸어오는 것 같았다.

2

최순자의 시신이 아가페 요양원을 빠져나간 것은 오전 4시경이었다. 무연고자에 코로나 대유행이라는 특수 상황까지 겹쳐 부검하는 데 오래 걸릴 것으로 예상됐다. 나는 상문을 먼저 보내며 평소 친분이 있던 판사에게 최대한 빨리 부검 영장을 발부해주기를 부탁했다. 상문이 차에 오르며 근심 어린 눈빛으로 나를 봤다.

"혼자 괜찮으시겠어요?"

"내 걱정 말고 시킨 일이나 잘해."

"경위님은 살인이라고 확신하세요?"

"경찰한테 확신이 어디 있어? 의심할 뿐이지. 국과수에서 대기하고 있으면 연락 갈 거야. 아, 그리고 최순자에 대해서 좀 알아봐줘. 하나도 빠짐없이."

"알겠습니다. 연락드릴게요."

상문이 떠나고 나는 곧바로 원장실로 가서 CCTV 열람을 요청했다. 조선주는 마지못해 응하면서도 뒤끝을 남겼다.

"형사님, 만약 여기가 문을 닫으면 불쌍한 분들 갈 곳이 없어지는 거예요. 이 시국에 누가 노인들을 받아주겠냐고요."

"그냥 형식적인 조사라고 생각하세요."

원장실을 나온 나는 40대 요양사를 따라 관리실로 이동했다. 그녀의 이름이 설지은이라는 것을 옷에 달린 명찰을 보고 알았다. 최순자의 마지막 모습은 2층 복도 CCTV 영상에 담겨 있었다. 오전 2시 39분경 마스크를 쓴 최순자가 복도 왼쪽 끝 201호에서 나와 목욕탕 쪽으로 이동하는 게 보였다. 그녀는 넘어질세라 안전바를 잡고 느릿하게 걷고 있었다. 긴 가운이 발을 덮어 마치 유령이 복도를 부유하는 것처럼 보였다. 카메라가 목욕탕까지 비추지는 못했지만, 최순자가 들어간 것은 확실해 보였다. 그리고 오전 3시 3분, 설지은이 목욕탕 앞에 나타났다.

"불이 켜져 있어 들어갔는데 처음에는 누군가 싶었어요."

"밤중에 목욕하는 경우가 흔한가요?"

"아니요. 근데 순자 어머님은 간혹 그러셨어요. 속을 좀 썩이셨죠."

"들어가셨을 때 욕조에 물이 넘치고 있었나요?"

"네. 제가 잠갔거든요. 근데 좀 이상했어요. 목욕을 할 사람이 옷도 안 벗었잖아요."

"사람마다 다르지 않을까요? 물을 다 받고 옷을 벗는 사람도 있으니까."

"아….."

그럼에도 한 가지 의문이 들었다.

"아까 처음에 누군지 몰랐다고 하셨는데….."

"목욕탕 안에 김이 가득 차 있어 잘 안 보였거든요."

"혹시 물 온도는 어땠는지 아세요?"

"손을 담가본 건 아니라서…. 김이 찰 정도면 꽤 뜨겁지 않았을까요?"

나는 휴대폰을 꺼내 현장 사진을 띄웠다. 수전의 손잡이가 온수 쪽으로 최대한 돌아가 있었다. 뭔가 어긋나는 느낌이 들었다. 나는 혼자 관리실을 나와 목욕탕으로 향했다.

더운 수증기가 밀폐된 목욕탕을 가득 채웠다. 설지은의 말대로였다. 최순자가 쓰러진 자리에서는 욕조만 선명히 보일 뿐 나머지는 시야에서 흐려졌다. 욕조에 물을 가득 받는 데는 정확히 17분이 걸렸다. 수전의 손잡이를 온수 끝으로 돌려 완전히 개방했을 때의 시간이었다. 설지은이 도착한 시점을 계산하면 얼추 맞아떨어졌다. 최순자가 목욕탕에 들어오고 얼마 안 있어 물을 튼 건 확실해 보였다. 하지만 물이 너무 뜨겁다는 게 걸렸다. 적어도 섭씨 50도 이상으로 손끝조차 담그기 힘들 정도였다. 가까이 있는 것만으로도 등이 젖고 이마에 땀이 맺혔다. 그녀는 왜 이토록 뜨거운 물을 욕조에 가득 채웠을까? 종종 밤에 홀로 목욕을 해왔다면 적당한 온도를 맞추는 것쯤은 어렵지 않았을 텐데 말이다. 마치 땅을 곡괭이로 헤집어가다 단단한 바위를 만난 느낌이었다. 과거 내 사수였던 팀장의 말이 떠올랐다.

'너의 확신을 끊임없이 의심해. 그게 수사의 시작이야.'

나는 그의 말대로 확신을 차례대로 넘어뜨리기 시작했다. '최순자는 과연 목욕할 생각이었을까?' 그러자 다음 도미노가 넘어갔다. '물을 튼 사람은 정말 최순자가 맞을까?' 연이어 다음 도미노가 넘어갔다. '목욕탕에는 최순자 혼자만 있었을까?' 마침내 도미노는 완전히 다른 결론에 다다랐다.

'최순자는 누군가에게 살해당했다.'

순간 약속이라도 한 듯 퍼즐이 맞춰졌다. 그녀가 왜 욕조에 뜨거운 물을 받고 옷을 입은 채 쓰러졌는지 말이다. 짙은 안개 속에 누군가 있었다. 최순자 말고 또 다른 누군가가.

최순자의 방이 목욕탕을 기준으로 왼편에 있다면 임덕희의 방 206호는 목욕탕 바로 오른편에 있었다. 조금 전에 확인한 CCTV가 이 방 바로 위에 있었기에 목욕탕을 비추지 못한 것이다. 노크 후에 조심스럽게 방문을 열자, 임덕희는 아직 잠들지 못한 모습이었다.

"괜찮으시면 저랑 말씀 좀 나눌 수 있을까요?"

"예. 괜찮고말고요."

잔뜩 흥분했던 모습은 어디 가고 임덕희는 어느새 다른 사람이 되어 있었다. 나는 임덕희에게 침대에 누워 있어도 된다고 했지만, 그녀는 한사코 거절했다. 그녀는 침대 매트리스 밑에서 무언가를 꺼내 수줍게 내밀었다. 티슈로 감싼 곶감이었다.

"이 정도는 법에 안 걸리죠?"

"고맙습니다. 잘 먹을게요."

말은 그렇게 했지만, 아직 허기가 없어 곶감을 슬쩍 주머니에 넣었다. 임덕희는 같이 방을 쓰던 할머니가 보름 전 눈을 감은 이후로 홀로 있다고 했다. 방 안에는 진한 한약 냄새가 배어 있었는데, 창가의 약탕기가 고인이 유일하게 세상에 남긴 물건이었다.

"오래 살자고 온갖 좋은 거 해봐야 뭐 하나 싶어요. 다들 이렇게 가버리고 말 것을…. 근데 무슨 일로?"

"최순자 어머님이 어떤 분이었는지 알고 싶어서요."

임덕희는 깊은 한숨을 내쉬더니 천천히 입을 뗐다.

"미스 아가페. 다들 언니를 그렇게 불렀어요."

그녀가 기억하는 최순자의 첫인상은 눈부심 그 자체였다. 재작년 여름, 최순자가 캐리어 하나를 끌고 요양원 앞에 도착했을 때 다들 그녀를 면회객쯤으로 생각했다. 하늘거리는 고급 원피스에 비싼 구두, 진한 화장에 새빨간 입술까지. 누가 봐도 입소자의 모습은 아니었다.

"뭐가 부족해 여기 왔나 싶었죠. 그 정도면 재력도 있고 노후 준비도 됐을 텐데. 그러다 나중에 알게 됐죠. 가족이 없다는 걸."

"본인이 말하던가요?"

"언니는 자기 얘기를 일절 하지 않았어요. 설 요양사님한테 들은 거예요."

돌이켜 보면 내가 그 얘기를 처음 접한 것도 설지은이었다. 임덕희는 최순자가 요양원에서 가장 밝고 활달한 사람이었다고 말했다. 노인들 대부분이 가족으로부터 버려졌다는 절망감에 오랜 우울을 겪지만, 최순자는 그런 게 없었다. 그녀는 처음부터 남다른 에너지로 사람들의 관심을 끌었다.

"언니는 정말 아낌없는 사랑을 베풀었어요."

최순자는 노인들의 이야기를 들어주고 세심하게 챙겨주는 데 망설임이 없었다. 요양사들이 루틴에 따른 기계적인 도움을 주는 반면, 최순자는 그야말로 진심으로 다가갔던 것이다. 한 번은 최순자가 몸이 자꾸 한쪽으로 기우는 노인에게 뇌경색이 있음을 눈치챈 일이 있었다. 그 덕에 노인은 긴급 수술을 받아 수명을 늘렸고 손주의 탄생을 목격했다. 또 이런 일도 있었다. 어떤 노인이 가족들이 지켜보는 가운데 마지막을 맞고 싶어했다. 하지만 누구도 자기 죽음을 예측할 수는 없는 법이다. 게다가 노인의 아들은 소위 잘나가는 증권맨으로 눈코 뜰 새 없이 바빴다. 그러던 어느 날 아침, 최순자는 대뜸 노인의 아들에게 전화를 걸어 오늘 안에 꼭 엄마를 보러 오라고 했다. 그날 저녁 늦게 아들 가족이 도착했고 얼마 후 노인은 가족들이 지켜보는 가운데 평온하게 숨을 거두었다. 이런 일련의 일들이 최순자를 특별한 존재로 만들었다. 최순자의 신통함에 점을 봐달라는 사람도 있었고, 자신이 죽으면 천당과 지옥 중에 어디로 가는지 묻는 사람도 있었다.

"언니는 마치 다 알고 있는 듯 했어요. 세상 돌아가는 이치를요."

임덕희는 어느새 감화된 얼굴을 하고 있었다. 진실이야 어쨌든 최순자를 통해 어떤 경이감을 느낀 듯했다.

"하지만 본인의 죽음은 몰랐던 것 같네요."

내가 뿌린 찬물에 임덕희의 얼굴이 굳어졌다.

"그건 언니를 몰라서 하는 말이에요. 하루는 언니가 절 불러 고백을 하더라고요. 조만간 자신이 누군가에게 죽임을 당할 거라고 했어요."

"그게 누군지는 말씀 안 하셨나요?"

"범인이 요양원 안에 있을 거라고만 했어요."

“의심 가는 사람은요? 가령 원한이 있다거나….”

“안 그래도 조금 전까지 이름들을 쭉 적어봤어요.”

그녀는 서랍 안에서 빛바랜 전단지 조각을 꺼내 나에게 건넸다. 방금 쓴 듯한 여섯 명의 이름이 적혀 있었다.

조선주, 설지은, 양부남, 이길태, 박란, 정은혜.

“조 원장님과 설 요양사님은 이미 뵀고요. 나머지는 어떤 분들이죠?”

“양부남은 303호인데 언니를 희롱한 적이 있는 몹쓸 인간이에요.”

그제야 3층이 남성 병동이라는 안내판을 봤던 기억이 났다.

“이길태는 여기 전담 의사인데 언니의 신기를 못마땅해했어요.”

그러고 보니 최순자의 사망 현장에 의사인 그가 없었다는 게 의아했다.

“박란은 204호에 계시죠?”

“어떻게 알았어요?”

“배정표에서 봤습니다.”

“아주 심술궂은 할망구예요. 자기한테 쏠리던 관심이 순자 언니한테 가니까 질투심에 이를 갈았어요.”

“정은혜는 누구죠?”

“영양사요. 언젠가 언니가 반찬에서 이상한 맛이 난다고 따졌는데 알고 보니 재료가 상해 있었어요. 노인들이야 미각이 약해 잘 모르잖아요. 언니가 아니었으면 죄다 배탈이 날 뻔했죠.”

메모 속의 인물들 모두 최순자와 어떤 감정의 골이 있었다. 하지만 그것이 한 사람을 살해할 정도는 아니라는 생각도 들었다. 임덕희가 준 메모를 주머니에 넣고 방을 나서려던 차에 상문으로부터 연락이 왔다.

“영장 받았고요. 금방 부검에 들어갈 거 같아요.”

“최순자에 대해서는 알아봤어?”

“그게… 아무래도 최순자는 가명인 거 같아요.”

"뭐?"

"주민등록번호상 사진은 전혀 다른 사람이에요. 바로 보내드릴게요."

나는 상문에게 받은 메시지를 열었다. 최순자와 닮은 구석이라고는 하나 없는 여자였다. 이제 겨우 수사의 첫발을 뗐는데 갑자기 피해자의 얼굴이 바뀔 줄이야. 확신에 대한 나의 경계는 이미 우스운 얘기가 되어버렸다.

나는 잡념을 떨치려 고개를 털었다. 최순자, 아니 최순자의 신원을 훔친 누군가가 아가페 요양원에 들어와 기이한 행적을 남기고 몇 시간 전에 살해당했다. 이 단순한 사실 안에 얼마나 많은 비밀이 있을지 감조차 잡히지 않았다. 나는 어두컴컴한 휴게실 소파에 털썩 주저앉았다. 차라리 상문과 함께 이곳을 떠나야 했을까. 애초에 가지 말라는 세영의 말을 듣지 않은 것부터가 잘못이었다. 아, 맞다. 세영이. 나는 휴대폰을 열었다.

'잠이 안 와.'

세영에게서 메시지가 와 있었다. 한 시간 전이었다. 나는 통화 버튼을 누르려다가 말았다. 혹여 그사이 잠이 들었다면 깨우고 싶지 않았다. 솔직히 딸에게 나의 불안과 혼란을 들키고 싶지 않았다. 그래서 짧은 답문으로 대신했다.

'엄마 아직 살아 있어. 걱정 마.'

잠시 기다렸지만 '안 읽음'은 끝내 사라지지 않았다. 나는 문득 엄마를 이렇게 걱정해본 적이 있었던가 하는 생각이 들었다. 엄마를 요양원에 보낸 날, 나는 깊은 잠에 빠져들었다. 그동안 쉬이 잠들지 못했던 이유도 있지만 해방감의 파도가 몰려와 나를 집어삼킨 탓이었다. 엄마는 그 낯선 곳에서 어떤 첫날밤을 보냈을까. 눈을 뜨면 내가 다시 집으로 데려갈 거라는 헛된 희망에 설레지는 않았을까. 하지만 나는 그럴 생각이 없었다. 안타깝지만 그게 엄마가 인생의 끝자락에서 받은 성적표였다.

두어 시간 남짓 지났을까. 누군가가 나를 흔들어 깨웠다. 눈을 뜨니 탁한 눈동자 두 개가 나를 내려다보고 있었다. 일흔은 돼 보이는 과묵한 인상의 남자였다. 남자의 작업복 차림새와 깊게 밴 담배 냄새로 그가 입소자가 아니란 걸 알았다.

"원장이 보재."

남자는 다짜고짜 반말로 자기 할 말만 하고 사라졌다. 그래도 효과는 확실했던지 잠이 확 달아나버렸다. 소파에서 축 처진 몸을 일으키는데 상문에게서 다시 전화가 왔다.

"부검 끝났어요."

"어떻게 됐어?"

"심장마비가 맞았어요. 근데….'"

자세히 설명할 자신이 없었는지 상문이 곁에 있던 진 교수에게 전화를 넘겼다. 진 교수는 심장마비가 확실하나 지나치게 깔끔하다고 했다.

"깔끔한 게 이상한 거예요?"

"심장마비가 오면 어떤 흔적이 남는단 말이야. 혈관이 막혔다거나 심근에 손상이 왔다거나. 근데 그런 게 없어. 한순간 멈춰버렸어. 스위치를 끈 것처럼 말이야."

"평소 심장에 문제가 없었다는 진술이 있었어요."

"아마 그랬을 거야."

나는 진 교수에게 현 상황이 가능할 경우를 물었다.

"간혹 있긴 한데… 더 정밀한 검사가 필요해. 이를테면 화학적인?"

"독극물을 말씀하시는 거예요?"

"난 결과 없이 확답 못하는 거 알잖아."

그 말은 진 교수 역시 같은 의심을 품고 있다는 뜻이었다. 문제는 화학적 정밀 부검을 하려면 꽤 시간이 걸린다는 거였다. 나의 오랜 본능은 사건을 오래 끌면 끌수록 진실로부터 멀어진다고 소리치고 있었다.

3

"살인이요?"

조선주의 벌어진 입이 쉬이 닫히지 않았다.

"형사님 여기는요. 서 있기도 힘든 분들이 계세요. 살인은 말도 안 돼요."

"큰 힘이 필요 없는 살인도 있더라고요."

조선주는 가슴이 답답한지 마스크를 빼 원장실 바닥에 내팽개쳤다.

"만약에 이 일로 요양원에 피해가 오면 저도 가만히 있지는 않을 거예요!"

"정당한 공무 수행일 뿐입니다."

"애초 방역 업무 때문에 오셨잖아요. 주어진 일만 하셔야죠."

"범인을 잡는 게 제 본업이라서요."

나는 임덕희의 메모를 꺼내 여섯 사람의 이름을 차례로 읊었다.

"원장님을 포함한 이 여섯 분을 한자리에서 뵙고 싶습니다. 협조해주세요."

"지금 날 범인 취급하는 거예요?"

"대표자 참여로 생각하시는 편이 좋겠네요."

"이거 엄연히 집합 금지 명령 위반이에요."

"공무집행은 제외되는데 모르셨죠?"

조선주의 매서운 눈빛이 나를 꿰뚫을 것 같았다.

"임덕희 어머님은 치매가 있어요. 그런 분 말만 믿고 이러시면 안 되죠."

"전적으로 제가 판단한 겁니다. 부디 협조 부탁드려요."

조선주는 깊은 한숨을 쉬더니 내선 전화를 들었다. 나는 원장실을 나가며 바닥에 떨어진 마스크를 탁자 위에 올려놓았다. 등 뒤에 따가운 시선이 꽂혔지만 돌아보지 않았다.

강당에 도착했을 때 총 다섯 개의 의자가 마련되어 있었다. 의자 하나가 모자란 것을 보고 조선주는 오지 않겠다고 생각했다. 가장 먼저 들어온 사람은 정은혜였다. 몸에 밴 음식 냄새가 확 풍겨 왔다. 차분하고 말수가 적은 여자였다. 그녀는 부끄러운 듯 얼룩진 앞치마를 돌돌 말아 무릎 위에 올려놓았다. 잠시 뒤 복도 쪽에서 큰 소리가 들려왔다.

"관절도 겨우 붙어 있는 지경인데 뭐 때문에 오라 가라 하는 거야!"

얼굴에 뭘 발랐는지 기름기가 번들거리는 노인이었다. 굳이 묻지 않아도 그가 양부남이라는 걸 알 수 있었다. 양부남은 뒤늦게 나를 발견하더니 머리부터 발끝까지 끈적한 시선으로 쭉 훑었다. 나는 목에 걸려 있는 경찰 신분증을 그의 눈앞에 들어 보였다.

"경찰입니다. 선생님께 여쭙고 싶은 게 있어서요."

양부남은 헛기침하며 시선을 거두더니 얼른 자리에 가 앉았다. 이윽고 이길태와 조선주가 도착해 자리를 채웠고 마지막으로 설지은이 박란의 휠체어를 끌고 들어왔다. 의자가 다섯 개뿐이었던 것은 휠체어 때문이었다. 박란은 손에 든 지팡이로 바닥을 툭툭 치며 불평을 늘어놨다.

"코로나로 사람 죽는 게 무슨 대수라고 이 난리인지 모르겠네."

"최순자 어머님은 코로나로 돌아가신 게 아닙니다."

"그럼?"

"살해당했습니다."

나는 기어이 그 문장을 내뱉고야 말았다. 증거가 부족한 상황에서 성급한 판단일 수도 있었다. 하지만 어떤 수사는 먼저 치고 나가는 게 도움이 된다. 범인에게 경찰이 얼마나 알고 있을지에 대한 불안을 심자면 말이다. 나는 잠깐의 침묵 속에서 여섯 명의 얼굴을 빠르게 훑었다. 주목할 만한 변화를 보인 사람은 없었다. 범인이 심장을 흔적도 없이 멈추게 할 만큼 치밀하다는 것을 간과했다.

"심장마비라고 들었는데요. 살해됐다는 증거가 나왔나요?"

이길태가 손을 들고 말했다. 안경 너머로 불신이 느껴졌다.

"자세히 말씀드릴 순 없지만 일반적인 심장마비는 아닙니다."

"우리도 알 건 알아야지. 범인 취급받는 것도 영 기분 나쁜데."

양부남이 합세했다.

"기분 나쁘셨다면 죄송합니다. 저는 그저 여러분께 몇 가지 묻고 싶을 뿐입니다."

"임덕희야."

"네?"

"여기 있는 사람 다 그년 짓이지? 하긴 그 사기꾼한테 꼼짝을 못했으니."

박란의 입가에 비릿한 미소가 떠올랐다.

"저한테 제보자의 신원을 밝힐 의무는 없습니다."

"맞네. 썩을 년."

"확실한 건 최순자 어머님은 오늘 새벽 목욕을 할 생각이 없었다는 겁니다."

"욕조에 물을 받았잖아요?"

설지은이 의아한 듯 물었다.

"물을 튼 건 어머님이 아니라 범인이거든요. 그렇게 뜨거운 물에 목욕할 사람은 세상에 없을 테니까요."

조선주의 헛웃음이 이어졌다.

"뜨거운 물과 순자 어머님 죽음이 대체 무슨 상관이죠?"

"범인이 물을 튼 진짜 이유는 자기 모습을 숨기려는 거였어요. 범인은 최순자 어머님이 도착하기 전, 이미 목욕탕에 있었거든요. 제가 동일한 조건에서 실험을 해봤습니다. 역시나 수증기 때문에 시야 확보가 쉽지 않았습니다. 게다가 욕조 물이 넘치게 되면 자신의 범행 흔적까지 깔끔하게 지워질 걸 알았을 겁니다."

"허, 참. 그거 다 형사 양반 상상 아닌가? 그딴 소리를 하려면 증거를 대야지. 증거를! 하물며 어떤 놈이 들락거렸으면 카메라에 다 찍혔을 거 아니야!"

의자에서 벌떡 일어난 양부남이 삿대질을 했다.

"안타깝게도 목욕탕은 CCTV 사각지대에 있었어요. 그래서 제가 여러분을 모신 겁니다. 오늘 새벽 그 시간에, 어디에 계셨는지만 말씀해주시면 됩니다."

"저는 집에 있었습니다. 와이프한테 확인해보세요."

이길태가 포문을 열었다.

"나는 방에서 세상모르게 잤어."

양부남이 재빨리 바통을 이어받았다. 다음은 조선주와 설지은이었다. 조선주는 업무를 위해 원장실에 있었고, 설지은은 앞서 파악한 대로 당직 중 최순자를 처음으로 발견했다. 박란은 대답 없이 지팡이로 휠체어를 툭툭 쳐댔다. 아마 자기는 누구의 도움 없이는 문턱조차 넘지 못한다는 얘기겠지. 이제 나를 비롯한 사람들의 시선은 홀로 남은 정은혜에게 쏠렸다. 그녀는 입을 꾹 다문 채 시선을 바닥에 떨구고 있었다.

"정 영양사. 대답 안 하고 뭐 해?"

조선주의 재촉에 정은혜가 힘겹게 입을 뗐다.

"저는 그때… 식당에 있었어요…."

"뭐야? 진작 퇴근했던 거 아니었어?"

"제가… 전세 사기를 당해서요. 그래서…."

"식당에서 잤다는 말이야?"

"죄송해요…."

정은혜는 지난주부터 퇴근 후 몰래 식당 뒷문으로 출입했음을 털어놨다. 주방 구석에 접이식 돗자리를 깔고 불편한 잠을 청했던 모양이었다.

"무슨 도둑고양이도 아니고, 어쩐지 출근이 이르더니."

박란이 혀를 끌끌 찼다.

"근데 형사님께 꼭 말씀드려야 할 게 있는데… 확실한 건 아니고요. 제가 새벽에 이상한 소리를 들은 것 같아서요."

“정확히 어떤 이상한 소리요?”

“그게… 유리병이 깨지는….”

정은혜는 밤새 깊게 잠들지 못했다고 했다. 집을 잃고 가족들이 뿔뿔이 흩어진 것도 모자라 기름내 맡아가며 자는 처지가 서러웠던 탓도 있었을 것이다. 그렇기에 새벽녘, 정체 모를 소리를 들은 유일한 사람이었다.

“식당 근처였어요. 아마 1층하고 2층 사이 계단이었을 거예요.”

“몇 시쯤이었나요?”

“2시 58분이요. 잠에서 깨 휴대폰 시계를 봤거든요.”

“밖으로 나가 보셨어요?”

“그럴 처지가 못 돼서요.”

“소리가 어땠나요? 컸나요?”

“그냥 양념을 담는 정도의 작은 유리병이었을 거예요. 제가 여러 번 깨 봐서 알거든요.”

조선주와 설지은에게 같은 소리를 들었는지 물었다. 둘은 듣지 못했다고 대답했다. 1층의 원장실과 당직실은 식당과 달리 복도 끝에 있어 듣지 못할 가능성은 충분했다.

“3시 순찰 때는요? 계단 인근에서 유리 조각을 보지 못했나요?”

설지은이 모르겠다는 듯 고개를 저었다. 내 기억으로도 계단에 유리 조각 따위는 없었다. 사실이라면 범인이 곧바로 치웠을 가능성이 있었다.

“가만있어봐. 그러면 범인이 밖으로 나갔다는 소리 아니야?”

나 역시 박란과 같은 생각을 했다. 하지만 사건 발생 후 출입구 CCTV에는 연락을 받고 온 방역 팀원들, 그리고 나와 상문의 모습만 찍혀 있었다. 요양원을 빠져나간 사람은 없었다. 식당 뒷문을 통할 수도 있겠지만 그랬다면 정은혜가 모를 리가 없다. 만에 하나 정은혜가 범인이라면 수사를 방해하기 위해 거짓 진술을 했을 가능성도 있었다. 그럼에도 독극물에 의한 살인이라는 추측과 유리병은 묘하게 공명하는 면이 있었다. 부검 결과가 언제 나올지 모르는 상황에서, 어쩌면 유리병이 독극물의 종류와 중

독시킨 방법에 대한 실마리를 제공해줄지도 몰랐다. 남은 유리 조각을 찾아봐야겠다는 생각에 미쳤을 때였다. 조선주가 갑자기 가슴을 부여잡더니 몸을 한껏 웅크렸다. 호흡이 힘든 듯 입으로 공기를 그러모으려 애쓰는 게 보였다. 나는 의자에서 일어나 조선주에게 다가갔다.

"원장님, 왜 그러세요? 어디 편찮…."

순간 조선주의 몸이 기우뚱하더니 의자에서 바닥으로 떨어졌다.

4

나는 좀처럼 진정되지 않는 손으로 휴대폰을 들었다. 세영에게 보낸 메시지의 '안 읽음'은 사라졌지만 답은 없었다. 누구라도 붙잡고 이 믿지 못할 상황을 전하고 싶었다. 하물며 치매 걸린 엄마여도 상관없을 것 같았다. 하지만 이제 엄마가 내 부름에 응답할 일은 없었다. 언젠가 나를 치워버릴 세영도 기묘한 해방감에 깊은 잠에 빠지겠지.

조선주가 쓰러진 직후 강당은 혼란에 휩싸였다. 보이지 않는 바이러스의 공포에 사람들은 일제히 강당을 뛰쳐나갔다. 의사인 이길태마저 꽁무니를 빼는 바람에 조선주를 책임질 사람은 나뿐이었다. 심폐소생술 끝에 조선주가 희미하게 숨을 뱉자, 안도감이 몰려온 나는 강당 바닥에 쓰러졌다. 얼마 후 구급차가 도착했고 조선주는 음압 튜브에 들어간 채 격리센터로 이송됐다. 나는 방역 요원들에게 그간의 상황을 전했고 얼마 안 있어 청장의 전화를 받았다.

"코로나 수습하라고 보냈더니 대체 무슨 짓을 하는 거야!"

"사망자가 살해됐을 가능성이 있습니다."

"그러면 부검 결과를 기다리면 되지, 왜 쓸데없이 움직여 일을 키워?"

"결과가 언제 나올지도 모르고…."

청장은 내 말을 잘라먹고 과거 일을 들추기 시작했다. 의문의 낙상 후,

엄마는 열흘 만에 눈을 감았다. 그에 대한 나의 수사 요구는 본의 아니게 여러 사람에게 폐를 끼쳤다. 특히 팀장은 팀원의 친족 사건 수사를 무리하게 진행했다는 오명을 뒤집어쓰고 진급에서 밀렸다. 수사는 결국 증거 불충분으로 마무리될 수밖에 없었다. 나는 동료들이 얼마나 애썼는지 알기에 결과를 받아들였다.

"황 경위님. 어머님 일 절대 경위님 탓이 아니에요."

상문의 위로는 나에게 죄책감만 더할 뿐이었다. 못된 년. 엄마는 아마 홀로 남겨진 첫날 밤 그렇게 중얼거리지 않았을까.

의식을 찾은 조선주가 확진자로 판명되자 시·도청은 아가페 요양원에 '코호트 격리 명령'을 내렸다. 하루아침에 원장 대리가 된 설지은은 정부 방역 조치에 적극 협력했다. 노인과 직원들은 모두 신속 항원 검사를 받았고, 요양원 내 여분 공간을 최대한 활용해 1인 1실의 완전 격리가 이루어졌다. 강당에 모였던 인원들을 포함한 그 누구도 아가페 요양원을 빠져나갈 수 없게 된 것이다. 당연히 내 존재가 사람들의 입방아에 오르기 시작했다. 박란과 양부남이 내가 집합 금지 명령을 어기고 요양원을 쑥대밭으로 만들었다고 떠벌린 모양이었다. 설지은은 나에게 요양원 뒤편의 식자재 창고에서 자가 격리하는 게 어떨지 물었다. 나로서는 더 이상 선택지가 없었다. 잠시 후 낯익은 남자가 원장실로 들어왔다. 오전에 소파에서 잠든 나를 깨웠던 노인이었다.

"고 기사님. 형사님을 창고로 안내해주시겠어요?"

노인의 이름은 고낙준으로 요양원의 차량 운전과 시설 관리 등을 도맡고 있었다. 나는 그를 따라 원장실을 나왔다. 어떤 오기가 생겼던 것일까. 출입문으로 향하던 길에 나는 고낙준에게 잠시 양해를 구하고 계단을 살폈다. 한눈에 보기에도 유리 조각 같은 것은 없었다. 나도 모르게 나직한 한숨이 새어 나왔다. 어쩌면 청장 말대로 쓸데없는 짓을 한 것일지도 몰랐다. 그게 아니면… 아직도 엄마의 죽음에 대한 미련이 내 눈을 흐리게 만들었던 것일지도.

"그거 내가 다 치웠는데…."

고낙준의 무심한 한마디가 귀에 날아와 박혔다.

"제가 뭘 찾고 있는지 아세요?"

"어떤 놈 짓인지 유리가 사방천지더라고."

흐트러졌던 집중력이 순식간에 제자리를 찾았다. 나는 고낙준에게 유리 조각을 어떻게 했는지 물었다.

"쓸어다 요 앞 화단에 버렸어. 구급차가 최순자를 실어갈 때쯤일 거야."

"새벽 4시쯤이겠네요?"

"응. 근데 그건 왜?"

나는 잠긴 출입문을 열고 나가 화단을 살폈다. 어느새 다가온 고낙준이 정확한 위치를 가리켰다. 빽빽한 꽃나무 밑에 노을빛을 받아 반짝이는 유리 조각들이 있었다. 나는 뒷주머니에서 증거 수집용 비닐과 장갑을 꺼냈다. 그리고 장갑을 낀 손으로 유리 조각들을 조심스럽게 집어 비닐 안에 넣었다.

．

창고 안에는 식재료와 부식들이 빼곡히 쌓여 있었다. 그중에 유통기한이 지난 상품이 있는지 비릿한 냄새가 났다. 나는 고낙준이 돌아가기를 기다려 환풍기를 틀고 부식 상자 위에 걸터앉았다. 그리고 비닐 안 유리 조각들을 살폈다. 가장 큰 조각에 검은 자국이 있었다. 최순자를 죽음에 이르게 한 독극물이 틀림없었다. 범인은 최순자에게 병에 든 독극물을 투여한 후 현장을 급히 벗어나려다 유리병을 깨뜨렸을 것이다. 그 짧은 시간 안에 흩어진 조각들을 모두 처리하는 건 어려웠겠지. 자연히 의문이 뒤따랐다. 범인은 과연 어떻게 독극물을 투여했을까. 구강을 통해서라면 격렬한 저항이 있었을 테고 방어흔이나 독극물의 흔적이 신체에 남아야 했다. 아니면 젖은 수건에 흡수시켜 얼굴에 덮었을 수도 있다. 하지만 그렇다고 해도 최순자의 비명까지 막을 수는 없었을 것이다.

나는 타임라인을 좀 더 앞으로 돌려보았다. 애초에 최순자는 목욕할 생각이 없었으면서 왜 그곳에 갔을까. 일단 그 질문에 대한 답을 찾아야 나머지 매듭이 풀릴 거라는 생각을 하던 차, 참을 수 없는 허기가 몰려왔다. 돌이켜보면 이곳에 도착한 후로 제대로 된 식사를 하지 못했다. 뭘 먹지 않고는 더 이상 머리가 돌아가지 않을 것 같았다. 나는 도둑고양이처럼 냉장고 안을 살피다 문득 임덕희가 준 곶감을 떠올렸다. 주머니를 뒤져 곶감을 손에 들자 자연스레 엄마 생각이 났다. 시골집 처마에 달려 있던 주황색 곶감들. 아끼고 아껴 야금댔던 기억들. 한입 베어 물자 입안에 감도는 달콤함이 지친 몸을 나른하게 했다. 잠시 벽에 등을 기대기가 무섭게 휴대폰이 울렸다. 상문이었다.

"지문으로 최순자의 본명을 알아냈어요. 장순남이에요."

"진짜 최순자는?"

"작년 말 교도소에서 사망했더라고요."

"둘의 관계는 어떻게 되는데?"

"장순남도 20년 전 같은 교도소에 있었어요. 살인죄로요."

나는 상문이 찍어 보내준 사건 기록을 재빠르게 훑었다. '기천동 주택가 노인 살인사건'(2001)의 누렇게 바랜 표지가 지나가고 사건 개요가 눈에 들어왔다.

피의자 / 장순남(女), 1950년 4월 3일생
피해자 / 이기석(男), 1931년 8월 19일생

사건 개요: 2001년 7월 12일, 03시경. 피해자를 간호하던 입주 간병인인 피의자가 무방비 상태의 피해자를 살해한 사건.

사인: 독극물 중독에 의한 급성 심장마비. 올레안드린oleandrin.

순간 심박 수가 급격히 치솟는 것이 느껴졌다. '독극물'과 '심장마비'라는 두 단어가 볼드체가 아님에도 생생히 도드라져 보였다. 바로 밑에 날짜가 선명히 박힌 현장 사진이 붙어 있었다. 이기석의 마지막 얼굴은 최순자의 그것이었다. 떨리는 손으로 페이지를 넘기자 낯익은 것이 눈에 띄었다. 요양원 건물을 두르고 있는 꽃나무였다. 푸른 잎줄기에 분홍 꽃이 피어 있었고 '협죽도'라는 생소한 이름이 있었다.

협죽도(夾竹桃, *Nerium oleander*): 인도 원산의 상록 관목. 분홍색 꽃을 피우고 공해에 강하지만 치명적인 독성을 가지고 있다. 협죽도의 독은 심장에 직접 작용해 구토, 설사, 심장마비 등을 일으키며, 심할 경우 사망에 이르게 할 수 있다.

뒤이어 사건 개요 토막이 이어졌다. 나는 천천히 소리 내 읽었다.

"피의자는 협죽도 잎을 끓여 독극물 원액을 추출했음. 그 후 원액이 섞인 음식을 피해자에게 섭취시켜 사망에 이르게 함. 원액을 담았던 유리병이 인근 쓰레기장에서 발견됐는데, 피의자의 지문 세 점을 채취…."

고요함 속에 환풍기 소리만이 귓가에 맴돌았다. 나는 휴대폰을 내려놓고 고개를 돌려 환풍기를 응시했다. 목욕탕에도 환풍기가 있었다. 아마도 그것은 진실을 모두 빨아들여 허공으로 날려버렸을 것이다. 거기까지였다. 몸이 크게 기우는 동시에 바닥이 몰려왔다. 쿵 소리가 날 정도로 세게 얼굴을 부딪혔지만 그다지 통증이 느껴지지 않았다. 심한 메스꺼움과 어지럼증이 났다. 알 수 없는 무언가가 몸속으로 스미고 있었다. 정확히는 목을 타고 조금씩 내려가고 있었다는 게 맞다. 머릿속에 범인의 얼굴이 스쳤다. 범인이 누군지 깨닫고도 더 이상 잡을 수 없다는 게 화가 났다. 다잉 메시지라도 남긴다면 덜 억울하겠지만 손부터 말을 듣지 않으니…. 참담한 패배였다. 풀리지 않을 영원한 격리였다. 그때 창고로 다가오는 발소리가 들렸다. 희미한 시야에 문 밑으로 어른거리는 그림자가 보였다. 이윽고 창고 문이 벌컥 열렸다. 한 여자가 서 있었다. 익숙한 실루엣이었다.

“엄…마?”

왜 하필 그 말이 튀어나왔을까. 눈물이 고였다. 가슴이 아려왔다. 그 말을 입 밖에 내기까지 얼마나 오랜 시간이 걸렸는지. 하지만 엄마는 이제 없었다.

“형사님, 괜찮으세요?”

정은혜가 창고 안으로 뛰어 들어와 축 늘어진 나를 부축했다. 내 입은 뻐끔댈 뿐 아무 소리도 내뱉지 못했다. 호흡을 힘들어한다는 것을 눈치챈 정은혜가 뒤에서 나를 감싸 안더니 명치에 압력을 가했다. 한 번, 두 번, 세 번. 마침내 위산에 채 녹지 않은 곶감 덩어리가 전에 먹었던 것들과 함께 밖으로 튀어나왔다.

나는 정은혜의 부축을 받으며 뒷문을 통해 주방으로 들어갔다. 정은혜의 연락을 받고 급히 달려온 이길태가 내 목구멍 안에 손가락을 마구 쑤셔 넣었다. 다시 한번 게우고 나서야 시야가 트였다. 나는 싱크대 수도꼭지를 덥석 물고 목구멍 점막의 통증이 사라질 때까지 물을 삼켰다. 정은혜가 키친타월을 뜯어 나에게 내밀었다. 나는 얼굴의 물기를 적당히 닦아내고 호흡을 가다듬었다.

“영양사님 아니었으면… 큰일 날 뻔했네요.”

“내일 쓸 식재료를 가지러 갔던 거였거든요. 쓰러져 계셔서 깜짝 놀랐어요.”

나는 휴대폰의 사건 기록을 이길태에게 내밀었다. 그걸 본 그의 얼굴이 창백해졌다.

“올레안드린이면 강심배당체로 심장의 출력을 급격히 증가시켜요. 잘못하면 심근 마비가 오고요.”

“최순자의 부검 결과도 똑같아요. 심장이 갑자기 멈췄거든요.”

“다행히 형사님은 치사량을 섭취한 것 같진 않아요. 하지만 소량이라도 몸에 영향은 미쳐요. 응급실에서 치료를 받아야 해요.”

“해독제가 있나요?”

"디곡신 팹Digoxin Fab이라는 항체 주사가 있어요."

하지만 지금 요양원을 떠난다면 범인은 증거부터 인멸할 게 뻔했다.

"일단 범인부터 잡고요."

정은혜가 화들짝 놀랐다.

"범인이 누군지 알고 계세요?"

"아직 확인할 게 좀 남았지만요. 혹시 화단의 꽃나무 누가 심은 건지 아세요?"

"작년 여름에 고 기사님이 심었던 걸로 기억해요."

냉면집에 왔다가 협죽도를 처음 봤을 즈음이었다.

"원래는 다른 나무가 있었는데 벌레가 하도 꼬여서요. 나무를 바꾸고 나서는 괜찮아졌어요."

독성이 강한 나무에는 벌레가 없는 법이다. 나는 젖은 키친타월을 구겨 휴지통에 던져 넣었다.

5

어두운 2층 복도가 침묵에 잠겨 있었다. 나는 목욕탕 맞은편 벽의 소화전으로 다가갔다. 그리고 일말의 망설임도 없이 비상벨 버튼을 눌렀다. 날카로운 경보음이 침묵을 찢었다. 가장 먼저 뛰어 올라온 건 설지은이었다. 이윽고 노인들이 하나둘 복도로 나오기 시작했다. 3층에 있던 양부남을 비롯한 남자들도 내려왔다. 잠시 후 관리실에 있던 정은혜가 나와 약속한 대로 경보음 제어 버튼을 눌렀다. 복도가 일순간 조용해지자, 화가 잔뜩 난 박란이 나를 노려봤다.

"여기 노인들 파리 목숨인 거 몰라? 죽네 사네 하는 판에 뭐 하는 짓거리야!"

"지금 여기 최순자 어머님을, 아니 장순남을 살해한 범인이 있습니다."

낯선 이름의 등장에 노인들이 웅성거리기 시작했다.

“최순자는 가짜 신분입니다. 진짜 최순자는 교도소에서 죽었거든요.”

“대체 왜 그런 짓을 한 거죠?”

설지은이 믿을 수 없다는 얼굴로 물었다.

“장순남은 살인자였으니까요. 2001년 발생한 기천동 주택가 노인 살인 사건의 범인이었습니다.”

박란이 놀란 기색도 없이 팔짱을 꼈다.

“거봐! 내가 뭐랬어? 그년 사기꾼이라고 그랬잖아.”

“혹시 고낙준 기사님 계세요?”

나의 물음에 사람들의 시선이 일제히 복도 벽에 기대 있던 고낙준을 향했다.

“요양원 화단에 있는 꽃나무 직접 심으셨죠?”

“그건 왜?”

“국립과학수사연구소의 부검 결과로 그 꽃나무가 살인 도구였다는 게 밝혀졌거든요. 이름은 협죽도, 심장에 치명적인 손상을 주는 올레안드린이라는 독을 포함하고 있어요.”

단단했던 고낙준의 표정에 당황한 빛이 떠올랐다. 순간 양부남이 그의 멱살을 잡아 올렸다.

“내 이럴 줄 알았어! 어쩐지 음침하게 생긴 꼬라지가 영 보기 싫더니!”

나는 재빨리 둘 사이에 끼어들었다.

“이 손 놓으세요! 아직 제 말 안 끝났으니까!”

양부남이 떨어져 나가자, 얼굴이 벌게진 고낙준은 흐트러진 옷을 정리했다.

“고 기사님은 범인이 아니에요. 범인은 고 기사님한테 협죽도를 심을 것을 제안한 사람입니다. 고 기사님을 교묘히 이용해 살인 도구를 마련했어요.”

나는 사람들 사이에서 숨을 죽이고 있던 한 사람을 응시했다.

"제 말이 맞죠? 임덕희 어머님."

잔뜩 억눌린 탄식이 여기저기서 쏟아져 나왔다. 임덕희는 영문을 모르겠다는 표정이었다.

"무슨 소리예요? 왜 제가… 전 아니에요."

"멍청하긴! 쟤는 순자가 살해됐다고 했잖아. 범인인 게 말이 돼?"

얼마 전까지 임덕희를 비난했던 박란이 이번에는 편을 들고 나섰다. 다들 동의하는 듯 고개를 끄덕였다. 이길태의 말이 맞았다. 소량이었지만 어느새 독이 퍼지며 어지럼과 함께 몸이 붕 뜨는 느낌이 들었다. 나는 정신을 차리기 위해 숨을 깊게 들이마셨다가 내쉬었다.

"정 그렇게 생각하시면 일단 범인이라 지칭하겠습니다. 장순남은 피해자로 하고요. 이미 들으신 분도 있겠지만 오늘 새벽 피해자는 목욕하러 온 게 아니었습니다. 아마 범인이 다른 이유로 불러냈을 거예요. 원액으로 정제된 협죽도의 독을 유리병에 담아 준비한 후에 말이죠."

"말도 안 돼요! 누가 독을 먹이는 데 가만히 있겠어요!"

임덕희가 억울하다는 듯 목소리를 높였다.

"맞아요. 피해자가 저항했으면 흔적이 남았을 겁니다. 하지만 그럴 필요가 없었다면요? 설 요양사님. 목욕탕에 처음 들어갔을 때 김이 자욱했다고 하셨죠?"

"네."

"바로 그거예요. 범인은 피해자가 목욕탕에 오기 전에 뜨거운 물을 받고 원액을 탔을 겁니다."

"하지만 어머님은 물에 들어가지도 않았잖아요?"

설지은이 이해할 수 없다는 투로 물었다.

"들어갈 필요가 없었던 거예요. 독은 자연히 몸 안으로 들어갈 테니까."

나는 보란 듯 목욕탕 실내등을 켜고 닫혀 있던 문을 열었다. 목욕탕은 뜨거운 욕조 물에서 발생한 수증기로 가득 차 있었다. 내가 목욕탕으로 들어가자, 사람들이 가까이 몰려들었다. 다들 목을 빼고 수증기 한가운데로 들어간 나를 찾으려 했다.

"범인이 노린 건 바로 이 수증기였어요. 범인은 수증기로 욕실을 가득 채우고 욕조에서 물이 넘치기 직전에 수전을 잠갔을 겁니다. 그리고 피해자가 입장하죠. 그녀는 범인이 목욕탕 안 어디에 있는지 분간이 안 됐을 거예요. 그 점을 이용해 범인은 피해자의 마스크를 벗겼고 피해자는 수증기를 들이마실 수밖에 없었을 겁니다. 독이 포함되어 있다는 사실도 모른 채 말이죠."

"아무리 그래도 어떻게 수증기에 독을…."

"그건 이 선생님이 설명해주실 거예요."

"가능합니다. 에어로졸이라면요."

이길태의 입에서 나온 생소한 단어에 모두가 어리둥절했다.

"에어로졸은 공기 중에 부유하는 미세한 수분 입자로 흔한 코로나 감염 경로입니다. 에어로졸화된 바이러스가 호흡기로 들어오는 거거든요. 그렇다면 희석된 독극물이 미세한 물방울에 실려 들어오는 것도 이론상 가능합니다."

나는 곧바로 이길태의 말을 받았다.

"다만 조건이 필요해요. 첫째는 밀폐 공간이어야 한다는 것. 둘째는 흡입이 충분히 이루어져야 한다는 것. 밀폐 공간은 목욕탕 문이 닫혀 있었기에 가능했어요. 피해자의 시야가 차단됐기에 닫을 수 있었겠죠. 그리고 대화를 했다면 수증기를 더 빨리 흡수했을 거예요. 대화 내용은 알 수 없지만요."

"고령인 점도 치명적이었을 거예요. 아마 10분에서 20분 정도면 심장에 이상이 생겼을 겁니다."

이길태가 나의 추리에 방점을 찍었다. 이어 설지은이 물었다.

"그럼 어째서 다른 사람은 멀쩡한 거죠? 형사님도 거기 계셨잖아요?"

"처음으로 되돌아가 보죠. 범인은 3시경 설 요양사님이 올 걸 알았어요. 피해자가 사망한 것을 확인한 범인은 물을 다시 틀어 욕조를 넘치게 했어요. 목욕하려던 것처럼 보이는 동시에, 증거가 하수구로 흘러 사라질 수 있게요. 하지만 독성을 품은 수증기는 달라요. 다른 사람까지 죽을 경우, 일이 틀어지죠. 그런데도 범인은 문을 닫은 채 목욕탕을 나왔어요. 왜 그랬을까요? 바로 누구도 죽지 않을 거라는 확신이 있었던 겁니다."

나는 마스크를 벗어 사람들 앞에 들어 보였다. 임덕희의 눈빛이 흔들리는 게 보였다.

"팬데믹은 범인에게 최고의 살인 무대였습니다. 마스크를 쓰고 있다면 수증기를 흡입할 수 없으니까요."

"설마… 그래서 조 원장이…."

양부남이 자기도 모르게 무릎을 탁 쳤다.

"맞습니다. 조 원장님은 제가 현장에 도착했을 때 유일하게 마스크를 벗고 있던 사람이었어요."

임덕희의 얼굴이 어느새 벌겋게 달아올라 있었다.

"범인은 피해자가 사망한 후 다시 마스크를 씌울 수도 있었을 거예요. 하지만 그러지 않았어요. 그래야 다른 사람들이 절대 마스크를 벗지 않을 테니까. 원래 계획대로라면 피해자는 확진자라는 오명을 쓰고 요양원을 빠져나갔어야 하는 거죠. 근데 조선주 원장의 돌발행동이 그 완벽한 계획을 망가뜨렸어요. 당황한 범인은 결국 무모한 행동을 하고 말았죠."

나는 목욕탕 안쪽 벽에 있는 스위치를 눌렀다. 모터 소리와 함께 환풍기가 돌기 시작했다.

"요양사님, 피해자를 처음 발견했을 때 환풍기가 켜져 있었나요?"

"아니요."

"제가 왔을 때는 켜져 있었습니다. 아마 방역팀이나 조 원장님이 켰을 거로 생각할 수도 있지만 제 생각은 달라요. 범인은 조 원장이 목욕탕을 나간 틈을 타 문을 닫아 잠그고 환풍기를 켰던 겁니다. 수증기가 모두 사라질 때까지요."

임덕희의 이마는 어느새 땀에 젖어 번들거리고 있었다. 이제 그녀의 차례였다.

"아까 란이 언니 말대로 난 순자 언니가 살해당했다고 말한 유일한 사람이야. 정말 범인이라면 그럴 이유가 없잖아?"

"솔직히 처음에는 이해가 안 갔어요. 임덕희 어머님이 자신에게 불리한 말을 한 건 분명한 사실이니까. 저 역시 같은 이유로 어머님을 용의자 목록에서 일찌감치 제외했고요. 근데 말이에요, 만약에 어머님이 그 말을 하고 싶어서 한 게 아니라면 어떨까요? 한마디로 임덕희 어머님은 자기가 무슨 행동을 하는지 모르고 있던 겁니다."

"혹시 지금 치매를 말씀하시는 거예요?"

설지은의 물음에 주변이 다시 술렁거렸다.

"공교롭게도 돌아가신 저희 엄마도 치매였어요. 엄마는 유독 밤이나 새벽에 증상이 심했는데 의사 말로는 치매 환자들이 흔히 겪는 '일몰 증후군'이라고 하더군요. 전 임덕희 어머님이 목욕탕 문을 잠근 순간 기억을 잃었다고 확신합니다. 그럼에도 피해자가 살해당했다는 의식만은 남아 있었던 거죠."

"말도 안 돼! 이건 억지야!"

"그러면 왜 용의자 목록을 만드신 거죠? 제가 부탁한 적도 없는데? 자신의 실수를 뒤늦게 깨닫고 만회해보려 한 거 아니세요?"

"난 그저 도와주고 싶었을 뿐이야! 언니를 위해서!"

임덕희의 얼굴 근육이 부자연스럽게 씰룩이기 시작했다. 마치 가면이 녹아내리는 것 같았다.

"날 범인으로 몰아가려면 어떻게 독극물 원액을 만든 건지 설명해봐. 여기서는 불가능하다는 걸 모르지 않을 텐데."

"그것도 이미 알아냈습니다. 정 영양사님?"

사람들이 나의 시선을 좇아 고개를 돌렸다. 정은혜가 주방용 비닐장갑을 낀 손으로 낯익은 물건을 들고 목욕탕 안으로 들어왔다. 바로 임덕희의 방에 있던 약탕기였다.

"어머님의 룸메이트가 생전에 사용하셨다는 이 약탕기. 저는 이게 독극물 원액을 추출한 도구라고 생각해요. 협죽도 잎을 수거해 아주 조금씩 추출했던 거죠."

"만약 그랬다 쳐도 그 냄새랑 독성은 어떡할 건데?"

"아마 고인은 자신의 약탕기가 독극물 원액을 추출하는 데 쓰이는지는 까맣게 몰랐을 거예요. 한 번은 독을 내리고, 다음에는 약을 내리고. 반복하다 보면 냄새는 충분히 가려질 수 있죠. 하지만 우리가 모르는 또 다른 희생자를 낳았을 수도 있어요."

"그럼… 약을 그렇게 챙기던 양반이 갑자기 죽은 게…."

충격에 휩싸인 박란이 입술을 파르르 떨었다.

"독에 중독됐기 때문 아닐까요? 저처럼요."

나는 주머니에서 증거용 비닐 안에 담긴 유리 조각을 꺼내 보였다.

"이게 뭔지 아시죠? 아마 여기에는 어머님의 DNA와 독극물이 함께 묻어 있을 겁니다. 전 이걸 국립과학수사연구원에 보낼 생각이고요."

본 적이 있는지 모르겠다. 모든 걸 포기한 자의 얼굴을. 그건 오히려 편해 보이기까지 한다. 임덕희가 그랬다. 그녀는 시선을 툭 떨구더니 천천히 입을 열었다.

"방으로 급히 돌아가다 유리병을 놓쳤어…. 그게 구르고 굴러 계단 난간 밑으로 떨어지더라. 지금의 나처럼 말이야…."

임덕희의 말이 끝나자마자 다들 짠 듯이 그녀 주변에서 물러났다. 어느새 임덕희의 눈가는 흠뻑 젖어 있었다.

"맞아요. 내가 죽었어. 근데요… 왜 죽었는지가 기억이 안 나…. 내가 대체 왜!"

창밖으로 동이 트고 있었다. 상문이 도착한 건 그즈음이었다. 지원을 부탁했던 여성청소년계 수사관과 함께 구급차를 타고 왔다. 상문은 청장이 직접 병원에 연락해 항체 주사를 요청했다고 전했다.

항체가 몸속으로 들어가자 살짝 열감이 들었다. 깊은 잠에 빠진 임덕희를 여수사관에게 맡겨둔 채 나는 상문으로부터 파일 두 개를 건네받았다. 예상대로 장순남의 정밀 부검 감정서에는 올레안드린 검출이 적혀 있었다. 다른 하나는 이기석과 관련한 공증 문서였다. 이기석은 생전 큰 화훼 단지를 운영했는데 사망 시 유산이 전부 임덕희에게 상속된다고 적혀 있었다. 상문의 말에 따르면 1980년 당시 임덕희는 이기석의 화훼단지에서 일하던 직원이었다. 아내와 일찍 사별한 이기석에게는 자식이 없었고 오랫동안 일을 도왔던 임덕희가 자연스럽게 곁을 지켰다고 했다.

"결국 돈이 범행 동기가 아니었을까요?"

나 역시 상문의 생각에 동의하면서도 또 그게 전부는 아닐 거라는 예감이 들었다. 수사관으로부터 임덕희가 깨어났다는 연락을 받은 나는 상문과 함께 206호로 갔다. 그녀는 어젯밤과는 또 다른 사람처럼 보였다. 다행히 자신이 범행을 자백했다는 사실은 기억하고 있었다.

"말씀해주세요. 왜 장순남을 살해했고 이기석과 어떤 관련이 있는지."

어느새 그녀의 얼굴에는 소복이 슬픔이 내려앉아 있었다.

"사장님은 좋은 분이었어요…. 저같이 잘난 것 하나 없는 사람한테 일을 주셨으니까. 오랫동안 일하면서도 단 한 번도 화를 내거나, 절 쉽게 보고 건드는 일 따위는 없으셨죠. 그런데 하루아침에 쓰러지신 거예요. 파킨슨병으로…."

임덕희는 눈물을 삼키려는 듯 창 쪽으로 시선을 돌렸다.

"당연히 제가 그분의 간병을 맡았어요. 사장님은 너무 미안해하며 미혼이었던 절 호적상 배우자로 올려주셨어요. 유산을 모두 제가 받을 수 있게요. 하지만 햇수로 10년이 넘어가자 견디기가 너무 힘들었어요. 미음을 먹이고, 대소변을 받고, 욕창이 생길까 매일 수건으로 닦고… 가족도 못할 짓을 가족도 아닌 내가 하기에는 너무 벅차고 괴로웠어요. 제가 그분께 받은 은혜라면 감내해야 하는 게 맞아요. 그렇지만….”

“그래서 장순남을 고용했나요?”

임덕희는 눈가를 훔치더니 고개를 끄덕였다.

“구세주처럼 보였어요. 죄의식을 조금은 덜 수 있었죠. 그러던 어느 날… 장순남이 이상한 제안을 하더라고요. 편하게 보내줘야 한다고 했어요. 그게 진짜 사장님을 위한 길이라고. 뒤로 한마디를 덧붙였죠. 유산의 절반을 주면 직접 해주겠다고.”

그녀는 자신의 늙고 주름진 손을 응시했다. 깊게 파인 손금이 굴곡진 삶 같았다.

“몇 날 며칠을 고민하다 결국… 벗어나고 싶었거든요….”

그 한마디가 내 가슴을 깊숙이 찔렀다.

“자연스럽게 죽은 것처럼 보여야 한다고 했어요. 그 순간 하필 협죽도가 떠오르더라고요. 그분이 가장 좋아하던 상록수였거든요. 누굴 죽이고 싶으면 협죽도 잎을 달여 차로 먹이라는 짓궂은 농담을 하시곤 했어요.”

“어떻게 발각된 거죠?”

“설마 부검할 거라고는 예상 못했어요. 전 운 좋게 빠져나갔지만요.”

“범행 공모를 부인하신 건가요?”

“협죽도에 관한 얘기를 나눴을 뿐이라고 했어요. 정말 죽일 줄은 몰랐다고요. 경찰은 끝까지 의심했지만 증거 불충분으로 풀려났어요.”

임덕희는 비로소 이기석으로부터 벗어났고 모든 것이 그녀를 위해 돌아가는 것처럼 보였다. 최순자가 된 장순남이 아가페 요양원으로 찾아오기 전까지는 말이다. 임덕희는 장순남이 자신에게 복수할 생각이었다고 말했다.

“장순남이 사람들한테 친절했던 건 사실인가요?”

"사람을 홀리는 데 일가견이 있던 건 맞아요. 20년 전 저한테도 그랬으니까. 역시나 저에 대한 험담을 퍼뜨리기 시작했어요. 언젠가 사장님 얘기도 할 것처럼 굴었죠. 약속대로 유산의 절반을 요구했는데 돈은 이미 제 수중에 없었어요. 여기 오기 전에 모두 기부해버렸거든요. 그게 사장님에 대한 속죄라고 생각했으니까."

"장순남이 그 말을 믿지 않았군요."

임덕희가 숨이 찬 듯 잠시 말을 멈췄다.

"저한테 코로나는 운명 같았죠. 바이러스가 침방울로도 감염된다는 뉴스를 보는데 사장님 말이 떠올랐어요. 협죽도 잎을 달여 누군가를 죽일 수 있다면, 수증기를 이용하는 것도 가능할 것 같았어요. 딱 한 가지 걸렸던 게 치매였어요. 치밀하게 준비한 일을 잊어버리면 안 된다는 불안감에 시달렸거든요. 최대한 조심한다고 했는데… 결국 발목을 잡았네요."

"마지막으로 여쭤보고 싶은 게… 정말 저까지 없앨 생각이었어요?"

그녀가 내 눈을 피했다. 나는 그것으로 충분한 대답이 됐다고 생각했다. 창밖으로 따뜻한 햇살이 비치고 있었지만 지금 있는 방의 공기는 너무 무겁고 차가웠다.

임덕희가 탄 경찰차가 막 주차장을 빠져나간 뒤 나는 아가페 요양원 건물을 돌아봤다. 창가 커튼 뒤로 노인들의 그림자가 어른거렸다. 어떤 헌신적인 사랑으로도 구제할 수 없는 초라한 영혼들이 그곳에 갇혀 있었다. 협죽도가 꽃을 틔우려면 아직 시간이 남았지만 이미 시들어 떨어지는 것을 본 것만 같은 착각이 들었다. 하지만 그렇다 한들 누가 누구에게 강요하겠는가. 너무나 가혹하고 척박한 그 사랑을 말이다. 나는 차 안에서 한참을 울었다. 문득 엄마가 첫날밤에 느꼈을 감정이 생생히 밀려왔기 때문이다.

"여기 사람들 다 좋다니까 아무 걱정 말고. 자주 올게."

뻔한 거짓말을 하고 돌아서는 나의 뒷모습을 엄마는 얼마나 오랫동안 바라봤을까. 혹시나 하는 마음에 창밖을 보려다 사고를 당한 것은 아닐까. 사나운 생각들이 공허한 마음을 할퀴고 지나갔다. 메시지 알림음이 울렸다. 세영이었다.

'언제 와?'

휴대폰을 든 나의 손이 미세하게 떨렸다. 왠지 오래전 엄마가 나에게 보낸 메시지가 돌고 돌아 이제야 도착한 것 같았다. 나는 짤막한 답장을 꾹꾹 눌러 먼 하늘로 올려 보냈다.

'지금 갈게.'

김현철 한국예술종합학교 영화과를 졸업했고 영상화를 위한 글을 써오다가 뒤늦게 소설 집필의 매력에 빠져들었습니다. 추리와 SF 장르를 좋아하고 이야기 속에서 삶의 매듭을 풀어가는 작가가 되고 싶습니다. 영화진흥위원회 시나리오 공모전 우수상, 타임리프 소설 공모전 우수상 등을 수상했습니다.

심사평

《계간 미스터리》 신인상 심사위원

　　2025년 마지막 신인상 공모에 많은 작품이 몰렸고, 상당히 고른 수준을 보여주었다. 치열한 예심을 거쳐 〈미스 아가페〉, 〈세월의 더께〉, 〈순찰〉, 〈스승의 날〉, 〈유체귀遺體鬼〉, 〈혼자가 아니야〉, 여섯 작품이 본심에 올랐다.

　　〈세월의 더께〉는 200자 원고지 250매가 넘는 분량을 이끌어가는 매끄러운 진행으로 높은 평가를 받았으나, 미스터리로서 갖춰야 할 트릭의 신선함과 의외성이 떨어진다는 평가가 많았다. 밀실 살인을 표방했으나 지나치게 허점이 많아 밀실로 보기 어렵다는 점, 감식반이 이미 증거를 수집하고 난 현장에서 협탁 밑에 중요 단서가 쓰인 봉투가 발견된다는 설정은 현실성이 떨어지는 단점으로 지적되었다.

　　〈순찰〉은 따라가기 좋은 안정된 문장과 서술이 장점이었다. 하지만 과거를 회상하며, 경찰관의 책임에 관해 끊임없이 번뇌하는 주인공에 감정 이입하기가 쉽지 않았다. 주인공의 성찰과 감정 해소를 위해 삽입된 사건도 미스터리가 약해서 추리소설로 보기 어렵다는 지적이 있었다. 작품에 주제를 담으려는 시도는 좋았지만, 작가의 생각을 강요하기보다는 사건 전개 과정에서 자연스럽게 드러나게 한다면 더 좋았을 것이다.

　　〈스승의 날〉은 다음을 읽게 만드는 힘은 좋았으나, 학창 시절의 강간 피해에 대한 복수와 피해망상으로 스토킹하는 친구를 처리하는 방식이 다소 진부했다. 게다가 리허설이라는 말에 알아서 밧줄을 목에 거는 친구는 너무 쉬운 해결책처럼 보이고, 가해자 선생을 살해하고 자살한다는 설정이라면 바닥에 김장비닐을 깔 필요도 없다. 혈흔이 바닥에 뿌려져 있는 편이 더 현실적으로 보이지 않을까. 미스터리는 디테일에서 나온다는 점을 명심할 필요가 있다.

　　〈유체귀〉는 특정한 마을에 전승되는 전설 혹은 괴담을 활용한 요코미조 세이시를 연상케 하는 작품이었다. 하지만 긴 서사에 반해 사건 전개에 우연이 너무 많이 겹치고, 가장 중요한 반전이 작위적이라는 평가가 있었다. 이런 스타일의 작품은 다소 무리가 있는 설정이 많은데, 그걸 기꺼이 묵인할 정도로 깜짝 놀랄 만한 논리와 반전이 준비되어 있어야 한다.

최종적으로 〈혼자가 아니야〉와 〈미스 아가페〉가 경합을 벌였다. 〈혼자가 아니야〉는 평가가 극과 극으로 나뉘었다. SNS를 통해 사건이 알려지고, SNS를 통해 추리가 공개되면서 사건이 진행되는 전개 방식이 참신하다는 의견과, 소설이라기보다는 영상물을 위한 트리트먼트를 읽은 느낌이라는 평이 있었다. 〈미스 아가페〉는 요양원이라는 한정된 공간과 누구나 마스크를 써야만 하는 코로나 대유행 상황을 활용한 트릭이 수준급이었다. 임덕희의 치매 설정은 좀 과하다는 의견도 있었지만, 무엇보다 긴 분량을 한 호흡에 읽게 만드는 힘이 있고, 단순히 사건의 해결에만 급급한 게 아니라 주인공의 개인사가 얽히면서 자연스럽게 주제가 드러나도록 한 점이 높은 평가를 받았다. 심사위원들은 만장일치로 〈미스 아가페〉를 신인상 당선작으로 선정했다.

본심에 오른 작품들 모두 강점과 약점이 뚜렷하지만, 잠재력이 돋보였다. 이번 결과에 일희일비하기보다는 묵묵히 노력한다면 좋은 결과가 있을 것이다. 2026년에도 개성 넘치는 신인들의 도전을 기대한다.

수상자 인터뷰

《계간 미스터리》편집부

존 트루비는《장르의 해부학》서문에서 다음과 같이 말한다.

"각 장르는 고유한 철학을 표현하기 위해 특정한 전략을 활용한다. 위대한 건축가 루이스 설리번Louis Sullivan은 이를 "형태는 기능을 따른다"라는 말로 설명했다. 철학적으로 접근하자면 장르는 플라톤이 말하는 이데아이자 '그림자' 이면에 자리한, 진정으로 우리 삶을 설명해주는 구조다. 모든 스토리는 어떠한 문제를 제시하고, 장르는 그 문제를 해결할 수 있는 구조를 제공한다."

삶이 이야기를 만들지만, 이야기가 삶을 만드는 것 또한 진실이다. 당신이 SF를 선택했다면 당신은 SF적인 문제의식과 해결 방법을 갖게 된다. 미스터리를 선택했다면, 당신의 삶은 미스터리로 가득할 것이다. 미스터리 장르에 뛰어들고자 기꺼이 방향을 선회한 이번 호 신인상 당선자를 만났다.

가을호 신인상 당선자가 없어서 이번 겨울호 신인상이 더 반갑게 느껴집니다. 진심으로 축하를 전하면서 먼저 간단한 자기소개 부탁드립니다.

반갑습니다. 〈미스 아가페〉를 쓴 김현철입니다. 대학에서 영화 연출을 전공한 후, 영화와 드라마 분야에서 글을 써왔습니다. 현재는 잠시 휴식기를 갖고 소설 쓰기와 육아를 병행하고 있습니다.

영화와 드라마 쪽 일을 하셨군요. 작품을 읽으면서 대화를 처리하는 방식을 보고, 시나리오나 대본에 익숙한 분이 아닌가, 생각은 했었습니다. 당선작 〈미스 아가페〉는 어떻게 구상하시게 되었나요?

코로나 대유행 때 할머니가 요양원에서 홀로 눈을 감으셨는데, 그 경험이 소설의 바탕이 됐습니다. 요양원 유리창 너머로 격리된 할머니가 느꼈을 고독함과 임종을 지키지 못했다는 저와 가족들의 깊은 후회가 〈미스 아가페〉를 쓰기로 결심한 계기였습니다.

실제 경험이 바탕이 된 이야기였군요. 주인공 황미애가 요양원에 보냈던 어머니를 그리워하는 장면이 곳곳에 삽입되어 단순한 오락물에 그치지 않고 묵직한 주제 의식을 느낄 수 있었는데, 다 이유가 있었네요. 영상 쪽 일을 하시다가 미스터리 소설을 써야겠다고 결심하게 된 계기가 있나요?

서울 출생이지만 어린 시절 대부분을 지금의 수원 망포동에서 보냈습니다. 그래서 이춘재 연쇄 살인사건의 공포와 불안을 피부로 느꼈던 기억이 있습니다. 그런 오래된 감각들이 강력범죄와 범죄심리에 관한 관심으로 옮겨갔고, 시나리오와 드라마 극본을 거쳐 자연스럽게 소설로 이어진 것 같습니다. 가족들은 사람 죽이는 이야기 좀 그만 쓰라고 하지만 역시 사람 일은 마음대로 되지 않네요.

저도 아내에게 비슷한 핀잔 섞인 말을 종종 듣곤 합니다. 하지만 그래도 소설 도입부에 누군가가 좀 죽어줘야 흥미가 동하는지라…. (웃음) 평소에 미스터리 소설을 많이 읽으시나요? 미스터리 장르에서 전범으로 삼고 싶은 작가와 작품이 있나요? 꼭 미스터리가 아닌 타 장르도 좋습니다.

한때는 미스터리 소설에 꽤 애정을 가지고 읽다가 생업에 치여 멀어졌던 감이 있습니다. 최근에 와서야 휴식기를 핑계로 다시 들춰보기 시작했는데 잊었던 즐거움을 되찾은 느낌입니다. 오래전, 토머스 해리스의 《양들의 침묵》을 읽었을 때의 즐거움도 꼭 그랬습니다. 끔찍한 범죄를 다루면서도 한없이 우아하고 매혹적일 수 있다는 것을 처음 느꼈거든요. 전대미문의 캐릭터들은 아직도 뇌리에 박혀 쉽게 잊히지 않습니다.

한니발 렉터는 미스터리 역사상 최고의 빌런 가운데 하나죠. 작가님이 생각하시는 미스터리 장르의 매력은 무엇입니까?

죽음을 통해 삶을 이야기한다는 점입니다. 개인적으로 미스터리라는 장르가 인간의 삶을 비추는 거울처럼 느껴졌습니다. 다만, 죽음에서 생으로 향하는 정반대의 여정이라고 생각합니다. 어떻게 하면 죽음을 극복하고 살아갈 수 있는지 탐구하는 과정에 미스터리만의 매력이 있는 것 같습니다.

작가님 말씀에 전적으로 동감합니다. 죽음을 거의 다루지 않는 미스터리 하위 장르도 있지만, 역시 누군가의 죽음이 등장할 때와는 무게감에서 차이가 느껴지는 것 같습니다. 그런 의미에서 일상 미스터리를 잘 쓰기가 정말 어렵다고 생각합니다. 사족이 길어졌는데, 〈미스 아가페〉의 배경을 코로나 대유행으로 설정한 이유가 무엇인가요?

현실감이 살아 있는 클로즈드 서클을 만들고 싶은 바람이 있었습니다. 돌이켜보면, 코로나 대유행은 한때 지구상 모두가 경험했던 클로즈드 서클이었습니다. 아직도 그와 관련된 고되고 쓰린 기억을 누구나 하나씩은 가지고 있을 겁니다. 인물들이 마스크를 쓰고, 검사를 하고, 격리되는 것을 보여주면서 자연스레 독자들 개개인의 봉인된 기억을 끌어내고 싶었습니다.

그러고 보니 정말 코로나 대유행은 거대한 클로즈드 서클이었네요. 피해자가 되지 않고 생존해 나온 것만으로도 다행입니다. 작가님은 생존 여부에 상관없이 단 한 명의 작가를 만날 수 있다면 누구를 만나고 싶은가요? 만나서 무엇을 물어보시겠어요?

조르주 심농을 꼽겠습니다. 한창 추리 장르를 탐독하던 시기에 〈매그레 시리즈〉는 전혀 다른 느낌으로 다가왔습니다. 범죄 자체보다는 인간 본성을 탐구하는 시선에 깊은 인상을 받았습니다. 하지만 무엇보다, 어떻게 높은 수준을 유지하면서 다작까지 할 수 있는지 그 숨겨진 비결을 훔치고 싶은 마음이 가장 큽니다.

조르주 심농은 작품에 대한 아이디어가 떠오르면 관련된 메모나 신문 기사 같은 것을 서류봉투 안에 툭툭 던져 넣었다고 하더군요. 그러다가 착상이 무르익었다는 생각이 들면, 봉투를 들고 별장에 틀어박혀 11~15일이면 매그레 경감 시리즈 신작을 들고 나왔다고 합니다. 과작인 저로서는 정말 경이로울 뿐입니다. 아마 대부분 작가에게도 비슷하지 않을까? (웃음) 작가님은 어떤 방식으로 집필하시나요? 특별한 루틴이 있습니까?

아이들을 재우고 집을 나서서 새벽까지 집필합니다. 건강에는 별로 좋지 않습니다. 소설을 구상할 때 어떤 감정과 메시지를 독자들에게 전달할지를 가장 먼저 고민합니다. 어렴풋이 감이 오면 주된 인물과 공간을 설정하고 쓰면서 살을 붙이는 식입니다. 하나부터 열까지 치밀하게 계산한 후에 쓰는 편은 아닙니다.

주로 밤에 집필하시는군요. 앞으로의 계획에 대해 듣고 싶습니다.

미스터리 분야에서 생명력이 긴 작가가 되고 싶습니다. 반짝 등장했다가 사라지기보다는 독자들과 오랫동안 만날 수 있기를 꿈꿉니다. 단편을 꾸준히 쓰면서 장편에도 도전하고 싶습니다.

작가님이 펼치실 독창적인 세계를 응원합니다. 끝으로 당선 소감 부탁드립니다.

자신의 이야기를 세상에 온전히 전할 수 있는 것이 너무나 소중한 기회임을 잘 알고 있습니다. 뜻밖의 선물을 안겨주신《계간 미스터리》에 감사드립니다. 누구보다 저를 믿고 응원해준 가족에게도 고맙다는 말을 전하고 싶습니다. 지치지 않고 계속 앞으로 나아가겠습니다.

단편소설

로키의 후예와의 대화 ✦ 홍선주

순간이동 장치는 어쩌면 살인 장치일지도 모른다 ✦ 김범석

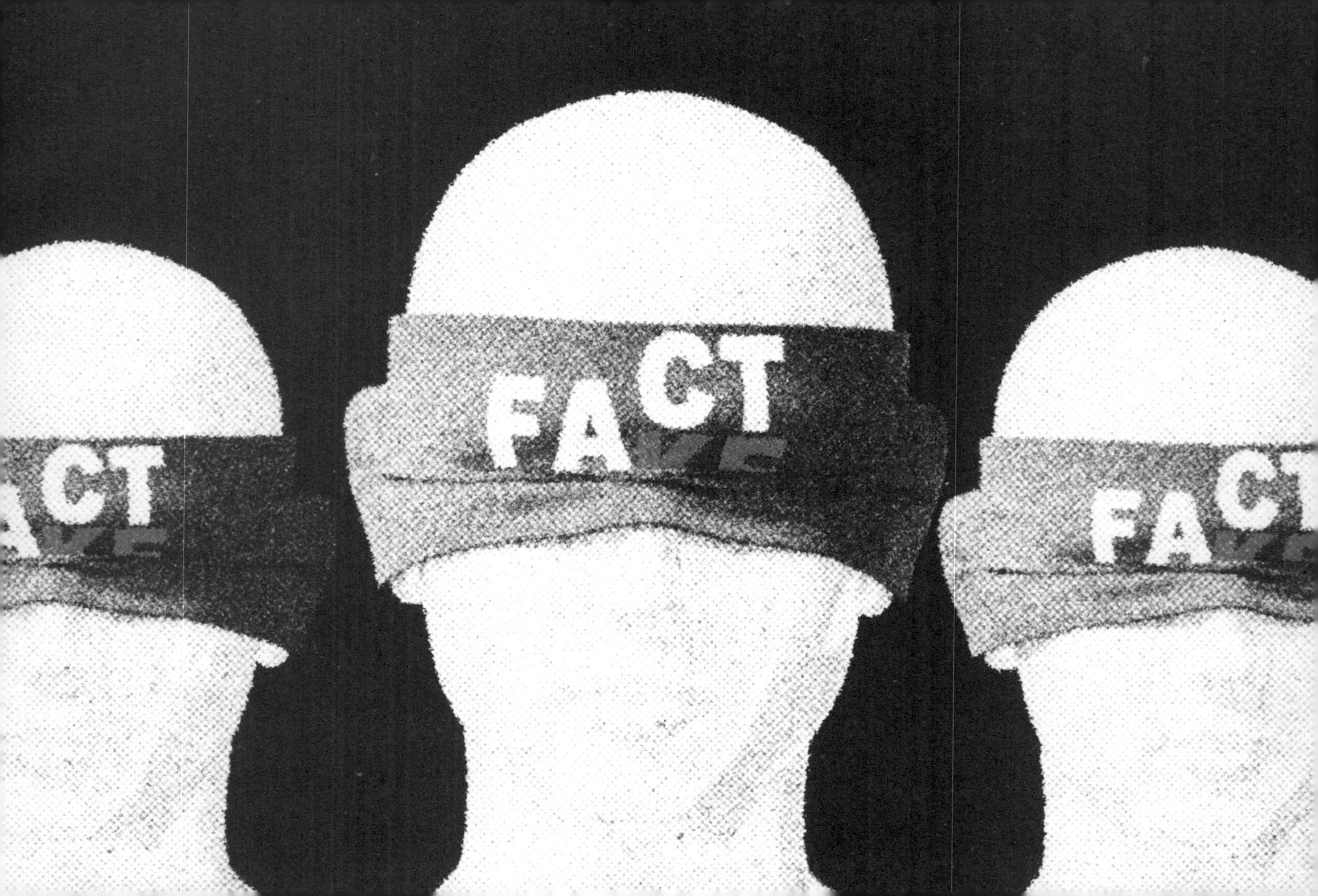
FACT
FACT
FACT

로키의 후예와의 대화　　　　　홍선주

사람은 누구나 거짓말을 해요.

아, 초면에 갑자기 말을 걸어서 놀라신 모양입니다, 죄송해요. 마침 제 머릿속에 저 말이 맴돌던 차에 눈이 마주쳐서 난데없이 말을 건네고 말았네요. 제가 간혹 이렇게 속으로만 해야 할 말을 밖으로 내뱉곤 해요. 네, 이해해주셔서 고맙습니다.

그, 사과의 의미로 칵테일 한잔 대접해도 될까요? 아니요, 부담 갖진 마세요. 전 친구를 기다리는 중인데 시간이 많이 남아서 그렇습니다. 칵테일을 대접해드리는 대신 잠시 제 대화 상대가 되어주셨으면 해서요. 괜찮으실까요? 오, 그러면 칵테일 종류도 제가 추천해드리겠습니다. 지금 드시는 칵테일과 같은 계열이라 좋아하실 것 같아서요.

기왕에 대화를 하기로 했으니, 명함 드릴게요. 여기….

네, 저는 하버드와 UCLA에서 뇌과학과 심리학을 전공하고 현재는 심리상담소를 운영하는 간현주라고 합니다. 처음 보는 사이에 난데없이 대화까지 청했으니, 신분은 명확히 밝혀야 예의일 것 같아서요. 에이, 하버드라고 하면 한국 사람들은 너무 우러러보는 경향이 있는데 사실 그렇게 대단한 것도 아니에요. 아니, 정말입니다. 단순히 겸손을 떨자고 말씀드리는 게 아니에요. 하버드 졸업하고도 학벌 값 못하는 사람이 얼마나 많은데요. 유명인 중에도 몇 있고요. 네? 아니 그 사람이 누군지 곧장 물으시면 좀 곤란하죠. 그래도 동문인데 제가 직접 까긴 좀 그렇잖아요? 하하하.

한국에서 상담소를 운영하는 고충이요?

예상외라고 생각하시겠지만, 미국에서 학교를 나온 탓에 한국어로 상담을 진행할 땐 단어 매칭? 교체? 그런 게 바로바로 안 되어서 말문이 막힐 때가 있답니다. 그 순간엔 당연히 바보처럼 보일 것 같아서, 내담자가 어떻게 받아들일지 걱정되기도 하죠. 단순한 실수인데 비전문가라고 오해하실 수도 있잖아요.

오, 눈치가 빠르시네요? 네, 이 안경도 알 없이 테만 쓴 게 맞습니다. 좀 더 스마트하게 보이고 싶어서요. 한데 알아채셨으니… 그러면 벗고 편하게 얘기할까요, 하하.

저는 요즘 개인 프로젝트로 '사기'에 관해 연구하고 있어요. 네, '사기꾼' 할 때 그 사기 맞습니다. 현대 한국인은 정신적으로 힘든 사람이 많아서인지 제 상담소도 눈코 뜰 새 없이 바쁘지만, 저에게 개인 프로젝트는 나름 쉬어가는 시간이라 포기하긴 아쉽습니다. 제가 연구하는 내용을 이런 자리에서 풀어놓을 때 초롱초롱해지는 상대방의 눈빛에 즐거워지기도 하고요. 네, 지금부터 그 얘기를 해드리려고 해요. 역시 눈이 반짝반짝하십니다, 하하하.

먼저… 사람들은 왜 사기를 칠까요?

맞아요, 보통 돈이 가장 큰 목적이죠. 중국 명나라 말기에 그런 행각에 관해 정리한 《편경》이란 책이 있는데, 거기에 따르면 돈을 벌고 싶은 마음이나 공짜를 바라는 욕심이 근간이랍니다. 그걸 위해 사기를 치는 상황은 한 편의 연극이나 마찬가지가 되죠. 사회학자였던 토머스 부부는 그와 관련해서 '상황 정의'라는 이론을 제시했는데요, 상황에 맞게 행동해야 하는 규범이 있다는 이론이죠. 장례식에서는 웃으면 안 되는 것처럼요. 너무 어렵다고요? 에이, 쉽게 생각하세요. '사기 치는 상황'이란 어느 한 사람을 속이기 위해 사기꾼들이 '짜고 치는 고스톱 판'을 만든다고 생각하시면 됩니다. 네, 역시 바로 고개를 끄덕이시네요.

그런 겁니다. 여럿이서 사람 하나를 속이자고 한꺼번에 달려들면 아무리 똑똑한 사람도 정신을 못 차리고 당하게 되죠. 실제로 대만에서는 꽤 높은 고위 공직자가 그런 판에 휩쓸려서 전 재산을 날린 적도 있답니다. 당한 금액이 우리 돈으로 8억 원이 넘었다고 하니, 정말 엄청나지 않습니까? 자신의 이성적인 판단을 믿는 사람일수록 어느 단계만 넘기면 더 크게 속일 수 있다는 얘깁니다.

거짓말을 알아채는 방법이요? 하하, 물론 저는 알고 있죠.

좋아요, 이렇게 제 말을 경청해주시니까 도움 될 정보를 더 알려드리겠습니다.

먼저 사기꾼이 타깃에게 접근할 때 위장하는 방식은 세 가지로 대표할 수 있어요. 가장假裝, 위조僞造, 오도誤導.

'가장'은 실제 존재하는 유명인을 사칭하는 겁니다. 그의 명성에 기대어 신뢰를 얻고 들어가는 방법이죠.

'위조'는 애초에 없는 존재를 날조하는 겁니다. 어느 회사의 회장이라고 들이밀지만 그런 회사는 아예 존재조차 하지 않는 경우죠.

마지막으로 '오도'는 지금 하려고 하는 행위가 자신의 이익이 아닌, 상대의 이익을 위해서라고 주장하며 속이는 겁니다.

그런 거짓말을 알아채는 방법이요? 호오, 하나를 알려드리면 셋을 알아내시려는 분이네요. 대단하십니다. 그래요, 그럼 그것도 마저 알려드릴게요.

커뮤니케이션 전문가인 이언 레슬리에 따르면 거짓말하는 사람은 말할 때 다섯 가지를 특히 잘한다고 합니다. 그러니까 그것만 간파할 수 있다면 우리가 거짓말에 당하지 않을 수도 있겠죠?

첫째, 거짓말쟁이는 자기가 한 말의 앞뒤가 잘 맞게끔 조직화합니다. 그걸 못하는 사람을 예로 들자면… 운을 뗄 땐 자기 나이가 서른 살이라고 해놓고선 이야기를 풀어놓던 중 20년 전에는 스무 살이었다고 하면 말이 안 되죠. 이해하셨죠? 네, 그러면 다음.

둘째, 상대가 알고 있는 사실에 부합하는 말만 합니다. 닭다리가 두 개인 걸 모두가 아는데, 자기네 닭은 다리가 세 개라고 주장하면 사람들은 그걸 믿기보다는 의심을 먼저 할 테니까요.

셋째, 어찌 됐든 말실수를 최대한 피합니다. 사람은 작은 실수에도 신경이 쓰이기 시작하면 의구심 또한 생겨나기 마련이거든요.

넷째, 기억력이 좋아야죠. 기본적으로 본인이 한 거짓말을 잘 기억하고 있어야 합니다. 그래야 신뢰를 깨트리지 않고 다음 거짓말을 이어갈 수 있으니까요.

다섯째, 말하는 내용은 물론 몸짓도 통제할 수 있어야 합니다. 혹시 거짓말탐지기의 원리를 아세요? 네, 맞아요. 사람은 거짓말을 할 때 심박이 빨라지거나 땀이 나는 등의 생리적 반응을 보입니다. 눈을 자주 깜빡이거나 코끝이 가려워서 자꾸 손으로 만진다고 주장하는 사람도 있고요. 그러니 그런 상식을 알고 있는 이들에게 행여나 들키지 않도록 신체 반응도 조절할 수 있어야 한다는 얘기죠.

어? 왜 그렇게 눈을 깜빡이세요? 설마…?

하하, 농담입니다. 아, 어느새 잔을 비우셨네요. 한 잔 더 드시겠습니까? 좋은 대화 상대를 만났으니 더 대접해드리고 싶어서요. 아니요, 별말씀을요. 제가 더 고맙죠. 그럼 한 잔 더 시키겠습니다. 여기요!

제 성이요? 아, 명함을 자세히 보셨군요. 네, 간씨 맞습니다. 초면에 불쑥 명함부터 드리는 것도 보통 '강'이라고 잘못 듣는 사람이 많아서 글자로 보여드리기 위해서죠.

간씨는 경기도 가평군이 본관인데요, 고려 의종 때 문하찬성사를 지낸 '간영언' 대감이 시조이시죠. 후손들은 여기 아래쪽보다는 북쪽에 더 많다고 하는데, 한국에는 2천 명이 좀 넘는 걸로 알고 있어요. 가장 유명한 분이 여성 아이돌 그룹으로 활동했던 간미연 씨일걸요?

이름 얘기가 나와서 말씀드리자면, 제 성도 성이지만 오히려 웃픈 일은 이름 때문에 많았습니다. '현주'라는 이름은 남자 이름으로도, 여자 이름으로도 사용하잖아요. 네? 미처 생각 못하셨다고요? 왜요, 배우 중에도 손현주 씨는 남자배우고 김현주 씨는 여자배우잖아요. 그렇죠, 평소엔 특별히 생각하지 않았다가 어느 순간 이렇게 깨닫게 되는 일이 있습니다.

아무튼 그렇다 보니, 단체로 어디 갈 때 제 성별을 지레짐작해서 다른 성별 사이에 끼워놓거나, 숙박을 예약할 때도 이성과 같은 방을 배정받는 경우가 간혹 생기기도 합니다. 네? 별로 웃픈 일은 아닌 것 같다고요? 하긴, 전에 '아동 보건'과 관련한 업무 때문에 공유 회의실을 예약한 적이 있는데, 그때 전화로 회의 주제를 회의실 앞에 붙여달라고 요청한 후 갔더니 '아동 복원'이라고 붙어 있던 거에 비하면 양반인 것 같기도 하네요, 하하하. 아예, 제가 심리학자이긴 하지만 아동심리 쪽 일도 가끔 있어서 여러 기관과 협업하는 과정에서는 저런 주제를 다룰 일도 생기거든요.

말씀을 잘 들어주셔서 그런지 오늘따라 술이 잘 들어가네요. 전 한 잔더 시킬까 하는데 선생님도 한 잔 더 하시죠. 네? 이번엔 선생님이 내시겠다고요? 뭐, 그러면 감사히 얻어 마시겠습니다.

이 동네 분이신가 봐요? 저는 꽤 오랜만에 방문했습니다. 예전엔 이쪽에 다니던 점집이 있어서 자주 왔는데….

하하, 심리학자가 점집에 다녔다는 게 이상한가요? 그땐 어렸을 때라 이쪽이 아니라 다른 일을 하고 있었고 그 분야에 호기심이 많았거든요. 그래서 상당히 다양하게 운세를 점치는 사람들을 만난 경험이 있는데, 이 동네 점쟁이는 이전에 만난 이들과는 확연히 달랐습니다. 네, 사주팔자 풀이가 아니라 신점을 봐주는 무당이었어요.

첫 방문은 친구와 함께였습니다. 신내림을 받은 지 얼마 되지 않아서인 지 놀랍도록 잘 맞힌다는 소문을 들은 친구가 직장 상사 때문에 힘들어서 상담하러 간다기에 저도 따라나섰죠. 친구가 먼저 들어가서 30여 분 보고 나온 후, 저는 별 기대 없이 신당에 들어섰습니다. 사실 이전에도 많이 다녀봤지만 소름이 돋을 정도로 잘 맞히는 무당은 만나본 적이 없었거든요. 그래서 이날도 소문은 소문일 뿐이니 그냥 재미로 보자는 마음이 더 컸죠. 그런데 신당에 들어서자마자, 다짜고짜 무당이 그러더군요.

"너 외국계 회사에서 일하겠구나?"

사실 저는 당시 프리랜서로 일하고 있었기 때문에 얼토당토않은 말이 었죠. 어디에 소속되어서 일하는 사람이 아니니 아무리 계약을 맺고 일하 는 회사라고 해도 제가 '그곳에서' 일한다고 말하는 건 적확하지 않다고 생각했으니까요. 하지만 한편으론 '다음 맡게 될 프로젝트가 외국계 회사 의 것일 수도 있지'라고 받아들였습니다.

점사의 정확도를 따지고 들기 시작하면 점쟁이의 말이 계속 걸려서 상 담 받으러 간 의미가 없거든요. 그건 여러 점쟁이를 찾아다니며 쌓은 저 나름의 노하우인데, 저는 일단 모두 들어본 후 판단하는 편이에요. 어차 피 내 발로 찾아간 이상 점사가 맞든 틀리든 돈은 내야 하니, 들을 수 있는 건 최대한 다 듣는 게 남는 게 아니겠습니까?

그래서 혼잣말처럼 "지금 프리랜서긴 한데…"라고 중얼거리며 마주 앉 았습니다. 정답은 아니지만 굳이 부정하진 않겠다는 열린 자세를 보인 거 죠. 무당은 확실히 신기가 충만한 상태인지 형형한 눈을 반짝이며 생년월 일만 묻고는 곧장 점사를 쏟아내기 시작했습니다. 제 과거나 살아온 인생에 관한 이야기였죠. 사실 이 단계에는 두루뭉술한 내용이 많아서 딱히 맞다고도, 틀렸다고도 하기 어려운 경우가 많습니다. 물론 사람들은 대부은 맞다고 생각하는 경우가 많지만, 말씀드렸잖아요? 저는 이미 여러 점집을 돌아다닌 경험이 있고, 지금 심리학자가 된 것처럼 나름 이성적으로 판단할 수 있는 능력치가 높은 편이었으니까요.

그래도 그 무당은 '콜드 리딩'을 제법 하는 사람이었어요. 아, 콜드 리딩이요? 심리학 기술 중 하나인데, 간단히 설명하면 상대의 반응에 따라 유동적으로 대화를 이끄는 거예요. 상대를 잘 알고 있다는 인상을 심어주면서 결국엔 자신이 원하는 결과를 얻어내는 기술이라고 할 수 있죠.

무당은 제가 말할 때 사용하는 말투라든가 어휘, 옷차림 등을 보고 성격이나 살아온 인생을 읽어내는 건 곧잘 하는 듯했어요. 그게 잘 맞아떨어졌을 땐 저도 어느 정도 긍정의 표시를 보였고요. 하지만 거기까지였습니다. 제가 깜짝 놀랄 만한 점사는 역시나 내놓지 못했거든요. 뭐, 제 인생이 큰 굴곡 없이 평탄해서라고 말하긴 했습니다만….

아무튼 별 감흥 없이 마무리되려나 보다 판단하고 그만 일어서려는데, 무당이 갑자기 "10월에 해외로 출장 가네?"라고 단정적인 어투로 말하더군요. 점 볼 때 과거를 알아맞힐 확률은 높지만, 미래를 맞히는 건 어렵다고 하잖아요? 그런데 그 어려운 일을, 상당히 확고하게 말하는 바람에, 저는 되레 '과거를 잘 못 맞힌 거 같으니까 아무 말이나 막 던지는 건가?'라고 생각했죠. 제가 프로젝트로 하는 업무는 해외 출장과는 절대 인연이 없는 일이었거든요. 그래서 "그래요? 출장으로 해외 갈 일이 생기면 좋겠네요!"라고 농담조로 말하고 나왔어요. 그 말만은 절대 신빙성이 없다고 생각했으니까요. 앞으로 그곳을 다시 찾을 일도 없을 거라 짐작했고요.

그런데 말이죠, 한 달 뒤 제가 회사에 입사하게 됩니다. 운명이라는 건 정말 어찌 될지 알 수 없는 게, 제가 의도치 않았는데 어쩌다 보니 한 회사에 소속하게 됐고, 정말로 그게 어느 외국계 회사의 한국 지사였어요. 그리고 놀랍게도 정말로 10월에, 무당이 언급한 바로 그달에! 본사로 출장을 가게 된 겁니다!

　진짜로 무당이 모시는 신이 제 미래를 봤던 걸까요?

　놀랍죠? 하지만 거기서 끝이 아닙니다. 그 무당과 관련해서 놀랄 일은 한참 후에 또 생겨요. 그 일로 신뢰가 탄탄해졌기에 저는 1년에 최소 두 번 정도 정기적으로 그 무당을 찾았거든요. 프리랜서일 땐 일거리가 걱정되어 점집을 찾았지만, 직장에 다니게 되니까 업무, 인간관계, 연봉 같은 일로 상담할 게 더 많아지더라고요, 하하하.

　아무튼 회사에서 일한 지 몇 년 지났을 땝니다. 업무가 막힌 게 있어서 답답한 마음에 상담하러 갔다가 업무를 함께 진행하는 회사 동료에 관해서도 자연스럽게 말하게 됐죠. 그런데 몇 마디 하지도 않았는데 돌연 제 말을 끊으며 그 사람 나이를 묻더군요. 알려줬더니 대뜸 "그 사람, 내가 아는 사람 같은데?"라면서 이름까지 말하는 겁니다. 어땠을 것 같나요? 네, 제가 이렇게 말하는 이유가 있겠죠? 제 동료와 정확히 일치하는 이름이었고 정말 그 무당과 인연이 있는 사람이었던 겁니다!

　네? 그건 아니에요, 점집을 찾았던 손님은 아니었어요. 얘길 들어보니까, 무당이 고등학생 때까진 피아노를 쳤답니다. 그런데 회사 동료도 같은 학원에서 음대 입시를 준비했다는 거예요. 제가 다닌 회사가 음악과는 전혀 관계가 없는 곳이라서 그 동료가 음악을 했었을 거란 생각은 꿈에도 못한 터라 엄청나게 놀랄 수밖에 없었죠.

　당장 다음 날 출근해서 동료에게 얘길 했더니 그 사람도 화들짝 놀랐고요. 더 신기했던 건 뭔지 아세요? 무당이 동료에게 연락 달라고 전해달라고 해서 제가 무당 전화번호를 넘겨줬죠. 근데 동료는 너무 오랜만이기도 하고, 고등학교 때 친구가 무당이 되었다는 말에 어쩐지 겁이 나기도 해서 바로 연락하지 못하고 한참 고민했었다고 해요. 그러다 결국엔 궁금해져서 오랜 시간이 지나서야 전화를 걸었는데 무당이 동료의 목소리를 듣기도 전에 이름을 대면서 전화를 받았다는 거죠. "아무개야, 오랜만이야"라고요.

오, 역시 소름 돋죠? 그러실 만합니다. 사실 저도 심리학자가 되어서 논리와 이성으로 판단하는 지금도 그때의 일은 어떻게 된 건지 설명할 수 없고 신비로운 일이라고 생각하거든요.

잠시 화장실 좀 다녀오겠습니다. 술을 너무 많이 마셨나 봐요, 하하하.

아, 콜드 리딩에 관해 좀 더 자세히 아시고 싶다고요?

맞아요, 흥미로운 방식이니까 호기심이 동하실 만도 합니다. 제가 아까 말씀드렸다시피, 실제 능력이 없는 사람이 그걸 가장해야 할 때 많이 사용합니다. 사람의 마음을 읽는 초능력자를 위장하거나, 귀신과 소통하는 척하는 영매, 누군가에게 사기를 치려는 사람 등등이죠.

콜드 리딩은 대화를 자신이 원하는 쪽으로 교묘히 이끄는 기술이라고 말씀드렸죠? 그걸 위해선 먼저 상대의 외모나 말을 관찰해서 기본 정보를 습득해야 합니다. 간단한 예를 들자면 이런 거예요. 상대방을 지칭할 때 '선생님'이라는 호칭을 주로 사용하는 사람은 어떤 직업일까요? 네, 정말로 '가르치는 선생'이 직업인 분이 맨 먼저 떠오르죠. 그분들은 직장에서 서로를 '선생님'이라고 부를 테니까요. 하지만 그런 직업 외에도 같은 호칭을 쓰는 걸 들어보신 적 있을 거예요.

맞아요, 간호사처럼 병원에서 근무하는 사람도 많이 사용하고 도서관 사서라든가, 복지시설 같은 곳에서도 사용합니다. 특정 직함보다 친근한 느낌으로 서로를 부르는 직장에서 많이 쓰는 호칭이랄까요. 그래서 일단 선생님이란 호칭이 자연스럽게 나오는 사람은 그런 일에 종사하는 사람일 거로 추측할 수 있습니다. 그런 걸 기본으로 옷차림이나 행동을 관찰하고 대화를 나누면서 조금씩 더 읽어내는 거죠. 단정한 올림머리가 익숙한 여성이라면 간호사이거나 한국 무용을 전공했을 가능성이 높다고 판단하는 겁니다. 그런 인물과 대화를 시작할 때는 의료 관련 정보로 운을 떼거나 최근 유행한 댄스 경연대회 이야기를 꺼내볼 수 있겠죠. 공통의 화제를 통해서 동질감을 느끼게 해서 대화를 이끄는 겁니다. 이해가 좀 되시나요? 하하, 뭐 이 정도로 감사를요!

화장실이요? 네, 이런 곳의 술집치고는 꽤 깔끔한 편입니다. 차분히 다녀오세요. 그사이 제가 어디로 사라지진 않을 테니까요.

아… 돌아오셨군요. 제 얼굴이 안 좋아 보인다고요? 그렇게 표가 나요…?

하아, 실은 얼마 전 사귀던 사람을 떠나보냈는데 아무래도 술이 들어가니까 어쩔 수가 없네요. 아니요, 죄송하긴요, 괜찮습니다. 차라리 지금 다 말씀드리면 홀가분해질 것도 같아요. 이 이야기도 마저 들어주신다면… 네, 고맙습니다.

이진영. 그 친구 이름이에요. 우린 기억도 나지 않는 어린아이였을 때부터 이웃사촌이었어요. 또래였으니 당연히 오다가다 마주치면서 자연스럽게 관심이 생기고 친구가 될 가능성이 높았겠죠? 하지만 실제론 그러지 못했습니다. 엄마끼리 사이가 좋지 않았거든요.

아주 어릴 땐 이유를 몰랐는데, 나중에 진영이네 엄마와 저희 엄마가 고등학교 동창이었고 꽤 친한 사이였다는 걸 알게 됐어요. 그런데 두 분이 대학에 진학하는 과정에서 담임선생님이 한 명에게만 입시와 관련해 어떤 특혜를 주신 모양이에요. 그 때문에 다른 한 명은 원하던 대학에 가지 못했고, 두 사람은 다신 얼굴도 보지 않는 사이가 되었대요. 그렇게 각자의 인생을 살다 결혼하고 아파트를 분양받았는데 그 아파트에서 철천지 원수 같은 옛 친구와 재회해 나란히 살게 된 거죠.

엄마들은 이제 자식을 통해서 다시 경쟁을 이어갔어요. 진영이와 제가 초등학교에 들어가면서 경쟁이 시작됐어요. 누가 더 성적이 좋은지, 더 운동을 잘하는지, 더 그림을 잘 그리는지, 더 노래를 잘하는지, 심지어 동네 어르신들에게 지나다 받는 별 의미도 없는 칭찬까지. 엄마에게 제 등

수 자체는 중요하지 않았어요. '진영이보다 높은 등수'인지만 중요했죠.

라이벌로 자랐으니 그 친구보다 잘하기 위해 끊임없이 노력하는 게 짜증나고 화날 때도 있었어요. 휴일에도 방구석에서 공부할 때면 '쟤만 없었으면 내 삶이 훨씬 즐거웠을 텐데!'라는 불만이 생겼죠. 그런데 말이죠, 학교 가서 걔 얼굴을 보면 그 생각이 싹 사라졌어요. 실제론 미움보다 걔에 대한 관심과 호기심이 컸던 겁니다. 그 친구도 내 눈치를 힐끔힐끔 보는 게 느껴지고요. 엄마들 때문에 운명적으로 경쟁해오긴 했지만, 실은 우린 예전부터 친구가 되고 싶었던 거예요. 특히 학년이 올라가면서 학생회나 동아리 활동을 하면서 공교롭게도 함께 시간을 보낼 때가 많아졌거든요. 같은 관심사를 나누는 친구가 얼마나 소중한지, 아마 아실 겁니다.

그렇지만… 우리는 둘 다 알고 있었어요. 엄마들 사이가 워낙에 안 좋으니까 이번 생에 경쟁자가 아닌 친구가 되는 건 불가능하다고. 친구는커녕 오가다 눈인사하는 것만 들켜도 엄마에게 큰 소리를 듣는 게 다반사였으니 욕심낼 수 없었습니다. 그렇게 마음을 누르고 눌렀어요. 친구는… 다른 친구로 대체하면 되니까요.

고3 땐 입시 때문에 정신이 없어서 진영이에 대해선 잊고 살았습니다. 부모님도 마찬가지였을 거예요. 엄마는 그때도 내심 진영이보다 좋은 대학에 가야 한다고 말하고 싶었겠지만 제가 부담을 느끼면 오히려 망칠까 봐 꾹꾹 눌러 담았다는 말을 나중에야 하시더군요. 그런데 기이하게도, 어쩌면 운명의 장난처럼? 저희는 같은 대학, 같은 과에 합격했습니다. 엄마는 그 사실을 처음 들었을 때 실망과 안도가 뒤섞인 표정을 지으시더군요. 적어도 저에겐 그렇게 보였어요. 물론 시일이 조금 지난 후부턴 조금 더 좋은 학교로 편입하길 종용하셨습니다만, 저는 갖가지 핑계를 대며 피했죠. 그땐 머리도 어느 정도 굵어졌을 때니까.

하지만 어쨌든 대학에서도 진영이와 친구가 되진 못했습니다. 조금 편하게 서로를 무시하기로 암묵적인 약속이라도 한 듯 지냈습니다. 진영이의… 첫사랑이 시작되기 전까지는요.

우리가 2학년이 되면서 신입생 딱지를 물려받은 후배들이 들어온 지 얼마 지나지 않은 봄, 진영이가 항상 같은 사람과 붙어 다니는 걸 보았습니다. 제 시선이 그들에게서 떨어지지 않는 걸 본 친구가 묻지도 않았는데 알려주더군요.

"신입생이 진영이한테 첫눈에 반했다고 고백했대."

그 순간, 걷잡을 수 없는 감정이 온몸을 뒤흔들었습니다. 머리까지 아찔하더군요.

그제야 깨달았습니다. 저는 진영이를 단순히 미워하지 않았던 게 아니었어요. 좋아했던 겁니다. 어쩌면 진즉부터 사랑한 걸지도 몰라요. 표현할 수 없는 상황이었기에 그 마음을 어떻게든 눌렀던 거지, 진영이가 제가 아닌 다른 사람과 깊은 관계를 맺는 것까진 받아들일 수 없었나 봐요. 그렇지만… 받아들일 수 없다고 해서 두 사람을 떼어놓을 권리가 제게 있을 리 만무했죠. 괴로운 마음이 드러나지 않도록 두 사람을 최대한 보지 않는 게 최선이었습니다. 그래서 휴학하고 엄마가 그토록 원하던 편입 학원에 다녔죠.

하지만 그런 마음으로 공부가 제대로 될 리가 있나요? 그 시절의 저는 좀비처럼 넋이 나간 채 학원과 집만 왔다 갔다 했을 뿐이죠. 지하철이나 버스에서 정거장을 잘못 내린 게 한두 번이 아니에요. 그런데도 자책감이나 짜증이 들지 않았을 정도로 의욕 없는 나날을 보냈습니다.

그런데 어느 날 학원 수업이 끝나고 밖으로 터덜터덜 걸어 나오는데 익숙한 그림자가 발끝에 닿았어요. 웃기죠, 바닥에 늘어진 그림자만 보고도 걔라는 걸 알아챘다는 게.

진영이가 눈물 가득한 눈으로 절 보고 있었어요. 저는 그 얼굴이 또 너무 수척한 게 마음이 아파서 눈물이 차올랐고요. 그렇게 우리 둘은 곧 울음을 터트릴 듯한 표정으로 서로를 한참 바라보다가 누가 먼저랄 것도 없이 다가가 껴안았습니다. 아무런 말이 필요 없었어요. 그날부로 엄마들에겐 감추고 몰래 사귀었습니다.

네? 당연히 행복했죠. 그동안 저흰 서로를 향한 마음이 진했어도 말 한 마디 편하게 섞질 못했으니까요. 혹시라도 엄마가 눈치챌까 봐 휴대폰 연락처에는 남들이 절대 알 수 없을 별칭으로 이름을 저장했고 집에서는 연락도 최대한 자제했어요. 애정 표현에 필요한 몇 개의 단어만 암호로 정해서 주고받았을 정도죠. 그렇게 계속 사랑을 키워나갔습니다. 그 끝이 어떻게 될지 몰랐어도 일단은 현재를 감사히 여기며 행복만 좇기로 약속했었어요. 행여 엄마들이 알게 되어 생이별하는 날이 오더라도 지금 우리의 사랑을 후회하지 않도록요.

근데요, 우리가 큰 착각을 했더라고요. 우리의 사랑을 끝내는 사람이 엄마들일 거라는 멍청하고 순진한 생각 말입니다.

대학을 졸업하고 진영인 취업하고, 저는 석사, 박사를 연이어 하면서 아무래도 예전만큼 함께 시간을 보낼 수 없었어요. 아니, 그럴 여력이, 에너지가 떨어져갔다고 보는 게 맞겠죠. 어느 한쪽이 아니라 솔직히 우리 둘 다 마찬가지였습니다. 금지된 사랑의 짜릿함이 사그라져서였을지도 모르죠.

마지막이 되어버린 그날, 진영이와 전 교외 호숫가로 드라이브를 갔었습니다. 외딴 장소에 차를 대고 잔잔한 호수를 아무 말 없이 바라봤습니다. 진영이는 어땠는지 몰라도, 저는 어제 지도교수가 시킨 일을 늦게까지 마무리하느라 고단했기에 나른하게 볕을 받으며 앉아 고요를 즐기는 그 순간이 너무도 행복했습니다. 옆에 진영이가 있어서 더 좋았는지는, 글쎄요, 이제 와 생각해보면 잘 모르겠지만 그땐 그렇게 믿었어요.

아무튼 까무룩 잠이 들 것 같은 평화로운 시간에 감사하는 마음마저 들려던 때 진영이가 가라앉은 목소리로 입을 뗐습니다. 얼마 전부터 다른 사람을 만나왔다고. 이젠 저를 정리하고 그 사람과 더 깊어지고 싶다고.

머릿속이 하얘졌습니다. 언젠가 이런 날이 올지도 모른다고 생각했지만, 심지어 그 얘길 하는 쪽이 저일 거란 자만심으로 지레 슬퍼하기까지 했었기에 뒤통수를 맞은 느낌을 부정할 수 없었습니다. 저도 모르게 자동으로 묻게 되더군요. 그 사람이 누구냐고. 정말 궁금했던 건지, 그냥 분한 마음에서였는지는 지금도 모르겠습니다.

진영이는 망설이다 대답했어요. 진영이를 향한 제 진심을 깨닫게 했던 그 후배, 진영이의 첫사랑이었습니다. 얼마 전 그 후배와 우연히 거래처 직원으로 재회했고, 과거에 갑작스레 관계를 정리했던 게 미안해서 챙겨 주다 보니 사랑이 다시 싹텄다고 하더군요.

피가 머리로 쏠리는 느낌이었어요. 곧 터질 시한폭탄의 초침에 맞춰 머리가 박동하는 것만 같았습니다. 모르겠어요, 진영이의 상대가 그 후배가 아닌 새로운 사람이었다면 그 정도까진 아니었을까요? 그 후배였기에 더 화가 치밀었던 걸까요?

저는 진영이의 처음을 가져간 그 후배가 다시 진영이의 마지막이 될지도 모른다는 생각에 정신이 나가버리고 말았습니다. 그 순간이 정말로 기억나지 않아요. 하얀 빈방에 혼자 덩그러니 선 것마냥 외롭고 또 외로웠던 느낌만 남았습니다.

가까스로 정신을 차리고 보니, 뒤로 젖혀진 좌석에 쓰러지다시피 늘어진 진영이가 보였습니다. 제 두 손에 잡힌 목 위의 얼굴이 파리했습니다.

네? 어떻게 된 거냐고요? 말 그대로예요. 혈색이 없었고 숨결도 느껴지지 않았습니다.

전 놀라서 손을 뗐다가, 퍼뜩 진영이의 목에 다시 가져다 댔어요. 이번엔 맥박을 확인하기 위해서였죠. 역시나 아무것도 느껴지지 않았습니다. 그렇게 진영이는 죽었어요. 아니, 제가 죽인 게 확실했죠.

잠깐만요, 가만히 계세요! 놀라신 건 이해합니다만, 제 말을 잘 들으시다가 주제가 좀 바뀌었다고 태도를 갑자기 바꾸시는 건 곤란하죠.

지금 두리번대는 건 휴대폰을 찾으시는 거죠? 죄송하지만 그건 제가 미리 챙겨뒀습니다. 여기 이렇게 제 손에 있어요. 영원히 빼앗겠다는 건 아니니까 그런 눈으로 보지 마세요. 용건이 마무리되면 당연히 돌려드릴 겁니다. 잠깐만 멀찌감치 둘게요, 이쯤에요.

참, 자리에서도 일어나시면 안 됩니다. 아까 화장실 가셨을 때 제가 의자에 뭘 좀 설치해두었거든요. 같은 무게로 압박이 유지되지 않으면, 펑… 무슨 의미인지 아시죠? 영화나 드라마에 그런 폭탄 많이 나오잖아요?

아아, 정신 사나우니까 눈동자도 그만 굴리시고 그 꼼지락거리는 손가락도 가만히 테이블에 붙이세요. 이미 웨이터한테도 저희가 긴밀한 대화를 나눌 예정이니 한동안은 방해하지 말아달라고 팁을 넉넉하게 줬거든요. 앞으로 최소한 30분은 근처에 얼씬도 안 할 테니 섣부른 시도는 생각도 하지 마세요. 설마 터지는 폭탄을 엉덩이로 직접 느끼고 싶은 변태적인 욕구가 있는 건 아니겠죠?

저런, 이마의 땀이 턱까지 흐르네요. 거기 냅킨으로 좀 닦으세요. 그 정도 움직이는 건 괜찮습니다.

왜 당신을 선택했냐고요? 대단한 이유는 아니었습니다. 무엇보다 혼자 계셨고, 취기가 살짝 올라 보여서 말동무가 되어준다면 거부하지 않을 거란 확신이 들었죠. 제가 저지른 엄청난 일을 누군가에게 털어놓고 싶은데, 그러기에 적당한 사람이라고 판단했을 뿐입니다. 어쩌면 이 가게에 들어섰을 때 가장 구석진 이 자리에 앉은 사람이라면 누구든 상관 없었을지도요.

아, 제가 앞에 늘어놓은 말들요?

네, 일부러 그런 거죠. 제 범행을 털어놓기 전에 안전장치를 갖춰야 했으니까요. 마술사가 마술을 선보일 때 말이 많은 것도 같은 걸 노리는 거죠. 눈앞의 휴대폰을 슬쩍 집어가도 알아채지 못할 만큼 몰입하게 하면서 자연스럽게 술을 더 권해서 혼미하게 만들었죠. 칵테일은 일부러 이뇨 작용이 활발한 재료들이 들어간 메뉴로 골라서 의자에 손을 델 시간을 확보했고요. 이런, 표정을 보아하니 전혀 상상 못하셨나 봅니다? 어릴 때 부모님이 낯선 사람을 조심하라고 안 하셨나 봐요. 아니면 말을 잘 듣지 않는 아이였나요? 하하, 죄송해요. 저도 모르게 웃음이.

말 나온 김에, 아까 하던 얘기에 이어서 지금 처하신 상황을 설명해보겠습니다.

사람들은 시야에 있으면 놓치는 경우가 없다고 착각하지만, 실제론 그렇지 않아요.

'보이지 않는 고릴라'라는 심리 실험이 있습니다. 주의가 특정 대상에 집중될 때 다른 중요한 정보를 놓칠 수 있다는 걸 증명했죠. 흰옷과 검은 옷을 입은 사람들이 농구공을 주고받습니다. 실험 참가자들은 그중 흰옷을 입은 사람들의 패스 횟수를 세라는 지시를 받죠. 그런데 실험이 진행되는 동안 농구공을 주고받는 사람들 사이로 고릴라 인형 탈을 쓴 사람이 지나갑니다. 심지어는 중간에서 춤을 추기도 해요. 하지만 흰옷 입은 사람의 패스 횟수에 집중한 실험 참가자 대부분은 고릴라의 존재를 알아채지 못했습니다.

술기운의 도움을 받긴 했습니다만, 저는 당신이 제 이야기에 집중하는 동안 당신 휴대폰을 손에 넣었고 다 마신 칵테일을 제 잔과 바꿔치기하면서 더 많이 마시게 유도했습니다. 그렇게 화장실에 보내는 것까지 성공했죠. 제가 일방적으로 당신을 가지고 놀았다고 생각하실지 모르지만, 솔직히 저는 공정한 게임을 위해 이야기를 시작하면서부터 낯선 사람을 조심하라는 암시를 여러 번 드렸답니다. 오늘 일을 교훈 삼아 다음에는 좀 조심하도록 하세요.

아, 마침 제 친구가 도착했네요! 전 이만 가봐야겠습니다.

휴대폰은 저기에 그대로 둘 테니 가실 때 챙겨 가시… 네? 뭐라고요? 말을 너무 더듬으셔서 무슨 말씀을 하시는지 모르겠어요. 좀 천천히 또박또박 말해주시겠어요?

아, 의자의 장치요?

하하, 제가 처음 뵙자마자 뭐라고 했는지 기억하세요? 그것만 기억하셨다면 이 정도로 겁먹진 않으셨을 텐데. 그땐 아직 술기운이 오르기 전이었으니 정신이 바짝 든 김에 조금만 기억을 되감기하시면 제가 한 가장 중요한 말이 떠오를 겁니다. 제가 이제껏 한 얘기도 모두 같은 맥락으로 이해하셔야 합니다. 어디 가서 그대로 인용하는 건 삼가세요. 머리에 떠오른 대로 지껄여서 틀린 정보도 많을 거거든요, 하하하.

이런, 친구가 절 못 봤는지 전화까지 하네요. 이제 진짜로 가보겠습니다. 덕분에 무료한 시간을 즐겁게 보낼 수 있었네요, 고마워요.

"진영아, 들어오는 거 봤어. 내가 그쪽으로 갈게."

　　　*로키는 북유럽 신화에서 사기와 기만을 주특기로 하는 장난의 신으로, 별명은 '거짓말의 시초'다.

홍선주 《계간 미스터리》 신인상으로 등단, 몇 개의 공모전에서 상을 받았고 몇 권의 앤솔러지에 참여하였으며 장편 《나는 연쇄살인자와 결혼했다》, 《심심포차 심심 사건》, 소설집 《푸른 수염의 방》을 냈다. 세상의 모든 흥미로운 이야기는 미스터리에 기반을 둔다고 믿고 '어떻게?'보다는 '왜?'를 좇으며, 기억이 인간을 만들어가는 과정을 우연과 운명의 드라마로 풀어내고 있다.

순간이동 장치는 어쩌면 살인 장치일지도 모른다

김범석

1

이백화 박사와 그의 마지막 제자인 오태호는 잘 알려지지 않은 외딴섬에서 단둘이 살고 있었다.

두 사람이 사는 저택 지하에는 연구실이 있었는데, 이백화 박사는 이곳에서 엄청난 발명품들을 만들어냈다. 자기장으로 통제되는 초고속 이온소각 장치, 생체 분자 단위로 스캔이 가능한 생체 스캐너, 빠른 진단 능력에 비해 치료 능력은 부족한 미완성 오토닥, 특수 목적의 나노 입자와 스프링클러형 나노 입자 살포 장치, 고열이 발생하는 유기 분자 화합물에 기반을 둔 고성능 바이오 폭탄 키트 등등. 하나같이 현대 과학의 상식과 한계를 뛰어넘는 발명품이었다.

하지만 박사는 자신의 발명품을 아직 세상에 공개하지 않았다.

"인간은 뭐든지 무기화하는 생물이니 섣불리 공개할 수는 없지."

이백화의 말에 오태호는 고개를 끄덕였다. 광산 발파용으로 폭탄을 만들면 전쟁에 쓰고, 컴퓨터 통신 기술을 발명하면 은행 계좌를 해킹하려는 것이 인간이었다.

"하지만 이번만은 비공개 원칙을 깨기로 했네."

박사는 인류 최초로 순간이동 장치의 완성을 목전에 두고 있었다. 이제 그는 완성도를 높이기 위해 엄선한 인사들을 초청해 실험을 시연하고, 검증과 동시에 투자를 받을 생각이었다.

총 다섯 명을 초청했는데, 사회적 지위와 재력을 지녔거나, 박사와 개인적 인연이 있는 사람들이었다. 화학, 전자, 나노분자학 관련 기업과 연구소를 보유한 젊은 재벌 황기덕, 발이 넓은 추리소설가 김정훈, 전직 과기부 장관이자 현직 국회의원인 강민과 그의 보좌관 유나리, 영혼의 유일성과 절대성에 집착하는 심령술사인 무명이었다.

"자네는 집사로서 그들을 감시하는 한편, 잘 안내하도록 하게."

"알겠습니다, 박사님."

오태호는 순순히 대답했지만, 그의 표정은 어두웠다. 연구원 역할을 접어두고 집사 노릇을 하려니 왠지 마음이 불편했던 탓이다.

오태호는 불만을 품은 채 순간이동 장치를 내려다봤다. 그것은 동그랗고 두꺼운 금속 방석처럼 생겼다. 테두리에는 각종 복잡한 장치들이 부착되어 있었고, 케이블 두 개는 각각 충전 장치 및 거대한 슈퍼컴퓨터와 연결되어 있었다. 조금 떨어진 곳에는, 지금은 치워져 있었지만 실험할 때 둘러치는 높은 플라스틱 가림막이 있었다.

오태호는 순간이동 장치를 보다가 몸을 부르르 떨었다. 이 경이로운 발명품은 동료 연구원들의 생명을 앗아간 무서운 장치이기도 했으니까.

2

오후 4시.

작은 배가 섬으로 다가왔다. 이백화의 초대장을 받은 참관인 다섯 명이 선착장에 내렸다. 배는 모레 낮에 다시 돌아올 예정이었다.

영화 속 집사가 입을 법한 연미복 차림의 오태호가 선착장에 마중 나왔다. 참관인들은 오태호의 안내를 받아 저택 1층 거실에 모였다. 오태호는 잠시 뒤 실험이 시작될 것이며, 그러고 나서 객실을 배정할 것이라고 설명한 뒤 다과를 내왔다.

참관인 일행은 같은 배를 타고 왔지만 아직은 서로 어색한 분위기였고, 다과를 맛보며 인사와 담소를 나눴다. 오태호는 그런 모습을 보며 자신이 집사 역할을 잘하고 있다고 생각했다. 그때 국회의원의 여성 보좌관인 유나리가 말을 걸었다.

"의원님은 커피를 안 드십니다. 홍차 없나요? 최대한 연하게."

오태호는 황급히 홍차를 따로 준비해왔다.

"맛이랑 온도가 다 별로군."

강민은 한 모금 마시자마자 찻잔을 밀어버렸고, 유나리는 오태호를 노려봤다.

"주방이 어디죠?"

"아, 죄송합니다. 다시 만들어 오겠습니다."

"다시 해도 마찬가지일 겁니다. 제가 할게요."

오태호는 모멸감을 느끼며 유나리를 주방으로 안내했다. 강민은 유나리가 자신의 시야에서 사라지자, 불안한 듯 주먹을 쥐었다 폈다 했다. 그리고 고개를 돌려 추리소설가와 심령술사의 대화를 들었다.

"저, 어떻게 불러야 할까요? 심령술사님?"

"정식 명칭은 심령 현상 연구가입니다. 영혼 철학자이기도 하고요. 원래 이름은 버렸기에, 지금은 무명이라고 하지요. 편할 대로 불러주시죠."

무명은 이름을 버렸다는 사람치고는 자기 과시욕이 강한 옷차림을 하고 있었다. 다홍 저고리를 연상시키는 알록달록한 로브 차림이 기묘했다.

추리소설가 김정훈은 자기 이름과 직업을 밝힌 뒤 물었다.

"저처럼 순간이동 장치가 사기인지 아닌지 확인하러 오신 거죠?"

"그렇습니다. 아직 보지도 못했지만 좀 의심스럽긴 합니다."

"어떤 점이 의심스러운지요?"

"첫째는, 영혼의 동일성 문제입니다. 사람은 단순히 물질이 아닌데, 어찌 그리 쉽게 전송한다고 말한단 말입니까? 한낱 인간이 만든 장치가 영혼까지 함께 전송한다는 걸까요?"

"음, 영혼의 존재성이나 유일성 문제는 좀 논쟁의 여지가 있지 않을까요?"

김정훈이 조심스레 의견을 제시했지만, 무명은 생각해볼 가치도 없다는 듯이 무시하고 말을 이어갔다.

"둘째는, 완성도에 대한 의구심입니다. 순간이동 장치가 정말로 온전히 기능한다면, 그 주인은 신의 능력을 얻는 거나 다름없습니다. 그런데 굳이 우리를 비밀리에 불러서 시연한다는 걸 보면, 완성되려면 한참 먼 어설픈 상태이거나 아니면 사기겠죠."

그러자 맞은편 소파에 앉아 있던 젊은 사장 황기덕이 끼어들었다.

"심령술사님 말씀도 일리가 있습니다. 하지만 '아직' 미완성이기에 약간의 도움이 필요한 것일 수도 있지 않겠습니까? 스타트업도 완성까지 딱 한 걸음 남았는데 그게 모자라서 투자자들을 불러 모아 시연하는 경우가 드물지 않습니다. 저는 순간이동 장치가 거의 완성되었다는 기대감을 안고 왔습니다."

"황기덕 사장님은 더 이상 돈을 벌 필요가 없는 신흥 재벌이라고 들었는데, 욕심이 많으시군요."

"하하하, 물론입니다. 순간이동 장치만 얻을 수 있다면, 그리고 그것을 사업에 응용할 수만 있다면, 국내 1위 정도가 아니라 세계 1위 부자가 되는 건 쉬운 일이겠지요."

"그 정도로 대단한 기계일까요?"

"예시를 두어 개 들어볼까요? 순간이동 장치가 있으면 대륙 간 탄도미사일을 만들 필요가 없습니다. 그냥 폭발물을 원하는 곳에 즉시 전송하면 되는데, 힘들게 미사일을 만들 필요가 있을까요? 그리고 화성을 탐사하기 위해 우주선을 만들 필요도 없고요. 그냥 우주복 입고 순간이동기로 오가면 되는데 얼마나 대단합니까? 하하하!"

들고 있던 김정훈은 확실히 부자는 스케일이 다르다고 생각했다. 다만 순간이동 장치의 크기와 형태, 작동 방식에 대해서는 아직 모르는 게 많기 때문에 그는 적극적으로 동의를 표하는 대신 고개만 끄덕였다.

이백화 박사가 지하실에서 올라왔다. 그는 참관인들을 흘깃 둘러본 뒤, 투명한 재질의 뚜껑 달린 플라스틱 상자를 거실 테이블 위에 올려놓았다.

"일반적인 플라스틱 상자요. 확인해 보시오."

참관인들은 저마다 눈으로, 손으로, 스마트폰으로 플라스틱 상자를 확인했다. 의심 많은 추리소설가는 상자뿐만 아니라, 상자가 놓여 있는 테이블까지 손으로 흔들어보며 확인했으나 수상한 점은 없었다. 상자는 흔히 볼 수 있는 투명한 플라스틱 상자였다.

여러 사람의 손을 거친 끝에 플라스틱 상자는 다시 테이블 위에 놓였다. 이백화는 시간을 확인했다. 오후 5시였다.

"자, 그럼 지하 연구실로 내려갑시다."

이백화가 앞장섰고, 참관인들이 뒤따랐다. 순간이동 장치가 있는 지하 연구실로 가는 길은 이 계단이 유일했다.

계단을 내려가자마자 크고 두꺼운 철문이 있었는데, 지금은 박사가 문을 열어둔 상태였고, 그 안에 제법 널찍한 연구실이 있었다.

연구실은 크게 두 구획으로 나뉘었다. 3분의 1 정도는 실험 도구와 전자 기기, 화학 약품, 발명품 따위가 보관된 유리벽 창고였다. 보관대에는 각 발명품의 이름이 적혀 있어서, 유리벽을 지나치며 구경할 수 있었다. 연구실의 나머지 3분의 2가 진정한 순간이동 실험실이었다. 그곳에는 금속으로 된 방석 모양의 순간이동 장치와, 슈퍼컴퓨터가 놓인 큰 책상이 있었고, 잡다한 케이블과 전력 장치, 냉각 장치, 이동식 칸막이가 있었다.

"의외로 방비가 허술하군."

국회의원 강민이 보좌관 유나리에게 슬쩍 중얼거렸다. 이백화는 그 소리를 못 들은 척, 차렷 자세를 취했다.

"순간이동 장치의 비공개 시연에 참석해주신 귀빈 여러분 감사합니다. 바로 실험을 시작하겠습니다. 오늘의 실험은 순간이동 장치를 이용해, 작은 실험체를 거실 테이블 위에 두고 온 플라스틱 상자 안으로 전송시키는 것입니다. 집사, 아니 오태호 연구원은 실험체를 가지고 오게."

오태호는 그사이 연미복 위에 연구원용 가운을 걸친 상태였다. 그는 흰 토끼가 담긴 우리를 들고 왔는데, 토끼는 귀여운 인형 옷을 입고 있었다.

"자아, 얌전히 있어."

오태호는 긴 사과 껍질을 순간이동 장치에 놓고 토끼를 그 위에 놓았다. 토끼는 불안한 듯 주위를 경계했으나, 곧 얌전히 사과 껍질을 먹기 시작했다.

박사는 이동식 칸막이를 가져와서 순간이동 장치 주변을 둘러쳤다. 2미터 높이의 일반 플라스틱 칸막이였다.

"순간이동 시에는 강한 섬광이 일기도 하고, 예상치 못한 부작용이 발생할 수 있어서 칸막이를 설치하는 거요."

박사는 슈퍼컴퓨터의 좌표 계산을 다시 한번 점검한 뒤 실행 버튼을 눌렀다. 우웅, 소리와 함께 스캔이 이뤄졌다.

"스캔부터 전송 완료까지 몇 초의 지연이 있소. 하지만 실제 순간이동은 이 시점에 거의 다 끝났소."

박사의 말대로 몇 초의 지연이 있었고, 밝은 섬광이 칸막이 너머에서 번쩍였다. 사람들은 순간이동이 너무 조용해서 놀랐다. 박사가 칸막이를 치웠다. 순간이동 장치 위에는 희미한 오존 냄새와 극소량의 먼지만 남아 있었다.

"자, 이제 올라가서 확인해봅시다."

박사가 말하자 사람들은 빠른 걸음으로 계단을 올라갔다.

"앗!"

정말로 토끼가 플라스틱 상자 안에 있었다. 입고 있던 인형 옷은 소멸한 상태였고, 토끼는 입맛을 다시고 있었다. 보아하니 입안의 사과 껍질만 남아 있고, 바깥으로 튀어나와 있던 사과 껍질은 사라진 듯했다.

"이것이 이 순간이동 장치의 단점이라면 단점이오. 목표로 한 생명체만 전송된다는 것. 입고 있던 옷, 손에 쥐고 있던 스마트폰, 입에 물고 있던 막대 사탕의 막대 부분은 그대로 소멸하게 되오."

"사, 사람한테도 이미 실험해봤단 말입니까!"

흥분한 황기덕이 물었다. 알몸으로만 전송된다는 부분이 좀 아쉽긴 하지만, 그래도 생명체를 전송할 수 있다는 것은 대단한 성과였다.

"그렇소. 실은 단점, 아니 제약 조건이 몇 가지 더 있소. 첫째는 이미 말한 대로요. 오직 생명체만, 그러니까 알몸 상태로 전송된다는 점. 다행히 머리카락을 포함한 체모는 소멸하지 않고 남아 있소. 둘째는 이 저택 내부로만 전송이 가능하다는 것. 셋째는 순간이동 장치로부터 20미터 이내로 전송하는 경우 부작용이 발생한다는 것."

참관인들은 특히 두 번째 제약 조건에 의구심을 품었다. 황기덕이 물었다.

"순간이동이라면 아주 멀리 뿅 하고 전송되어야 하지 않나요? 왜 저택 내부에서만 전송이 되는 겁니까?"

"순간이동의 방식 때문이오. 설명하자면 좀 긴데, 이번 순간이동 장치는 내가 기존에 해낸 굵직한 발명들의 집대성이기도 하오."

여기 있는 사람들은 이백화의 미발표 발명들에 대해 부분적으로 알고 있었다. 그렇지만 함부로 남에게 발설하지 않고 비밀을 지켰기에 참관인으로 선정된 것이기도 했다.

"간략히 요약하자면, 생명체를 스캔하고, 생명체의 구성 정보를 복제해, 지정된 장소에 나노 입자로 재구성하는 방식에 가깝소. 그중 가장 어려운 부분이 나노 입자 재구성인데, 그 과정을 이 저택 안에서만 할 수 있소. 이게 이 저택 내부에서만 순간이동이 가능한 이유요. 만약 지구 반대편에 나노 입자 분사기를 설치할 수 있다면, 그리고 더 성능 좋은 슈퍼컴퓨터가 있다면 지구 반대편으로 순간이동하는 게 가능할지도 모르지."

순간이동 장치에는 아직 큰 제약이 있었다. 그래도 황기덕은 별로 실망하지 않았다.

"양자 터널 도약 같은 방법은 아닌가 보군요. 그보다 나노 입자라고 하셨는데, 그건 어디 있습니까?"

"천장의 스프링클러형 분사기에서 나노 입자가 분사되오. 이 저택의 천장 곳곳에 설치되어 있소."

"이런, 조금 걱정되는데요. 나노 입자의 안정성 문제는 해결된 겁니까?"

황기덕이 천장을 불안하게 쳐다봤다. 그는 화학과 나노분자학 관련 사업체를 가지고 있었기에, 아는 만큼 더 불안해했다. 이백화는 이해한다는 듯이 고개를 끄덕였다.

"통제 불능 상태가 발생하지 않도록 두 가지 경우에만 작동하도록 해두었소. 첫째, 순간이동 장치와 관련해서 꼭 필요한 경우. 둘째, 화재가 발생했을 때 소화용 분말을 생성해 뿌리는 경우. 이 두 가지를 제외하면 절대로 작동하지 않소. 더 나아가 나노 입자가 저택 밖으로 나가는 경우 자동 소멸하도록 개발 과정에서부터 하드 코딩 해두었소. 입자의 무한 증식과 같은 통제 불능 현상은 걱정하지 않아도 좋소."

두 번째 제약에 대한 설명이 끝나자, 세 번째 제약에 관한 질문으로 넘어갔다. 이번에도 황기덕이 물었다.

"아까 부작용이라고 말씀하셨는데, 그게 뭐죠?"

"지금은 해결되었지만 초창기 부작용은 죽음이었소. 안타깝게도 많은 제자를 잃었지."

그 말을 들은 오태호가 몸을 부르르 떨었다. 그 부작용으로 오태호를 제외한 이백화의 제자들이 모두 죽었기 때문이다.

"어떻게 죽었는지 물어도 되겠습니까?"

추리소설가 김정훈이 물었다.

"'일부 전송'으로 죽었소. 천장의 나노 입자 분사기를 덜 촘촘하게 만든 탓이지. 이미 말했지만 이건 초창기 부작용이고, 지금은 다 해결됐소."

"남아 있는 부작용은요?"

"음. 그건 순간이동 장치 20미터 이내로, 즉 너무 가까이 전송하는 경우에 발생하는 부작용이지. 이 부작용이 뭔지는 모르는 게 나을 거요. 부작용이 100퍼센트 발생하는 것도 아닌데 들어봤자 심란할 뿐이지 않겠소? 하여간 20미터 범위 밖으로 전송하면 되니까 걱정하지 마시오. 보다시피 토끼도 멀쩡하잖소?"

아닌 게 아니라 실험실에서 20미터 이상 떨어진 곳으로 전송된 토끼는 멀쩡해 보였다.

"그보다 방금 실험이 '사기가 아니었다'라는 점에 동의하는지 묻고 싶소."

이백화가 모두에게 물었다. 그러자 강민이 대답했다.

"한 번의 실험으로는 알 수 없지. 좀 더 해봅시다."

"냉각과 재충전만 끝나면 바로 하겠소. 보통 두어 시간 정도면…."

박사가 대답하자, 오태호가 곁으로 다가와 보고했다.

"박사님, 제어기기를 확인해본 결과 냉각 장치에 조금 이상이 있습니다."

"뭐?"

제어기기를 살펴본 이백화가 냉각 장치를 확인했다.

"냉각 장치를 교체해야겠군. 연속 실험은 조금 어렵겠소."

"언제 가능하겠소?"

"냉각 장치는 금방 교체할 수 있지만, 연속 실험을 위한 조정까지 고려하면 여덟 시간에서 열두 시간 정도 걸릴 것 같소."

"이런, 생각보다 오래 걸리는데. 매번 그 정도 걸리는 거요?"

"아, 그렇진 않소. 교체 후 재조정 작업이 조금 오래 걸릴 뿐이오. 그다음에는 실험 사이사이에 두어 시간 정도의 냉각과 재충전을 거치면 충분하오. 실험체의 질량에 따라 다르긴 하지만."

이백화의 말을 들은 강민이 시간을 확인했다.

"지금 시각이… 5시 20분. 여덟 시간에서 열두 시간 뒤라면 한밤중이거나 새벽일 텐데. 좀 피곤하겠어. 안 그런가, 보좌관?"

"맞습니다, 의원님."

유나리가 얼른 맞장구쳤다. 그러자 강민은 양손을 가슴 앞에 모으며 여론을 취합하는 듯한 몸짓을 취했다.

"이렇게 합시다. 어차피 다들 여기서 묵을 거니, 내일 아침에 다시 모입시다. 그리고 시간이 허락하는 대로 추가 테스트를 반복하는 거지. 내가 볼 때 이런 실험은 적어도 3회 이상은 반복해야 재현성 시비가 없을 것 같소. 어떻소?"

참관인 대부분이 고개를 끄덕였다. 심령술사 무명이 추가 의견을 냈다.

"한 가지 더. 다음번에는 꼭 사람을 대상으로 테스트했으면 합니다. 그래야 영혼의 전송 문제가 없는지 확인할 수 있을 테니까요."

사실, 다른 참관인들은 영혼이라는 개념을 비유적 표현에서 받아들일 뿐, 실재하는 무언가라고 생각하지는 않았다. 영혼은 그 존재가 입증된 바 없으므로. 그럼에도 심령술사의 말에 반박하는 사람은 없었다. 사람을 대상으로 테스트를 해보자는 쪽에는 모두가 찬성하는 바였다.

의외로 박사가 조금 단정적인 어조로 답변했다.

"영혼은 없소."

"그걸 어떻게 압니까?"

무명은 논쟁을 기다렸던 사람처럼 물었고, 박사는 한숨을 내쉬었다.

"생각하고 싶은 대로 생각하시오. 인간 전송 실험 때는 오태호 집사를 이용해 테스트하기로 하지."

실험 대상자가 된 오태호의 표정이 좋지 않았다. '마침내 올 것이 왔구나' 하는 표정이었다. 그는 굳은 얼굴로 참관인들에게 객실을 안내했다.

　저택의 2층은 한때 연구원들이 쓰던 방이었지만, 지금은 객실로 바뀌었다. 오태호는 참관인들을 안내하며 몇 가지 당부를 했다. 보안을 위해 섬 전체에 영향을 끼치는 강력한 통신 방해 전파 장치가 설치되어 있음을 유념할 것, 밤중에는 절대 지하 연구실로 내려가지 말 것, 박사와 집사가 마스터키를 하나씩 가지고 있긴 하지만 각 방의 열쇠는 하나뿐이니 잃어버리지 말 것 등이었다.

　"객실은 201호가 가장 크고 204호가 가장 작습니다. 원하는 객실을 선택해주십시오."

　"나는 보좌관과 함께 써야 하니 가장 큰 방으로 주시오."

　강민과 유나리는 가장 큰 201호실을 사용하기로 했다. 두 사람의 관계는 이미 소문이 파다했고, 미혼의 남자와 여자가 같은 방을 쓴다고 해서 뭐라 할 사람은 없었다.

　"저는 해안이 보이는 동쪽 끝 방으로 부탁합니다."

　황기덕은 가장 작지만 전망이 좋은 204호를 택했다. 창밖은 해안 절벽이었고, 바로 바다가 보이는 곳이었다. 무명과 김정훈은 아무 방이나 좋다고 해서, 무명이 202호, 김정훈이 203호를 쓰기로 했다. 참관인들은 각자 열쇠를 받은 뒤 방에 가서 짐을 풀었다.

　잠시 뒤. 모두 1층 식당에 모였다. 박사는 평소처럼 빵 한 조각으로 저녁을 때운 뒤, 지하 연구실에 작업하러 간다며 먼저 일어났다.

　오태호는 저녁 만찬을 준비하느라 바빴고, 다른 이들은 식탁에 앉아 식전주를 마셨다. 이어서 푸짐한 거위 요리 코스가 나왔다. 사람들은 자연스럽게 마음이 맞는 사람끼리 모여 앉아 대화를 나누었다.

　"의원님, 두뇌 강화 시술의 합법화에 대해 어떻게 생각하십니까? 이 좋은 걸 법적 규제 때문에 못 한다는 게 말이 됩니까?"

　나노 물질 기반의 두뇌 기능 향상제를 투여해 두뇌를 강화하는 시술이 한때 사업가와 과학자들 사이에서 유행했다. 하지만 두뇌 손상, 특히 전두엽이 손상될 수 있다는 부작용 소견 때문에 미국을 제외한 나머지 국가에서는 법으로 금지되었다. 황기덕이 하와이에 있는 자기 소유의 병원에서 그 시술을 받았다는 것은 공공연한 비밀이었다.

"야당 놈들의 훼방만 없다면 4년 이내에 문제없이 처리될 거요. 그보다 인사가 늦었는데 지난번 후원 고맙소."

"하하. 당연히 정부와 여당을 지원해드려야지요. 그리고 조만간 우리 회사가 의원님 지역구에 건립할, 분자 조합 자동화 플랜트 시설의 건설 허가 문제를 처리해주셔서 감사합니다."

"나라와 내 지역구민을 위한 일이니, 서로 도와야 하지 않겠소."

국회의원과 사업가 사이에 건배와 웃음이 오갔다. 유나리는 강민의 귀에 대고 과음하지 말라는 말을 속삭였고, 그는 알고 있다며 자기 가슴을 툭툭 쳐 보였다. 황기덕은 몇 번이나 손가락을 튕기며 오태호에게 이런저런 칵테일을 만들어 오라고 시켰다.

"캬, 이 집 맛집이네. 한 잔 더!"

황기덕은 영화 속의 젊은 마피아처럼, 오태호가 술을 가져올 때마다 지폐 뭉치를 그의 앞주머니에 넣어주었다. 오태호는 술 시중꾼 취급을 받아서인지 표정이 굳어 있었지만, 앞주머니가 부풀어 오를 정도로 팁을 많이 받자 굳은 표정이 풀렸다.

김정훈과 무명도 어느새 서로 친해졌다.

"내일 실험 기대되네요. 경험 삼아 제가 실험 대상이 되어볼까요? 하하!"

김정훈이 웃으며 말하자, 무명은 정색하며 걱정했다.

"추천하고 싶진 않군요."

"농담이었습니다. 옷은 없어지고 알몸만 전송된다는데, 남사스러워서 원."

"그러고 보니 저 집사님이 순간이동 장치에 오른다던데, 음, 거기 집사님?"

무명이 오태호에게 말을 걸었다. 오태호는 앞주머니에 빵빵하게 찬 현금 뭉치를 다른 주머니로 옮기다가 머쓱한 표정으로 다가왔다.

"집사님은 연구원을 겸하는 중이라고 들었습니다."

정확히는 연구원으로서 집사를 겸하고 있는 것이었지만, 오태호는 바로잡는 대신 그렇다고 대답했다.

"그럼 사람을 대상으로 하는 테스트도 여러 번 보셨겠네요? 어땠습니까? 특히 부작용에 대해 여쭙고 싶습니다만."

"죄송합니다. 테스트와 부작용에 대해서는 제가 말씀드릴 수 없습니다."

"그래요? 아쉽군요. 역시 내일 직접 봐야 하나."

그때, 쨍그랑 소리가 났다. 황기덕이 잔을 떨어뜨린 것이었다.

"어이쿠, 이런. 너무 과음했나."

황기덕이 비틀거렸고, 함께 마시던 강민은 피식 웃었다.

"안 그래도 칵테일을 물처럼 마시더군. 오늘은 이만 들어가 쉬시는 게 어떻소?"

"아아, 그래야겠습니다."

황기덕은 혀가 꼬부라진 말투로 대답하며 일어나다가 포크와 나이프를 떨어뜨렸다. 유나리와 오태호가 얼른 황기덕을 부축했다. 다리가 완전히 풀린 황기덕은 두 사람에게 매달렸다.

"잠시 다녀와도 되겠습니까?"

유나리가 강민에게 물었다. 강민은 내키지 않는 표정이었다.

강민은 '보좌관 강박증'이 있었다. 보좌관 강박증은 언론이 그를 비아냥거리기 위해 만든 말이었지만, 유나리 보좌관에 대한 그의 집착은 병적이었다. 그는 정치판에서 유일하게 믿을 수 있는 사람은 유나리 보좌관뿐이라고 믿었다.

강민은 유나리가 자신으로부터 10분 이상, 10미터 이상 멀어지면 경보가 울리도록 조치해둘 정도였다. 보좌관의 왼쪽 발목에 전자 발찌가 채워져 있었고, 그것은 특수 환경에서도 작동하도록 제작된 스마트 워치와 연동되어 있었다. 통신 전파가 방해하고 있는 이 저택에서도, 보좌관에 대한 위치 추적과 알림 기능만큼은 문제없이 작동했다.

전자 발찌로 연결된 유나리와 강민의 끈끈한 관계에 대해서는 언론과 국정감사에서도 비윤리적이고 비정상적이라는 지적이 여러 차례 나온 바 있었다. 그럼에도 불구하고 강민은 '쌍방의 합의로 이루어진 건데 뭐가 문제냐?'라는 자세로 일관했다. 유나리 보좌관도 문제없다는 태도로 강민을 수행했다.

"으응. 10분 안에만 돌아오게."

강민의 허락을 받은 유나리가 오태호와 함께 만취한 황기덕을 2층 객실까지 부축해 데려갔다.

그동안 강민은 김정훈과 무명에게 손짓했다.

"그쪽 친구들, 이리 좀 와보시오. 이야기 좀 합시다."

아랫사람을 부리는 듯한 태도였지만, 김정훈과 무명은 불쾌해하는 대신 호기심을 가지고 다가갔다.

"그래, 두 분은 소설가랑 무당이라고?"

김정훈은 추리소설가라고, 무명은 심령 현상 연구가라고 고쳐 말했다.

"그게 그거지, 뭘. 그런데 두 사람은 여기 왜 오셨나?"

"엥? 방금 저희 부르지 않으셨나요?"

김정훈이 되물었다. 강민은 짜증을 냈다.

"이 저택에 뭘 하러 왔냐고!"

그러자 무명이 똑같이 인상을 쓰며 대답했다.

"실험에 참관하러 왔습니다만, 무슨 문제라도?"

"내 말은, 격에 안 맞는 사람들이 왜 왔냐는 걸세."

대놓고 무시하는 태도였다. 여러 개의 사업체를 거느린 황기덕이나, 이름난 국회의원인 자신과 달리, 추리소설가와 심령술사는 돈도 없고 영향력도 없는 존재 아니냐는 식이었다.

"그러니, 나로서는 자네 둘이 왜 왔는지 의심스럽네. 추리소설가와 심령 현상 연구가라는 건 거짓말이고, 사실은 뒷조사하러 온 무허가 탐정이나 기자 같은 자들 아닌가? 멋대로 녹취해서 유튜브에 올리는 그런 놈들."

강민의 말에 김정훈은 쓴웃음을 지었지만, 무명은 정색하고 반박했다.

"저희는 초청받고 온 사람입니다. 국회의원 하려고 장관직을 걷어찬 사람한테 추궁 들어야 할 이유는 없습니다."

무명이 비아냥거리는 말에 강민의 표정이 험악하게 일그러졌다. 그 순간 스마트 워치에서 심박수 경고음이 울렸고, 강민은 당황하며 손을 자기 가슴에 얹었다. 셔츠 너머로 얇은 무언가가 도드라졌다. 그걸 본 무명이 짓궂게 웃었다.

"인공 심장 박동기를 달고 다니신다더니, 사실이었군요."

부정맥이 있는 강민은 국회 회기 중에 쓰러진 적이 있었다. 모두가 당황할 때 뛰어가서 AED로 구한 사람이 바로 유나리 보좌관이었다. 그날 이후 강민에게는 두 가지 변화가 생겼다. 하나는 유나리에 대한 절대적이고 강박적인 신뢰였고, 다른 하나는 인공 심장 박동기 이식이었다.

"심장도 안 좋은 사람이 술 먹고 무슨 훈계질입니까? 할 말 끝났으면 가도 되죠?"

"이놈이!"

무명과 강민은 서로 언성을 높였고, 중간에 낀 김정훈이 간신히 말렸다. 돌아온 유나리가 강민을 진정시키며, 객실로 데리고 올라갔다.

그렇게 저녁 식사 자리는 어수선하게 일단락되었다. 쓰러진 술병을 치우는 오태호에게 김정훈이 물었다.

"사업가 양반은 좀 어때요?"

"정말 심하게 만취하셨습니다. 간신히 침대에 눕힌 뒤 문을 잠그고 나왔지요."

"아하, 술에 취한 사람 침대에 눕히는 거, 꽤 힘든 일인데."

"그분이 자꾸 제 목을 끌어당기긴 했습니다."

"고생하시네요."

오태호는 쓸쓸한 미소로 대답을 대신했다. 더는 말을 시키지 않는 게 좋겠다고 생각한 김정훈은 무명에게 말을 걸었다.

"생각보다 싸움이 크게 나서 놀랐습니다."

"미안합니다."

"다음 선거 때는 낙선 운동이라도 벌여야겠네요, 하하."

농담처럼 말했지만, 무명은 아직도 화가 가시지 않는지 씩씩거렸다.

"젠장, 아무나 붙들고 싸우고 싶은 기분이군."

무명이 혼잣말로 중얼거렸다. 김정훈은 왠지 휘말리기 싫어서, "아, 저는 이제 들어가서 원고를 좀 써야겠어요"라고 말하며 도망치듯 자리를 떠났다.

밤 11시 무렵이었다.

4

다음 날 아침 7시.

누군가의 비명소리가 들렸다.

황기덕이었다. 비명소리를 들은 강민, 유나리, 김정훈은 복도 끝에 있는 204호 앞으로 뛰어갔다. 204호 문은 잠겨 있었고, 사람들은 당황해했다. 늦게 도착한 이백화 박사는 얼굴이 창백했고, 눈 밑은 검게 변해 있었으며 머리는 찢어지고 부어 있었다. 김정훈이 박사를 보며 물었다.

"어쩌다 이렇게 다치셨습니까?"

"으음, 새벽에 무명에게 당했네."

"네?"

"나중에 설명하지. 그보다 무슨 일인가?"

사람들은 박사가 왜 무명에게 공격당했는지도 궁금했지만, 지금 당장은 비명소리가 들린 204호가 더 걱정이었다.

"황기덕 사장! 무슨 일이오! 어서 문을 열어보세요!"

강민이 외쳤고, 잠금장치가 풀리는 소리가 났다. 일행이 황급히 문을 열자, 황기덕이 기겁하며 소리쳤다.

"시, 시체! 내 방에 시체가!"

침대 바로 옆 바닥에 알몸으로 쓰러진 남자가 있었다. 오태호였다. 황기덕은 방금 침대에서 일어난 듯 흐트러진 모습으로 연신 비명을 질렀다.

"주, 죽었어! 살인이야! 누가 내 방에서 사람을 죽이고 갔어요!"

황기덕이 시체를 가리키며 외쳤다. 오태호는 목이 졸려 죽은 것처럼 부자연스럽게 혀를 빼물고 있었다.

이백화가 비틀거리며 시체에 다가가려 하자, 김정훈이 가로막았다.

"이건 살인사건입니다. 섣불리 손대면 안 됩니다."

강민이 황기덕을 손가락질했다.

"아무리 돈 많은 부자라고 해도 살인은 용서받을 수 없지. 내가 사람 잘못 봤군."

"아니, 지금 날 의심하는 겁니까!"

황기덕은 억울하다는 듯 펄펄 뛰었다. 하지만 김정훈은 황기덕에게 차갑게 말했다.

"여긴 밀실입니다. 문은 잠겨 있었고, 창밖은 해안 절벽이라 외부인의 침입이 불가능합니다. 그리고 당신은 시체와 단둘이 있었고. 정황상 당신이 범인일 가능성이 가장 높지 않겠습니까?"

김정훈이 굳이 추리소설을 들먹이지 않더라도, 밀실에서 시체와 함께 있던 사람이 범인일 가능성이 높다는 것은 상식이었다. 그러자 황기덕이 펄쩍 뛰었다.

"진짜 멍청하시네! 이거 순간이동 장치를 이용한 트릭 아닙니까? 나한테 누명 씌우려는 트릭이라고!"

황기덕이 자신을 '누명 쓴 자'로 규정한 뒤 소리쳤다.

"오태호 집사를 죽인 진짜 범인은 따로 있어요! 그가 집사를 순간이동 장치에 올려놓고, 내 방으로 전송한 거죠. 난 아침에 일어나서 침대 옆에 있는 시체를 보고 놀라서 비명 지른 거고!"

황기덕의 말에 김정훈은 잠시 머뭇거렸다. 순간이동 장치라는 말도 안 되는 게 엄연히 존재하는 이상, 황기덕이 뻔뻔하게 연기하는 거라고 단정할 순 없었다.

이백화 박사가 고개를 저었다.

"그건 좀 어려울 거요. 내 순간이동 장치는 생명체만 전송이 가능하니까. 시체 전송은 불가능하오."

황기덕이 주춤했다가 말을 이었다.

"그, 그럼 목을 졸라서 죽기 직전에 전송했을 수도 있잖습니까!"

억지처럼 들렸지만 불가능한 일은 아니었다. 실제로 범인이 교살을 시도하다가 변심해서 중도에 그만두더라도, 의식을 잃고 방치된 피해자가 호흡곤란으로 사망하는 경우가 드물게 발생했다.

황기덕을 제외한 나머지 사람들은 고민에 빠졌다. 황기덕을 뻔뻔한 살인범으로 봐야 할지, 정말로 억울하게 누명 쓴 자로 봐야 할지 망설여졌던 것이다.

"시체를 처음 발견했을 때, 틀림없이 알몸이었소?"

이백화가 물었고, 모두가 그렇다고 답했다. 이백화는 다친 머리가 더 아파졌는지 미간을 찌푸렸다.

"신경 쓰이는군. 오태호가 늘 주머니에 넣고 다니던 마스터키도 사라졌단 말인가."

마스터키는 저택의 모든 방문뿐만 아니라 지하 연구실의 문도 열 수 있었다. 두 개의 마스터키 중 하나는 이백화가, 다른 하나는 오태호가 가지고 있었다.

"나중에 밝히려 했지만 지금 이야기하는 게 낫겠군. 연관이 있을지도 모르니까. 일단 다들 진정하고 들어주시오. 오늘 새벽 5시 조금 전에, 지하 연구실에서 무명이 나를 공격하고 마스터키를 빼앗았소. 그리고 놈은 안에서 연구실 문을 잠갔지. 나는 좀 전까지 지하 계단에 쓰러진 채 기절했다가 방금 깨어나 올라온 거요."

다들 놀란 표정이었다. 황기덕이 물었다.

"아니, 왜 박사님을 공격했답니까?"

"그건 차차 설명해도 되겠소? 일단 확실한 건 상황이 복잡해졌다는 거요. 204호에서 오태호가 살해되었고, 지하 연구실에서는 무명에 의한 폭력과 점거 사태가 일어났소. 그리고 마스터키 두 개가 모두 사라져버렸소."

범인이 하나인지 둘인지도 모르는데 마스터키 두 개가 전부 없어지거나 범인 손에 들어간 상황임이 밝혀지자, 참관인 일행은 오싹함을 느꼈다. 방에 문 잠그고 숨어도 범인이 들어올 수 있다는 뜻이다. 마스터키로 방문을 열거나, 연구실의 순간이동 장치를 이용해서.

그때 김정훈이 추리소설가답게 의견을 냈다.

"이건 우리가 어떻게 수습할 수 있는 상황이 아닙니다. 일단 경찰부터 부르죠. 박사님?"

이백화는 고개를 저었다.

"통신 방해 장치는 나도 해제할 수 없소. 주기적으로 들어오는 배 말고는 외부와 연락할 방법이 전혀 없소."

결국 내일 낮까지 기다려야 한다는 뜻이었다.

"하는 수 없군요."

여기 모인 사람들은 박사가 엄선한 참관인들답게 정신력이 강한 편이었고, 두려움에 떠는 사람은 없었다. 추가 피해를 막기 위해서라도, 추리소설 속 인물들처럼 미스터리를 파헤치기로 했다.

"알리바이 같은 걸 말해야 하나?"

강민이 떠보듯 물었다. 황기덕이 먼저 말했다.

"저는 어젯밤 저녁 식사 때 과음했고, 아침 7시까지 쭉 잠들어 있었습니다. 그리고 깨어나자마자 알몸의 시체를 보고 놀라서 비명을 질렀습니다. 이상입니다."

다음은 강민과 유나리의 차례였다. 강민이 대표로 말했다.

"우린 한 침대에서 끌어안고 함께 잤소. 밤 11시 좀 넘어서 잠이 들었지. 비명소리를 듣고 동시에 깨어났고."

"한 침대에서요?"

김정훈이 강민과 유나리에게 물었다. 유나리는 그렇다고 대답했고, 강민은 강조했다.

"그냥 끌어안고 함께 잤어. 이상한 생각은 하지 마시오."

이상한 생각을 안 하는 게 더 이상한 상황이었지만 김정훈은 고개를 끄덕였다.

"제 차례군요. 저는 저녁 식사를 마치고 노트북으로 새벽 1시까지 소설을 집필했습니다. 집필할 때 늘 그랬듯이 노트북의 내장 카메라, 웹캠을 켜놓았습니다."

"자기를 카메라로 찍으면서 집필한다고? 이유는?"

"감시를 받는다고 생각하면 더 잘 집중되기 때문이지요. 저는 새벽까지 집필하는 경우, '잠깐만 침대에서 자야지' 하는 마음으로 노트북 카메라를 켜놓고 침대에 가서 자는 습관이 있습니다. 이번에도 그렇게 했지요. 제가 방에서 집필하는 모습과 새벽에 잠든 모습이 전부 노트북에 녹화되어 있습니다."

김정훈은 늘 가지고 다니는 얇은 노트북을 증거로 제시했다. 사람들이 돌려가며 영상을 확인해보니 그의 말이 사실이었다. 영상을 조작했을 가능성은 극히 낮았다. 이 저택의 객실 모습을 외부인인 김정훈이 미리 알 수는 없었고, 203호도 여기 와서 배정받은 것이므로 미리 합성하긴 불가능했다.

"집필용 기록이니 봐주지."

영상을 확인한 이백화가 말했다. 보안을 위해서라면 김정훈의 영상 기록도 엄금해야 맞지만, 창작 목적이므로 봐주기로 마음먹은 듯했다.

마지막으로 이백화가 알리바이를 제시할 차례였으나 그는 고개를 가로저었다.

"내 알리바이는 나중으로 미뤄도 되겠소? 먼저 지하 연구실 안쪽을 확인한 뒤에."

"기왕이면 지금 다 같이 알리바이를 확인하는 편이 좋지 않을까요?"

"아직 마음의 정리가 되지 않았소. 나중에 듣고 나면 왜 미뤘는지 이해할 거라 믿소."

일행은 박사의 뜻을 따르기로 했다. 결국 알리바이가 확실한 사람은 김정훈이 유일했다.

"지하 연구실로 내려가 안쪽을 확인해야 하는데, 연구실 문은 잠겨 있고 마스터키도 없으니 어렵겠군. 일단 오태호의 방으로 가서 마스터키가 있는지 찾아보는 게 좋겠소. 아무나 한 명 따라오시오."

박사는 머리가 심하게 아픈지, 머리를 문지르며 말했다. 김정훈이 박사의 뒤를 따랐다.

두 사람은 1층 구석에 있는 오태호의 방으로 갔다. 문은 잠겨 있지 않았다. 박사의 말에 따르면 오태호는 평소에도 문을 잘 잠그고 다니진 않았다고 했다. 방은 혼자 사는 대학원생의 방과, 안 쓰는 실험 도구를 쟁여놓는 창고를 합친 것 같았다.

두 사람이 방을 뒤져봤지만 마스터키는 발견되지 않았다.

"예상대로군. 오태호는 마스터키를 늘 바지 주머니에 넣고 다녔으니까. 알몸으로 발견됐다는 말을 들었을 때, 마스터키도 영영 못 찾겠구나 싶었소."

서랍장에서 수상쩍은 돈뭉치가 발견되었다.

"집사님이 부자였나요?"

"내가 알기론 아닐세. 여기서는 현금 쓸 일도 없고, 음… 그러고 보니 나는 월급도 제대로 주지 않고 부려먹은 것 같군."

"그건 좀 문제인데요. 숙식만 제공하고 부려먹은 겁니까?"

"뭐, 위대한 연구에는 늘 조수의 희생이 있는 법 아니겠소."

김정훈은 속으로 혀를 찼고, 이백화는 돈 냄새를 맡아봤다.

"다 새 돈으로 보이는데. 어디서 난 걸까? 약간 술 냄새가 나는 것 같기도 하군."

"아, 생각났습니다. 어젯밤 저녁 식사 때 황기덕 사장이 준 돈일 겁니다."

김정훈이 어젯밤 저녁에 있었던 일을 간략히 설명했다. 그러자 박사가 고개를 갸웃했다.

"이 돈을 다 팁으로 줬다는 건가? 그런 것 치곤 액수가 너무 큰데."

"저도 그렇게 생각합니다. 하지만 황기덕 사장은 엄청난 부자잖아요. 우리랑 씀씀이가 다를 수도 있죠."

"흠, 내가 황기덕에 대해 좀 알지. 그가 젊은 나이에 어떻게 성공했다고 생각하나?"

"과학 분야에 대한 지식이 많고, 과감한 투자 능력과 사업 능력이 특출나서?"

"그보다는 매수 능력으로 빠르게 성공했다네. 아는 사람은 다 아는 사실이지. 나는 황기덕이 오태호를 어떤 식으로든 매수하려 했거나 이미 매수했다고 보네."

김정훈은 '혹시 박사님이 황기덕을 싫어하나?' 하고 생각했다. 하지만 박사의 표정에서는 악의가 느껴지지 않았다. 이백화의 표정은, 알 만한 사람은 다 아는 사실을 들려주는 사람처럼 태연했다.

이백화와 김정훈은 일행에게 돌아갔다. 그리고 오태호의 방에서 마스터키가 발견되지 않았다는 사실을 알린 뒤, 이백화가 말했다.

"다 같이 지하 연구실로 갑시다. 무명 놈이 그 안에서 혼자 뭘 하고 있을지 불안하니까."

이백화의 말에 모두가 동의하며 지하 연구실로 내려갔으나, 두꺼운 철문이 닫혀 있었다. 일행은 문을 두드리며 소리쳤지만 안에서는 대답이 없었다.

"하는 수 없군. 강제로 따야겠어."

철문을 열려면 산소 용접기가 필요했다. 다행히 오태호의 방에는 예전에 실험 장치를 제작할 때 쓰던 소형 용접기와 산소통이 있었다.

"경첩과 잠금장치 부분을 녹이는 데 30분 정도 걸릴 것 같소."

유나리가 조심스레 물었다.

"그보다 박사님, 머리 부상은 괜찮으세요? 지금이라도 치료를⋯."

"아프긴 한데, 괜찮소."

1층 의료실에는 미완성이지만 오토닥이 있었다. 하지만 박사는 치료를 거부하고 산소 용접기를 손수 쥐었다. 그걸 본 김정훈이 제안했다.

"그동안 몇 사람은 204호로 돌아가서 혹시라도 놓쳤을 단서를 다시 한번 꼼꼼히 찾아보는 게 어떨까요?"

황기덕과 이백화만 남고, 다른 사람들은 204호로 올라가 현장을 수색하기로 했다. 황기덕은 204호로 가고 싶어하는 눈치였지만, 박사가 만류했다. 현장에 당사자가 없는 게 더 객관적일 거라고 설득했기 때문이다.

"이럴 때는 추리소설가 양반이 있어서 편하군."

204호에 도착하자마자 강민이 비아냥거리듯 말했다. 김정훈은 그 말을 무시하고, 유나리에게 스마트폰으로 촬영해줄 것을 부탁했다. 황기덕과 이백화에게도 조사 과정을 보여줘야 했고, 나중에 경찰에 제출할 생각이었다.

가장 먼저 재확인한 사실은 발견 당시 204호가 틀림없이 밀실이었다는 것이다.

"유나리 보좌관님? 어제는 틀림없이 문을 잠그셨죠?"

"네. 버튼식 잠금장치라 열쇠가 필요 없었습니다."

어젯밤 유나리는 오태호와 함께 술에 취한 황기덕을 204호에 데려가 침대에 눕히고 방을 나올 때 문의 잠금 버튼을 눌렀다. 문이 제대로 잠겼는지도 확인하고 식당으로 돌아왔다. 창문은 잠겨 있지 않았으나, 창밖은 바다가 펼쳐진 해안 절벽이었고, 각 객실 사이의 창문 간격도 꽤 넓어서 창문을 통한 침입은 불가능했다.

"저게 나노 입자를 살포하는 스프링클러형 분사기인가 보군요."

저택의 천장 곳곳에는 의식하지 않으면 잘 안 보이는 분사기가 여럿 달려 있었고, 204호도 마찬가지였다.

"만약 순간이동 장치가 작동했다면 저 분사기도 작동했을 텐데…."

"맨눈으로는 작동 여부를 파악하기 어렵네요."

분사기를 자세히 올려다본 두 사람은, 일정한 농도의 나노 입자가 저택 안을 가득 채우고 있는 듯한 느낌을 받았다. 두 사람은 기분이 약간 찝찝했지만, 박사가 안정성을 보장한다고 했으니 믿기로 했다.

이어서 시체를 확인해보기로 했다. 김정훈은 취재 목적으로 챙기고 다니는 장갑을 착용했고, 여분의 장갑을 유나리와 강민에게 내밀었다. 강민은 "시체를 뒤적거리는 것만은 사양하고 싶군" 하며 거부했다. 대신 유나리가 받아서 장갑을 착용하고 카메라를 강민에게 넘겼다.

김정훈과 유나리는 우선 오태호의 목을 살펴봤다. 오태호는 목에 흔적이 잘 남지 않는 수건이나 옷 같은 부드러운 천으로 교살당한 것으로 보였다. 이어서 사망 추정 시각. 시체가 알몸이라 비교적 편하게 시반을 관찰할 수 있었다.

"시반을 통해 유추해본 결과, 시체는 운반된 것 같지 않고, 사망 추정 시각은 새벽 5시경으로 보입니다. 그리고 그의 옷은…."

오태호가 어제 입고 있던 옷은 204호에서도, 오태호의 방에서도 발견되지 않았고, 마스터키도 갖고 있지 않다는 것을 재확인했다.

"흠, 가능성은 두 가지군."

강민이 거들먹거리는 어조로 가능성을 정리했다.

"첫째, 황기덕 사장이 오태호를 살해한 범인이고, 마스터키를 몰래 지니고 있거나 자기만 아는 곳에 숨겨뒀을 가능성. 이 경우 오태호의 옷은 다른 곳, 가령 창밖에 버리거나 했겠지. 창밖은 바다니까.”

“그게 가장 합리적이고 설득력이 있습니다.”

순간이동 장치가 없었다면, 사실상 유일한 가능성이기도 했다.

“둘째, 황기덕 사장의 주장대로 범인은 따로 있고 그가 누명을 썼을 가능성. 이 경우에는 또다시 두 갈래로 나뉘는데, 하나는 범인이 오태호를 제압하고 마스터키를 챙긴 뒤, 죽기 직전 상태의 오태호를 순간이동 장치를 써서 204호로 전송했을 가능성과, 순간이동 장치를 쓰지 않고 204호 안으로 데리고 와서 죽였을 가능성이 있어. 솔직히 그럴 가능성은 회의적이지만.”

“맞습니다. 후자는 굳이 그렇게 할 필요가 있을까 싶긴 해요.”

“오태호가 지니고 있던 마스터키의 행방도 골치 아프군. 범인이 오태호의 마스터키를 가지고 있을 가능성. 다른 하나는 오태호가 입고 있던 옷의 주머니에 마스터키가 있었고, 범인에 의해 순간이동하는 순간에 함께 소멸했을 가능성. 내 말이 맞나, 보좌관?”

“맞습니다, 의원님.”

순간이동할 때, 입고 있던 옷이나 소지품은 모두 소멸하게 된다. 따라서 오태호의 바지 주머니 속에 마스터키가 있었다면 당연히 소멸했을 것이다.

세 사람은 골치 아픈 경우라는 것을 이해한 뒤 방을 마저 수색했다.

“특별히 수상한 건 없군요. 굳이 따지자면 슈트케이스 속에 있던 이 약품들인데.”

위장약, 두통약을 비롯한 다양한 상비약 외에 두뇌 영양 보조제라고 적힌 수상쩍은 약도 있었다.

그때, 아래층에서 외치는 소리가 들려왔다.

“지하실 문 거의 다 땄습니다! 내려오세요!”

황기덕과 이백화는 잠금장치를 제외한 경첩을 모두 녹인 상태였다. 김정훈은 204호에서 알아낸 사실을 알렸다.

"수고하셨소. 어쨌든 연구실 너머에 답이 있을 것 같군."

박사가 머리를 부여잡은 채 당부의 말을 이었다.

"다들 조심하게. 무명이 갑자기 공격할 수도 있으니까."

일행이 잔뜩 경계하며 문을 힘껏 밀었다. 철문이 쓰러지는 소리가 요란하게 울려 퍼졌고, 일행은 연구실 안으로 빠르게 진입했다.

우려했던 무명의 공격은 없었다. 왜냐하면 무명은 죽어 있었으니까.

일부가 파손된 순간이동 장치 옆에, 무명이 알몸으로 쓰러져 있었다. 목에는 대량의 출혈과 톱질 자국이 있었다. 시체 옆에는 망치와 피 묻은 톱이 있었는데, 연구실의 3분의 1을 차지하는 유리벽 창고에서 꺼낸 것으로 보였다. 시신에서 조금 멀리 떨어진 곳에는 실험 때 쓰는 칸막이가 내동댕이쳐져 있었다.

일행은 무명의 시체와 파손된 순간이동 장치를 보고 할 말을 잃었다. 다만 이곳에 모인 사람들은 꽤 냉철한 편이라, 시체 확인보다 순간이동 장치의 파손 정도부터 확인했다. 불행 중 다행으로 순간이동 장치는 겉 부분만 일부 파괴되었을 뿐, 기능의 손상은 없는 것으로 보였다.

"자살… 일까요?"

황기덕이 시체를 내려다보며 중얼거렸다. 정황상 무명은 망치로 순간이동 장치를 훼손하다가 중단하고, 톱으로 자신의 목을 그어 자살한 것 같았다.

"제 눈에도 자살처럼 보이지만, 왜 하필 알몸으로 죽었을까요?"

김정훈이 중얼거렸다. 무명의 옷과 지갑, 시계는 슈퍼컴퓨터가 놓인 책상 앞 의자에 있었다. 무명이 스스로 옷을 벗고 소지품을 둔 것처럼 보였다. 이백화에게 훔쳤다는 마스터키도 그곳에서 발견됐다. 다만 무명의 스마트폰이 보이지 않았다.

　마스터키를 확인한 이백화는 자신이 쓰던 마스터키가 맞다고 증언한 뒤, 모두에게 확인해보라고 했다. 유리벽 창고 문과 1층 방문 곳곳을 이용해 확인해본 결과 마스터키가 틀림없었다. 일행이 확인을 마치고 돌아오자, 이백화는 마스터키를 받아 자신의 주머니에 넣었다. 이로써 사라진 두 개의 마스터키 중 하나가 회수되었다.

　"흠, 기묘한 밀실 살인이거나, 자살이거나."

　강민이 중얼거렸고, 김정훈과 유나리는 무명의 사망 시각을 추정해보았다. 시반으로 확인하는 간단한 방식이었는데, 무명도 역시 새벽 5시경에 죽었고, 시신이 옮겨지지는 않은 것으로 보인다는 결론을 내렸다.

　박사가 불쑥 말했다.

　"사실 무명은 10년 전에 의절한 내 아들이오."

　과학자인 이백화가 무명을 초대한 것은 심령술사의 관점과 비판이 필요해서가 아니었다. 그보다는 의절한 아들에게 실험 성과를 보여주고, 기회를 봐서 관계 회복을 하고 싶어서였다.

　"10년 전, 나는 제자들과 이곳에 틀어박혀 연구에 몰두하느라 아내 장례식에도 못 갔지. 배를 통해서만 연락이 오갔기 때문에 아내가 죽었다는 것도 3일 뒤에야 알았소. 그 일 이후로 무명은 부모가 지어준 이름을 버리고 의절을 선언했소. 이후 녀석은 영혼에 대한 기묘한 집착을 버리지 못하더니 심령술사가 됐소. 아마 상처를 많은 받았던 모양이야."

　박사가 한숨을 내쉰 뒤 이어 말했다.

　"아까 미뤄뒀던 알리바이를 설명하겠소. 여러분이 1층에서 저녁 식사를 할 때부터 나는 지하 연구실에 혼자 있었소. 냉각 장치를 교체하고, 반복 실험을 위해 실험 장치를 빈틈없이 조정하기 위해서요. 문을 잠그지 않고 있었는데, 밤 11시가 지났을 무렵 술에 취한 내 아들 무명이 멋대로 내려왔소. 나는 작업하는 틈틈이 무명과 대화를 했는데… 어쩌다 보니 말다툼으로 이어졌지."

주로 영혼의 유일성 문제와 테세우스의 배에 관해 논쟁을 벌였다. 간단한 주제였지만 두 사람은 시간 가는 줄 모르고 논쟁을 이어갔다. 그러다 무명의 죽은 어머니의 영혼에 관한 이야기를 하게 되었다.

"도발할 생각은 없었는데, 영혼 같은 건 없다는 내 말에 무명이 갑자기 격분했소. 녀석의 말을 받아치느라 내 감정도 격해졌지."

"서, 설마, 그래서 죽인 건 아니죠?"

황기덕이 무명의 시체를 가리키며 물었다.

"절대 아니오. 녀석은 흥분해서 당장 자신을 순간이동시켜달라고 했소. 순간이동 자체가 가짜라는 걸 증명하겠다면서. 나는 순간이동 장치의 조정 작업은 끝났지만 내일 사람들이 모일 때까지 기다리라고 말한 뒤 시계를 봤소. 그때가 새벽 5시 조금 전이었지."

새벽 5시 조금 전이라는 말에 강민, 유나리, 김정훈이 흠칫했다. 무명과 오태호 모두 새벽 5시 무렵에 죽은 것으로 추정되기 때문이다.

"나는 무명에게 몇 시간만 기다리라고 했소. 그리고 연구실 문을 활짝 열고 당장 나갈 것을 명했소. 이게 내 실수였지. 아들놈이 갑자기 달려들더니, 마스터키를 빼앗고 나를 거칠게 밀쳤소. 그 바람에 계단에 머리를 찧은 거요."

이백화가 머리 부상을 가리키며 말했다.

"의식이 희미해지는데, 놈이 연구실 안에서 문을 닫고 잠그는 소리가 들렸소."

"그리고요?"

"나는 기절했소. 이후 연구실 안에서 무슨 일이 일어났는지는 모르지. 아침 7시쯤이었나? 2층에서 울려 퍼지는 비명소리를 듣고 깨어났소. 아마 황기덕 사장, 자네가 지른 비명이었겠지. 나는 일어나자마자 본능적으로 연구실 문을 열어보려 했지만, 예상대로 잠겨 있었소. 위쪽의 소란이 더 다급한 것 같아서 일단 2층으로 올라갔던 거요."

그것이 이백화가 가장 늦게 다친 모습으로 도착한 이유였다. 황기덕이 입을 열었다.

"제가 보기에 두 사건 모두 순간이동 장치와 관련이 있는 것 같습니다. 박사님, 사용 기록을 볼 수 있을까요?"

박사가 사용 기록을 확인하기 위해 슈퍼컴퓨터로 다가갔다. 순간이동 장치의 실행 버튼은 컴퓨터에 있으므로, 순간이동 성공 시 반드시 로그에 남는다. 실험자의 이름까지 기록에 남지는 않지만.

"잠깐, 그전에 물어볼 게 있습니다."

김정훈이 말했다.

"무슨 말을 하려는 건지 알고 있네. 기록 위조가 걱정되는 거겠지? 하지만 사용 기록을 위조하거나 왜곡하는 건 불가능하네."

이백화가 강조했다.

"순간이동 과정이 100퍼센트 완료되기 전에, 가령 스캔 후 지연 도중에라도 전력이 방전되거나, 실험자가 변덕을 부려 장치에서 내려오거나, 컴퓨터가 고장 나거나 하는 일이 발생하면, 전송 실패로 간주되네. 실패로 간주된 경우는 순간이동 기록에 아예 남지 않아. 반대로 성공한 경우에는 반드시 기록에 남는다네. 이것만은 절대로 위조할 수 없도록 해두었네."

순간이동이 성공적으로 완료된 경우에만 기록에 남는다는 뜻이었다.

"그럼 확인해보도록 하세."

박사는 모두가 지켜보는 가운데 순간이동 성공 기록을 확인했다. 어제의 토끼 실험을 제외하면 오늘 새벽에 딱 1회 사용 기록이 있었다. 새벽 5시 5분이었다.

"아하! 역시. 이걸로 내 누명이 풀렸군요. 오태호를 죽이고 나한테 누명을 씌운 범인은 무명이었습니다."

황기덕은 마치 금광을 발견한 사업가처럼 기뻐했다. 그러자 박사가 우울하게 돌아봤다.

"모순이오."

"네?"

"당신 주장과 내 주장에 모순이 생겼다고 말했소."

"뭐가 모순입니까?"

"일단 당신 추리를 설명해보시오."

박사가 재촉하자, 황기덕은 자신의 추리를 말했다.

"새벽 5시 조금 전. 무명은 당신에게서 마스터키를 뺏고 당신을 기절시켰습니다. 그리고 또 하나의 마스터키를 가진 오태호의 방으로 갑니다. 아, 가기 전에 흉기를 챙겨야겠죠?"

황기덕은 실험 비품들이 있는 곳을 턱짓으로 가리켰다.

"오태호의 방이 잠겨 있어도 걱정 없죠. 박사님에게서 뺏은 마스터키가 있으니까. 흉기를 이용해 자고 있던 오태호를 협박해서 연구실까지 끌고 옵니다. 그리고 순간이동 장치에 올라가게 한 뒤 뒤돌아서게 만듭니다. 그 직후 무명은 흉기로 쓰인 부드러운 천 같은 걸로 오태호의 목을 꽉 졸라 죽기 직전 상태로 만든 다음, 얼른 컴퓨터의 버튼을 눌러 204호로 전송합니다. 이때 오태호의 목을 조르고 있던 천을 포함한 옷가지는 전부 소멸하고, 목이 졸린 상태의 오태호만 전송되겠지요? 그리고 204호에서 자고 있던 저는, 죽어가는 오태호가 순간이동으로 옆에 와 있는 것도 모른 채 쿨쿨 자고 있었겠죠. 오태호는 기도 협착의 여파 때문이건 다른 쇼크성 요인 때문이건 제 방에서 결국 죽습니다.

그렇게 연구실에서 살인 트릭을 마친 무명은 망치로 순간이동 장치를 일부 파손하고, 톱으로 자신의 목을 베어 자살합니다. 왜 순간이동 장치를 부수려다가 멈췄는지, 왜 자살했는지는 모르지만, 뒤늦게 죄책감이 들어서 그랬을 수도 있고, 뭐, 이 부분은 아무래도 좋다고 봅니다. 추리 끝."

황기덕은 가히 상쾌해 보이기까지 했다. 하지만 박사는 고개를 가로저었다.

"몇 가지 의문과 모순이 있군."

"뭡니까?"

"무명이 오태호를 왜 하필 그런 방식으로 죽여야만 했던 거요? 목을 졸라서 죽기 직전의 사람을 다른 방으로 전송하는 게 불가능하진 않지만, 매우 이상한 방식이라 생각되는데.”

“그거야 모르지요. 범인의 머릿속 생각을 어찌 알겠습니까? 그런 무리수를 써서라도 제게 누명을 씌우고 싶었던 이유가 있지 않을까요?”

“결정적으로, 순간이동 사용 횟수에 모순이 있군.”

“순간이동 사용 횟수요? 1회면 맞지 않습니까?”

“아니. 2회라고 표시되어야 하는데 1회만 표기되어 있소.”

“네?”

“당신 말대로 오태호를 전송할 때 1회. 그리고 무명이 자기 자신을 전송할 때 1회. 도합 2회가 되어야 하는데 1회만 기록된 점은 모순이요.”

“잠시만요. 왜 무명이 자신을 대상으로 순간이동 장치를 썼다고 보십니까?”

“무명이 날 공격하고 연구실을 점거한 이유가 무엇이겠나?”

“그거야 제 추리대로 하기 위함이겠지요.”

“무명은 날 공격하기 직전까지도 자신을 순간이동시켜보라고 도발했었네.”

“박사님께는 거짓말을 했거나 허세를 부린 거였겠죠.”

“그러면 무명의 시체는 왜 알몸이었지?”

박사의 지적대로 무명이 스스로 옷을 벗을 필요는 없다.

“그건… 모르겠습니다. 하지만 무명이 알몸이었다는 것이, 그가 자기 자신을 상대로 순간이동 장치를 사용했다는 증거가 되진 않습니다.”

황기덕의 지적은 절묘했다. 순간이동 장치를 쓰면 알몸이 된다는 것은 맞지만, 알몸이 되었다고 해서 꼭 순간이동 장치를 썼다고 볼 수는 없다.

“추가로, 동기의 문제가 남아 있네. 무명이 오태호를 죽일 동기는 뭐지?”

“그야 순간이동 장치가 사용되는 것을 막으려 했던 게 아닐까요? 영혼의 유일성을 주장한 무명으로서는 순간이동 장치의 사용 자체가 싫었던 겁니다. 네, 이제 보니 그게 살인 동기였을 수 있겠네요. 순간이동 장치는 연구실에 있고, 연구실에 가려면 열쇠가 필요하니, 두 개의 마스터키를 모두 훔쳐서 아무도 드나들지 못하게…."

"궤변일세. 오태호의 마스터키를 뺏기 위해서 꼭 죽일 필요는 없으니까. 죽이지 않고서도 빼앗을 방법은 많겠지."

오태호를 협박하거나 매수하는 방법 말고도 순간이동 장치를 이용해서 훔치는 방법도 있다. 새벽에 무명이 박사를 기절시킨 뒤, 순간이동 장치를 써서 오태호가 자는 방에 몰래 들어가 훔치면 된다. 물론 극도로 비효율적인 방법이지만 말이다.

"남들이 순간이동 장치를 이용하지 못하게 하는 게 목적이라면, 조수인 오태호만 죽일 게 아니라, 발명자인 나까지 죽인 뒤 순간이동 장치를 완전히 파괴했어야 해. 하지만 무명은 오태호만 죽이고 나는 죽이지 않았어. 순간이동 장치도 일부만 파손했을 뿐, 완파와는 거리가 멀잖나."

"박사님은 그래도 아버지이니까 죽이지 않은 것 아닐까요? 완파하지 않은 것도 아버지의 발명품이라 마지막 순간에 망설인 것…."

"앞뒤가 안 맞는 소리야. 그게 설득력 있다고 생각하나? 아버지를 생각한다는 놈이 10년간 의절하고, 술에 취해서 말싸움을 걸고, 아버지를 기습적으로 계단에 밀쳐놓고는 방치한다? 그런 다음 아버지의 제자인 오태호만 골라 죽인다?"

"그러면 박사님의 의견은 뭡니까?"

이백화는 다른 사람들과 천천히 눈을 맞춘 뒤 말했다.

"아직은 모르겠군. 어쩌면… 으윽!"

이백화는 괴로워하더니, 갑자기 웩 하고 토했다. 참고 있었지만, 머리 부상이 악화된 모양이었다. 얼른 유나리가 달려가 부축한 뒤 심각한 표정으로 말했다.

"뇌출혈 증세와 비슷해요."

"곤란해! 어떻게든 해보게!"

강민은 체통 없이 발을 동동 굴렀다. 이백화는 힘겹게 말했다.

"하, 하는 수 없군. 1층, 의료실로 보내주게. 으윽."

사람들은 박사를 부축해 의료실로 데리고 갔다. 문 앞에 힘겹게 선 박사가, 오직 자신만이 아는 비밀번호를 눌러 잠금을 해제했다. 안에는 미완성으로나마 자동 진단 프로그램이 깔린 거치형 로봇, 오토닥이 설치되어 있었다. 로봇은 딱딱한 어조로 말했다.

"두개골에 실금이 갔습니다. 뇌출혈이 의심됩니다. 두개골 내의 압력 상승이 감지되었으나, 심각하진 않습니다."

"어떻게 치료가 안 되나?"

강민이 묻자, 로봇은 얄밉게 대답했다.

"로봇에 의한 진료 및 시술은 의료법 위반이므로 관련 데이터는 엄격히 통제됩니다. 본 오토닥에 진단 기능은 있으나, 치료용 데이터가 설치되어 있지 않으므로 치료할 수 없습니다."

"제기랄! 이놈의 느려터진 나라! 빌어먹을 야당 놈들 때문에!"

사실은 강민이 속한 여당의 반대로 인공지능 및 로봇을 활용한 치료가 원천 봉쇄된 것이었지만, 유나리는 굳이 지적하진 않았다.

"돼, 됐네. 어차피 오토닥은 미완성이라 큰 수술은 못해. 최소한의 응급 처치와 생명 유지만 부탁하네. 어차피 내일 배가 올 테니까…."

이백화가 거치형 로봇에게 부탁했고, 로봇은 그렇게 하기로 했다.

"다른 분들은 나가주십시오."

일행이 나가자, 의료실 문이 닫히고 단단히 잠겼다. 의료실의 문은 비밀번호로만 열리고 닫히는 방식이었기에, 범인이 마스터키를 가지고 있다고 해도 박사를 해치려 들 수는 없었다.

"이제, 제 제안을 들어주십시오."

김정훈이 일행을 보며 말했다.

"내일이면 배가 들어옵니다. 우리 중에 살인범이 있다고 해도 다 함께 있으면 감히 범행을 저지를 수 없을 겁니다. 그러니 1층 거실에 모여 내일

점심때까지 함께 있었으면 합니다."

모두가 찬성했다.

6

일행은 다 함께 모여 각자 식사했다. 서로를 감시하되, 눈이 마주칠 것
같으면 피했다. 황기덕은 아침에 놀란 탓인지 배탈이 났다며 자주 화장실
에 갔고, 김정훈은 노트북을 가져와 상황을 기록했다. 강민은 유나리에게
딱 붙은 채 자주 툴툴거렸고, 유나리는 그때마다 사과하며 지시 사항을
수행했다.

분위기를 그나마 부드럽게 만들어준 것은, 모두가 잊고 있던 토끼였다.

"아이, 귀여워라."

유나리는 토끼를 상자에서 꺼낸 뒤 꼭 끌어안았다. 강민은 천진난만한
토끼와 보좌관을 보며 피식 웃었다.

"심장에 안 좋은 장면이구먼. 그보다 토끼 밥은 뭘 줘야 할까?"

그때, 토끼를 쓰다듬던 유나리가 의아한 점을 발견했다.

"의원님, 이 토끼 보세요. 다리가 안 좋은지 수술을 받은 것 같아요."

겉으로는 잘 보이지 않았지만, 다리에 수술 자국이 희미하게 남아 있었
다. 작은 의료용 철심이 박혀 있는 것으로 보아, 다리 부상으로 치료받은
듯했다.

"저도 좀 봐도 될까요?"

김정훈과 황기덕도 토끼를 건네받아 자세히 살펴봤다. 치료 흔적은
1년 이상 지난 듯했다.

"삽입된 핀은 우리 회사에서 만든 제품 같군요."

황기덕이 말했다. 토끼 다리에 사용된 의료용 핀은, 생체 친화적 고분
자로 만든 유기 금속이었다. 황기덕이 토끼 다리 안쪽을 손으로 꾹꾹 눌

렀다.

"구형 제품인지 금속 느낌이 강하게 나는군요. 하지만 내구성이나 생체 적합성에 큰 문제는 없을 겁니다."

특별히 이상한 점이 없었기에 두 사람은 곧 흥미를 잃었다. 유나리는 사료를 찾아내 토끼에게 주었고, 토끼는 세상 걱정 없이 실컷 먹었다.

낮이 지나고 밤이 왔다. 다들 안 자고 아침까지 버티려 했으나 신경이 곤두서서 견디기 힘들었다.

"안 되겠네. 이대로 안 자고 버티다간 괴한이 덤벼도 대처하지 못하겠어."

자정 무렵에 강민이 말했고, 김정훈이 고개를 끄덕였다.

"여기에 다 같이 모여서 자고, 돌아가면서 불침번을 서죠. 처음과 마지막은 두 시간씩. 중간에 서는 사람은 한 시간씩. 어떻습니까?"

그렇게 여섯 시간이 지나면 아침 6시가 된다. 다들 동의했고, 각자 이불과 베개를 들고 거실에 모였다.

유나리가 첫 번째, 강민이 두 번째, 황기덕이 세 번째, 김정훈이 네 번째 불침번을 섰다.

"이봐요, 작가 양반. 당신 차례입니다."

황기덕이 김정훈의 어깨를 흔들었다. 새벽 4시였다. 김정훈은 눈을 비비며 물었다.

"무슨 특이 사항 있었습니까?"

"전혀."

황기덕은 바로 쓰러져 잠이 들었다. 김정훈은 소파에 앉은 채, 이번에도 노트북을 들고 자기 모습을 촬영하며 시간을 보냈다.

"이제 한 시간만 더."

새벽 5시 정각에 김정훈이 작게 읊조렸다. 다들 너무 피로한 탓에 아무도 그의 혼잣말을 듣지 못했다.

그 순간, 귀를 찢는 듯한 폭발음이 들려왔다. 소리가 난 곳은 의료실이었다. 내부에서 폭발했는지 문짝이 튕겨 나와 거실 바로 앞에 떨어졌다.

"꺅!"

"뭐, 뭐야!"

사람들은 이불 밖으로 뛰쳐나왔다.

"무슨 폭탄이라도 터진 건가."

"소화기! 소화기 어디 있어!"

다행히 의료실 천장에서 자동으로 대량의 소화 분말이 뿜어져 나왔다. 화재가 심해서인지, 나노 분자 화합물로 구성된 소화 분말은 꾸덕꾸덕한 거품처럼 그득 쌓였다. 경보음과 소화 분말 분사가 그친 뒤, 일행은 코와 입을 가린 채 의료실로 들어갔다.

"아아…."

의료실은 초토화되어 있었고, 이백화는 죽어 있었다. 시체는 알아보기 힘들 정도로 훼손되어 여기저기 토막 나 흩어져 있었고, 그마저도 두껍게 쌓인 소화 분말로 인해 형체를 알아볼 수 없었다.

일행은 이 상황에서도 꼭 해야 할 일을 먼저 했다. 지하로 내려가, 순간이동 장치를 확인하는 일이었다. 순간이동 장치는 어제 본 그대로였고, 그 옆에 쓰러진 무명의 시체도 마찬가지였다. 일행은 혹시나 하는 마음에 유리벽 창고 너머를 확인했다.

"음, 바이오 폭탄 키트가 사라졌군."

강민이 혀를 차듯 말했다.

"분명 어제까지만 해도 있었는데요."

유나리가 덧붙였고, 다들 동의했다. 즉 이백화를 죽인 범인은 자정부터 새벽 사이에 지하 연구실에 왔다는 뜻이다.

“일단 순간이동 장치의 사용 기록부터 보죠.”

사용 기록이 1회 늘어나 있었다.

이번에도 새벽 5시였다. 새벽 5시에 불침번을 선 사람은 김정훈이었다. 새벽 4시부터 6시까지 김정훈이 깨어 있었고, 다른 이들은 그 시각에 모두 자고 있었다.

순식간에 강민, 유나리, 황기덕이 하나로 모여 김정훈을 경계했다. 의외로 김정훈은 당황하지 않고, 내심 미소까지 짓고 있었다. 강민이 큰 소리로 물었다.

“자네가 한 건가?”

“뭘 말입니까?”

“순간이동 장치로 사람들을 살해했느냐는 걸세!”

“당연히 저는 아닙니다.”

“증명할 수 있나?”

“이번에도, 노트북이요.”

김정훈은 노트북에 촬영된 자신의 모습으로 알리바이를 증명했다.

“그럼 그 미소는 뭐죠?”

유나리가 물었다.

“범인의 정체가 얼핏 드러났기 때문에 웃은 겁니다. 범인은 너무 욕심을 부렸어요. 순간이동 장치를 지닌 박사를 죽이고, 저에게 누명까지 씌우려 하다니. 욕심만 안 부렸으면 들통 나지 않았을 텐데.”

“그 말은, 범인을 알아냈다는 건가요?”

“대략 80퍼센트쯤? 하지만 좀 더 증거가 필요한데, 우선 한 가지 의문을 따져보죠. 범인은 어떻게 이백화 박사님을 죽였을까요?”

김정훈이 묻자, 강민이 대답했다.

“그야, 폭탄을 전송해서 터뜨린 게… 아니군. 그건 불가능해.”

순간이동 장치는 살아 있는 생명체만 전송할 수 있다. 옷이나, 손에 들고 있는 폭탄 따위는 전송되지 않고 소멸된다.

유나리가 조심스레 입을 열었다.

"박사님이 자폭했을 가능성은 없을까요?"

"자폭?"

"네. 박사님은 이 저택의 주인이잖아요. 의료실 곳곳에 폭탄 제조용 화학 약품 따위를 미리 숨겨뒀던 거죠. 그리고 우리가 잠든 새벽에 그걸 조합해 터뜨려서 자폭하셨을 수도."

"이보게, 보좌관. 그게 말이 된다고 생각하나? 왜 그런 짓을 해야 한단 말인가?"

"아들의 죽음과 자기 머리의 고통을 못 이기고 죽었는지도 모르죠."

"흐음, 자폭 가능성을 무시할 수는 없겠군."

"폭탄은 틀림없이 의료실 안에서 터졌어요. 문이 밖으로 튕겨 나왔잖아요. 하지만 의료실 문은 잠겨 있었고, 마스터키로도 열리지 않는 문이었지요. 게다가 순간이동 장치로 폭탄만 전송하는 게 불가능하다면, 안에 있던 박사님이 스스로 자폭했을 가능성도….'

"아, 혹시 원격으로 터뜨렸을 가능성은? 스마트폰 같은 걸로 말일세."

"전파 방해 장치가 강력해서 어렵지 않을까요? 우회 방법이 있다면 모르지만요."

유나리와 강민의 말을 듣고 있던 김정훈은 "맞아! 스마트폰!" 하고 외쳤다. 그리고 무언가를 찾는 사람처럼 사방을 두리번거리다가, 부서진 철문으로 다가갔다. 그리고 쓰러진 철문 끝을 힘겹게 들어올렸다.

"다들 도와주세요!"

"뭘 찾는 겁니까?"

황기덕이 힘을 보태며 물었다.

"갑자기 생각난 게 있어서… 아, 여기 있군. 이러니 여태 못 찾았지."

김정훈은 스마트폰을 철문 밑에서 꺼냈다.

"그건 뭐죠?"

"무명의 스마트폰입니다. 왠지 여기 어디 있을 것 같았어요. 옷이랑 시계량 마스터키를 가지런히 의자에 내려놨는데, 스마트폰만 안 보이는 게 이상했습니다."

다들 스마트폰에는 크게 관심을 갖지 않았었다. 어차피 전파 방해로 통화가 안 되는 곳이었기에 스마트폰의 존재감이 조금 희미해져 있었다.

"무명이 자기 스마트폰을 연구실에 두고 촬영 용도로 썼을 수 있다는 생각이 방금 들었어요. 자신의 순간이동 과정을 기록하는 용도로요."

김정훈은 평소 노트북 내장 카메라의 촬영 기능을 써왔기 때문에 남들보다 쉽게 연관 지을 수 있었다.

"저장된 영상이 분명히 있을 겁니다. 확인해보죠."

김정훈은 스마트폰을 터치했다. 지문 잠금 시스템이 걸려 있었다. 그는 아무런 거리낌 없이 죽은 무명의 손가락을 스마트폰에 갖다 댔다. 지문 센서가 구형인 스마트폰이었기에, 죽은 지 조금 지난 시체의 지문으로도 잠금이 해제됐다.

"역시. 그가 죽은 새벽에 영상 촬영을 해뒀군요. 다 같이 보도록 하죠."

사람들은 흥분해서 작은 스마트폰 앞에 몰려들었다. 어쩌면 범인의 얼굴이 촬영되었을지도 모를 일이었다.

새벽 5시 조금 전. 영상 속의 무명은 약간 술에 취한 기색이었고, 흥분해 있었다. 그는 스마트폰으로 영상 촬영 버튼을 누른 뒤 이리저리 돌아다니며, 자신이 이백화를 밀친 일과 지금부터 하려는 일의 정당성을 동어반복적으로 설명했다.

"아, 근데 이거 어디 두지? 각도가… 옳지."

무명은 영상이 넓게 찍히도록 바닥과 벽이 맞닿는 지점에 스마트폰을 세우려 했다. 처음에는 유리벽에 세우려 했으나, 자꾸 미끄러졌다. 그는 투덜거리며 넓적한 철문 아래에 기울여 세웠다. 그렇게 겨우 스마트폰을 세우는 데 성공했지만 얼마 안 가 스마트폰은 다시 바닥에 탁 소리를 내며 엎어졌다. 무명은 욕지거리를 내뱉으면서 다시 가서 세웠지만 곧 "에이, 어차피 옷을 다 벗어야 하니까" 하더니 그냥 철문 앞쪽 바닥에 쓰러뜨렸다. 결국 스마트폰에는 소리만 녹음되었다.

무명이 의자 위에 옷을 벗어놓고 마스터키를 내려놓는 소리가 났다.

"좋아. 그러면 순간이동 범위를 세팅해야…."

그는 혼잣말을 하다가 멈칫하더니, 손으로 자기 머리를 때리는 소리가 났다.

"아, 너무 가까우면 안 된다고 했지."

박사는 20미터 이내로 순간이동을 하면 부작용이 생길 수 있다고 경고했었다. 하지만 연구실 내부에서는 어디든지 20미터 이내였다. 그렇다고 연구실 바깥으로 갈 수는 없었는데, 알몸이 되기 때문이었다. 알몸으로 누군가와 마주쳐도 문제였지만, 알몸이 되면 마스터키도 지닐 수 없게 된다. 그러면 문이 잠긴 연구실 안으로 다시 돌아올 수 없게 된다. 그렇다고 기껏 점거한 연구실을 떠날 수도 없었다. 이백화 박사가 갑자기 깨어날 수도 있었으니까.

망설이던 무명은 결심을 굳혔다.

"뭐, 20미터 안쪽으로 순간이동을 한다고 반드시 부작용이 발생하는 건 아니라고 하니까. 그 정도 위험은 감수하지 뭐."

술기운 때문인지 아버지에 대한 불신 때문인지, 무명은 부작용을 감수하고 순간이동 장치에서 멀지 않은 거리로 설정하는 듯했다.

뒤이어 무명이 무언가를 내동댕이치는 소리가 났다. 아마도 순간이동 장치 곁에 있는 칸막이일 터였다. 화풀이라기보다는 칸막이가 자신과 슈퍼컴퓨터 사이를 가로막고 있어서였다. 스스로 순간이동 장치를 작동시키려면, 장치 위에 올라간 상태에서 팔을 길게 뻗어 슈퍼컴퓨터의 버튼을 눌러야 하는데, 칸막이가 방해물이 되었을 것이다.

무명이 순간이동 장치에 올라가 심호흡하는 소리, 그리고 팔을 길게 뻗어 버튼을 누르는 듯한 소리가 났다.

작동 음이 들리고, 스캔 과정이 끝났다. 그리고 순간이동 완료까지 걸리는 몇 초의 지연.

"으아악!"

뒤늦은 깨달음과 후회가 담긴 듯한 절규. 그리고 섬광.

잠시 뒤 알몸의 무명이 스마트폰 쪽으로 비틀비틀 걸어오는 소리가 나더니, 스마트폰을 일으켜 세웠다.

"아… 아아."

알몸이 되어 추운 탓인지 부작용 탓인지, 그는 몸을 부들부들 떨었다. 표정도 심상치 않았다.

"괴롭, 다. 이게 부작용, 의, 의미, 인가."

힘겹게 말하던 무명은 한쪽 무릎을 꿇고 스마트폰의 촬영 종료 버튼을 눌렀다.

종료 시각은 어제 새벽 5시 10분 정도였다.

"기묘한 영상이군. 그래도 20미터 이내로 순간이동 시 부작용이라는 게 그리 치명적으로 보이진 않는데. 왜 자살한 걸까?"

"영상이 여기서 끊겨서 아쉽네요."

"흠, 딱히 도움이 되는 영상 같진 않은데?"

강민, 유나리, 황기덕이 한마디씩 했다. 김정훈은 영상의 촬영 시작 및 종료 시간을 재차 확인했다. 그리고 범인을 보며 말했다.

"이것으로 확실해졌습니다. 범인은 바로 당신입니다."

〈독자 여러분께 도전〉

순간이동 장치는 오직 하나뿐이며, 최소한 한 번 이상 살인 장치로서 기능했다.

저택에는 밀실을 넘나드는 비밀 통로나 비밀의 문이 존재하지 않는다.

저택에서 발생한 살인사건의 용의자는 총 네 명으로, 김정훈, 황기덕, 강민, 유나리다.

오태호, 무명, 이백화의 죽음에 대한 진실은 무엇인가?

김정훈은 황기덕을 범인으로 지목했다. 황기덕이 코웃음을 치며 말했다.

"어째서 내가 범인이란 겁니까?"

"모든 걸 종합해서 내린 결론입니다. 사실 세 번째 살인이 발생했을 때 당신이 범인일 가능성이 매우 높다고 판단했습니다. 거기다 무명의 스마트폰 영상이 결정적인 힌트가 되었습니다."

"그게 힌트가 된다…?"

"이백화 박사의 증언대로, 무명은 어제 새벽 5시에 혼자서 순간이동 장치를 사용했습니다. 그런데 그 시각에 순간이동 장치 사용 기록은 컴퓨터에 1회만 남았지요. 즉 당신의 증언과 이 영상 자료 및 이백화 박사의 증언이 충돌하는 상황입니다. 저는 후자가 더 진실성이 높다고 판단했습니다."

"아니, 동의하기 어렵군요. 우선 스마트폰에 기록된 영상이라 해도, 무명이 순간이동 장치를 실제로 사용하는 장면이 기록된 건 아닙니다. 영상을 시작하고 종료하는 장면만 기록됐을 뿐, 나머지는 소리뿐이었고요. 백 보 양보해서 스마트폰에 저장된 소리가 전부 진실이며 순간이동을 썼다는 증거라고 해도, 내가 오태호를 죽였다는 증거가 되진 않습니다."

"확실히, 순간이동 장치가 존재하는 사건에서 가장 골치 아픈 부분은 실제로 범인이 순간이동을 했느냐 안 했느냐 하는 부분일 겁니다. 하지만 이 경우는 아닙니다. 무명이 순간이동 장치를 썼건 안 썼건, 새벽 5시경에 연구실에 있었다는 점, 이게 가장 중요합니다."

"더 자세히 말씀해보시죠?"

"좋습니다. 우선 우리는 여기서 발생한 세 건의 죽음에서 한 명의 범인이 존재하고, 모두 순간이동 장치를 이용했을 가능성이 높다고 여기고 있습니다. 밀실을 넘어갈 수 있는 순간이동 장치가 있으니 당연히 그렇게 여기는 것이겠지요? 하지만 이는 선입견일 수 있습니다. 이것을 깨려면 우리는 사건의 경우의 수를 분리해서 생각할 필요가 있습니다. 편의상 크게 셋으로 나누죠.

제1사건: 오태호의 죽음.
제2사건: 무명의 죽음.
제3사건: 이백화의 죽음.

지금부터 추리를 시작하겠습니다. 제1, 제2, 제3사건이라고 명명한 것은, 발견 순서에 따른 분류입니다. 이제부터 편의상 각 인물의 존칭은 생략하겠습니다."

김정훈이 심호흡한 뒤 말했다.

"우선 제1사건의 경우의 수를 따져보겠습니다. 황기덕이 범인이고 자작극을 벌였을 가능성. 황기덕이 피해자이고 순간이동 장치를 사용한 범인에 의해 누명 썼을 가능성. 황기덕이 피해자이고, 순간이동 장치를 사용하지 않은 범인에 의해 다른 방식으로 누명 썼을 가능성.

이어서 제2사건의 경우의 수도 따져보죠. 무명이 정말 순간이동 장치를 사용하고 부작용을 호소한 뒤 자살했을 가능성, 무명이 장치를 사용하고 카메라에 부작용을 호소한 이후 다른 사람에게 살해당했을 가능성. 무명이 순간이동 장치를 사용하는 척만 하고 카메라에 부작용을 거짓으로 호소한 뒤 자살했을 가능성. 무명이 순간이동 장치를 사용하는 척만 하고 카메라에 부작용을 거짓으로 호소한 뒤 타인에게 살해당했을 가능성.

　마지막으로 제3사건의 경우의 수를 따져보겠습니다. 범인이 모종의 방법으로 의료실 내부로 폭탄을 전송해서 이백화를 죽였을 가능성. 이백화가 스스로 어떤 방식으로든 자폭했을 가능성."

　가능성 분류를 마치자, 일행은 고개를 끄덕여 동의했다. 김정훈은 추리를 이어갔다.

　"우선 제1사건의 경우만 봤을 때, 황기덕의 주장이 참인지 거짓인지 단정 짓기 어렵습니다. 그러나 제2사건의 경우와 종합하면, 우리는 제1사건의 경우의 수 중 하나를 소거할 수 있습니다. 제1사건의 경우의 수 중 불가능한 것은 황기덕이 피해자이고 순간이동 장치를 사용한 범인에 의해 누명 썼을 가능성입니다. 왜냐하면 새벽 5시경, 연구실에 있었던 사람이 무명 한 명뿐이라는 사실은 죽은 박사의 증언과 스마트폰에 기록된 영상이 분명히 말해주기 때문입니다."

　새벽 5시경, 무명이 실제로 순간이동을 했건 안 했건 연구실에 있었던 건 분명하므로, 다른 범인이 같은 시각에 연구실에서 오태호를 목 졸라 죽기 직전의 상태로 만든 뒤 전송하는 것은 불가능하다. 또한 무명이 범인일 수도 없다. 무명은 그 시각에 자살했으니까.

　"그러므로 제1사건에서 가능한 경우는 황기덕이 오태호를 죽인 범인이고 누명을 썼다는 자작극을 벌인 경우와, 순간이동 장치를 사용하지 않은 범인에 의해 황기덕이 다른 방식으로 누명을 썼을 가능성, 두 가지입니다."

　그러자 강민이 끼어들었다.

　"전자는 이해가 가는데, 후자의 경우 실제로 가능할까? 가능성만 따지고 보면 말이 되지만, 역시 실제로 실행할 수 있는지는 조금 애매해 보이는데."

　"어렵지만 가능합니다. 오태호를 찾아가서 그를 죽이지 않고 204호까지 조용히 데리고 가는 과정이 좀 어렵긴 합니다만 방법이 있죠."

　"어떤 방법…?"

"정치인이 권력으로 밀어붙였거나, 보좌관이 미인계를 썼거나."

"달갑지 않은 소리군."

"그냥 예시일 뿐입니다. 꼭 권력과 미인계가 아니더라도, 어떻게든 혼자 자고 있는 오태호를 꾀어낼 수 있다면 그를 이용하는 게 불가능하진 않습니다. 구체적인 방법은 차치하고, 오태호를 무력화한 뒤, 마스터키를 빼앗고 204호로 운반해 잠든 황기덕 옆에서 오태호를 살해하는 게 의원님과 보좌관 처지에서 불가능한 일은 아닙니다."

"자네는 왜 빼나? 아, 소설 쓰고 자는 걸 영상으로 다 남겼다고 했던가?"

"네. 그러므로 저는 범인일 수가 없습니다."

일단 황기덕은 물론, 강민과 유나리까지 용의선상에 올려놓고 추리를 이어갔다.

"이제 제2사건을 살펴보죠. 이 중에 불가능한 경우의 수를 지워보겠습니다. 우선 무명이 실험을 위해 순간이동 장치를 사용하고, 카메라에 부작용을 호소한 이후 다른 사람에게 살해당하는 건 불가능합니다. 부작용이 무엇인지는 둘째 치고, 우선 시간에 집중해주십시오. 새벽 5시는 오태호와 무명이 모두 죽은 시각이죠. 이 상태에서 위의 경우에 부합하려면, 범인이 오태호를 204호로 유인해서 알몸으로 만들어 살해하고, 마스터키를 뺏은 뒤, 무명이 있는 지하 연구실로 가서 잠긴 문을 열고, 부작용을 겪고 있는 무명을 살해해야 합니다. 이 모든 일을 새벽 5시 무렵이라는 시간 범위 안에서 실수 없이 다 해내야 하는데, 일단 너무 촉박합니다. 범인이 민첩하게 행동했다고 쳐도 더 큰 문제는, 무명이 박사를 기절시키고 연구실을 혼자 점거했을 가능성을, 범인이 전부 예측해야만 한다는 점입니다. 무명이 이백화 박사를 공격한 것은 예측 불가능한 일이므로 이 경우는 불가능합니다.

다음 경우를 따져보죠. 무명이 순간이동 장치를 사용하는 척만 하고 카메라에 부작용을 거짓으로 호소한 뒤 타인에게 살해당했을 가능성. 이것도 불가능합니다. 이유는 위와 마찬가지입니다. 범인 처지에서 예측 불가능한 일들이 있었고, 현실적으로 시간이 부족하기 때문입니다.”

설명을 들은 강민은 머리를 긁적였다.

“복잡하군. 그럼 제2사건에서 가능한 경우란….”

“눈에 보이는 그대로, 무명이 정말 순간이동 장치를 사용하고, 부작용을 호소한 뒤 자살했을 가능성이 가장 높다고 봅니다.”

“다른 가능한 경우가 하나 더 있지 않나? 무명이 순간이동 장치를 사용하는 척만 하고 카메라에 부작용을 거짓으로 호소한 뒤 자살했을 가능성.”

“일단 그 경우도 가능하다는 수준일 뿐, 사실상 별 의미가 없습니다. 애초에 무명은 순간이동을 20미터 이내로 했을 때 부작용이 있다는 것만 알지, 구체적인 내용은 모릅니다. 어떤 부작용이 있는지 모르는데 어떻게 부작용으로 죽는 연기를 할 수 있겠습니까?”

“아, 그랬지! 우리는 스마트폰을 늦게 발견했지만, 만약 어제 바로 발견했다면, 박사가 스마트폰 영상을 봤겠지? 박사가 영상을 보고 무명이 거짓 연기를 하고 있다고 지적하면 끝이니까.”

“그렇습니다. 편의상 제2사건이라 불렀지만, 본질은 무명의 자살입니다. 무명은 정말로 혼자서 순간이동 장치를 20미터 이내 범위로 사용했다가 부작용을 호소한 뒤 자살한 것이라고 봐야 할 겁니다.”

그러자 유나리가 물었다.

“그럼 제1사건과 제2사건은 별개라는 거죠?”

“그렇습니다. 우리는 이 저택에 순간이동 장치가 있다는 걸 알기 때문에 당연히 밀실에서 발생한 두 건의 살인을 순간이동 장치와 연관 지었던 겁니다. 그러나 사실은 다릅니다. 하나는 계획 살인, 다른 하나는 자살이죠. 둘은 완전히 별개의 사건입니다.”

“그렇다면 제1사건의 범인도 제2사건의 자살을 전혀 예측하지 못했다는 뜻이 되겠네요.”

“그렇습니다. 범인도 머리를 다친 박사와 지하 연구실에서 죽은 무명을 보고 우리만큼이나 놀랐을 겁니다."

이번에는 강민이 목소리를 냈다.

"제2사건이 자살이었다면 동기는 뭔가? 부작용 때문이라고는 해도 그 부작용이 뭔지 모르니…."

"실은 그 부작용이 뭔지 알아냈습니다."

"정말인가!"

"하지만 그건 추리를 좀 더 진행하면서 나중에 설명하죠."

"하여간 제2사건이 정말 자살이라면, 황기덕이 거짓으로 누명 쓴 척하고 오태호를 자기 방에서 살해했을 가능성이 커지는 것 아닌가?"

새벽 5시에 순간이동 사용 기록은 1회뿐이었다. 그 1회를 제2사건에서 무명이 자살하기 전에 사용한 것이라면, 제1사건에는 사용하지 않았다는 뜻이 된다. 즉 황기덕이 주장한 '순간이동 장치를 이용해서 자신에게 누명을 씌웠다'는 시나리오는 소멸하게 된다.

"그렇습니다."

모두가 황기덕을 경계하는 자세를 취했다. 황기덕은 입을 꾹 다문 채 반박할 틈을 노리고 있었다.

"할 말 있으면 하시죠, 황기덕 사장님."

"내가 제1사건의 범인이라면, 어떻게 오태호를 죽였단 말입니까? 내가 그날 밤 만취한 상태였다는 걸 잊은 겁니까? 그리고 새벽에 오태호를 몰래 불러낸 방법은 뭡니까? 또 내가 살해했다면 그가 입고 있던 옷이랑 마스터키는 어디로 사라졌단 말입니까?"

"안 그래도 제3사건을 추리하기 전에 말하려 했습니다. 당신이 이백화를 죽일 수 있었던 것도, 제1사건을 저지르기 전, 즉 오태호를 죽이기 전에 충분한 정보를 뽑아냈기 때문일 테니까요."

황기덕의 표정이 일그러졌다.

"우선 몸을 못 가눌 정도로 술에 취했는데 어떻게 살인을 했는가? 간단하죠. 취한 척만 하면 됩니다."

"그날 밤 나는 술을 잔뜩 마셨습니다."

"예, 압니다. 하지만 술을 마셨다고 반드시 다 취한다는 뜻은 아니죠. 당신의 회사는 나노 물질뿐만 아니라, 다양한 의약품과 화학 약품을 만든다고 했습니다. 알코올이 위장에 흡수되지 않게 하는 겔 따위를 미리 먹어두면 그만이죠."

알코올은 위장 흡수가 빠른 화학 물질이고, 흡수를 완전히 막는 검증된 의약품은 아직 없다. 하지만 그것은 안전한 의약품이 없다는 뜻일 뿐이다. 일시적 위장 장애 같은 위험을 감수할 수 있다면, 흡수를 막는 시제품을 공장에서 미리 만들어온 뒤 술자리 직전에 먹으면 된다. 물론 효과가 완벽하지는 않지만, 남들 앞에서 술을 많이 마시고 취하지 않으려면 감수할 수 있는 수준의 일이었다.

"당신이 오태호를 부른 방법? 그것은 당연히 돈입니다. 저녁 만찬 때 엄청나게 팁을 주었죠. 이 부분은 상상이지만, 지폐 사이에 쪽지 따위를 끼워 넣은 건 아닐까요? '새벽에 몰래 내 객실로 와달라. 그러면 큰돈을 주겠다. 이 쪽지는 찢어서 화장실에 버려라.' 이런 식의 메시지가 적혀 있었을 겁니다. 굳이 쪽지가 아니더라도 술에 취해 부축을 받아 침대에 눕혀질 때, 취한 척 끌어안고 속삭이는 등 오태호를 방으로 유인할 기회가 충분히 있었습니다."

김정훈의 설명을 들은 강민은 고개를 끄덕이며 중얼거렸다.

"확실히 황기덕 사장은 매수의 황제로 유명했지. 순간이동 장치를 발명한 박사를 직접 매수하긴 어려워도, 그 제자를 매수할 수 있다면 시도하는 게 오히려 자연스러울지도…."

강민의 중얼거림을 들은 황기덕은 악귀처럼 표정을 일그러뜨렸고, 김정훈은 마저 말했다.

"그렇게 당신은 돈으로 오태호를 유인한 뒤 온갖 질문을 했을 겁니다. 박사를 제외하면 이 저택과 순간이동 장치에 대해 가장 잘 아는 사람이니까요. 그렇게 정보를 빼낸 뒤, 오태호를 죽입니다. 딱히 원한이 있어서가 아니라, 앞으로의 계획에 방해가 될 수도 있으니까요."

"…."

"오태호를 죽인 방법은, 그가 방심한 틈을 이용해 이불이나 여분의 옷 따위로 목을 졸랐겠죠. 그리고 마스터키와 오태호가 입고 있던 옷이며 소지품을 전부 창밖으로 던져버립니다. 파도에 쓸려가서 흔적도 없이 사라지도록 말이죠."

"마스터키도 그때 없애버렸다는 건가?"

강민이 물었다.

"예. 이때 황기덕은 지하 연구실에서 일어나고 있는 상황을 몰랐습니다. 또 하나의 마스터키는 박사가 잘 지니고 있을 거라 믿었을 테니까요. 가뜩이나 누명 쓴 피해자 연기를 해야 하는데, 오태호의 마스터키를 갖고 있다가 소지품 검사 때 들키는 것보다는 아예 없애는 게 낫다고 판단했을 겁니다."

김정훈은 다시 황기덕을 돌아봤다.

"그렇게 일처리를 마친 당신은 다시 침대에 누워 잠을 잡니다. 그리고 아침 7시쯤 일어나, 시체를 처음 발견한 것처럼 소리를 지릅니다. 이상이 제1사건의 진상입니다. 핵심을 재차 강조하자면, 황기덕이 단순히 오태호를 죽인 게 아니라, 그에게서 저택과 순간이동 장치에 대한 정보를 얻어냈다는 겁니다. 그중에는 20미터 이내의 거리로 순간이동했을 때 생기는 '부작용'이 무엇인지도 포함되었을 가능성이 매우 높습니다. 왜냐하면 오태호는 다른 동료 연구자들의 죽음을 지켜보았을 테니 모를 수가 없죠. 그리고 황기덕이 오태호에게서 빼낸 정보와, 박사가 스스로 의료실이라는 밀실에 들어간 상황이, 제3사건 트릭의 단초가 됩니다."

"흥, 이제는 나를 제3사건의 범인으로까지 몰아가는군!"

황기덕이 심술 가득한 얼굴로 딴죽을 걸었지만, 김정훈은 소용없다는 듯이 고개를 저었다.

"제3사건은 아까 말했듯이 범인, 즉 당신의 욕심이었습니다. 왜냐하면

제3사건을 저지르는 게 가능한 사람은 당신 한 명뿐이기 때문입니다."

"어째서입니까?"

"앞서 말한 제3사건의 두 가지 가능성으로 돌아가 보죠. 그중에 이백화가 스스로 자폭했을 가능성은 매우 희박합니다. 그는 위대한 발명가였고, 원한다면 자신을 덜 고통스럽게, 더 명예롭게 죽을 수 있도록 돕는 발명품도 있을 겁니다. 그런데 다른 곳도 아닌 의료실에 폭약을 미리 비축해뒀다는 것은 이백화의 성격상 어울리지 않습니다. 무엇보다 순간이동 장치의 완성을 코앞에 둔 상태인데, 의절한 아들이 죽고 머리가 아프다는 이유만으로 스스로 자폭하는 길을 선택할까요? 저는 이백화의 자폭 가능성이 매우 낮다고 봅니다. 저는 범인이 모종의 방식으로 의료실 내부로 폭탄을 전송해서 이백화를 죽였을 가능성에 초점을 맞추어 추리하고자 합니다."

강민과 유나리가 고개를 끄덕였다.

"우선 누가 저질렀는가는 둘째 치고, 그 방법부터가 의문일 겁니다. 순간이동 장치는 오직 생명체만 전송이 가능하다는 것. 하지만 폭탄은 생명체가 아니라는 것. 두 명제가 서로 상충하는 것 같죠? 하지만 이 문제는 쉽게 해결됩니다."

"어떻게요?"

"힌트는 토끼에게 있었습니다."

실험체로 쓰인 토끼는 의료용 금속 핀 이식 수술을 받은 바 있었다.

"여기서 우리는 순간이동의 '숨은 규칙'을 알 수 있습니다. 순간이동 장치는 생명체 내부에 있는 것 또한 생명체로 인식하여 전송한다는 것."

실제로 토끼는 첫 실험 때 사과 껍질을 입에 물고 있었다. 입안에 들어있던 부분은 함께 전송되고, 바깥에 물고 있던 부분은 소멸해버렸다.

"따라서 폭탄 따위를 살아 있는 사람의 몸속에 심어두고 전송하는 경우, 사람과 내부의 폭탄이 함께 전송됩니다. 폭탄만 전송하는 것과 비슷한 효과를 얻을 수 있죠."

"두 가지 의문이 있네. 그럼 사람 몸속에 아무 폭탄이나 넣어도 전송 가능하다는 건가?"

강민이 물었고, 김정훈이 대답했다.

"아무 폭탄이나 되는 건 아니겠죠. 아마 나노 물질이 재구성할 수 있는 생체 물질이어야 할 겁니다. 이백화 박사의 바이오 폭탄이나, 토끼의 다리에 심어진 유기 금속처럼 말입니다."

"하긴 그건 모두 생체 친화적 물질들이긴 하지. 순간이동 과정 중 나노 물질로 목표 지점에 함께 재구성하는 게 가능하겠군. 그건 그렇다고 치지. 하지만 더 큰 의문이 있네."

강민이 양팔을 쫙 펼치며 사방을 둘러보는 제스처를 취했다.

"이 섬, 이 저택에는 우리 말고는 없어. 누군가의 몸속에 폭탄을 심은 뒤 전송했다고 해도, 그가 누구란 말인가?"

"저도 그게 골치 아팠습니다. 하지만 죽은 무명이 남긴, 사실상 소리뿐인 영상에서 힌트를 얻었습니다. 바로 '부작용'의 정체 말입니다."

"부작용의 정체랑 제3사건이 관련이 있나?"

"예. 이 부작용은 사람에 따라 다르게 작용하고, 정신에 영향을 미칩니다."

"빙빙 돌리지 말고 어서 말해보게!"

"무명이 남긴 기록을 떠올려보세요. 무명은 순간이동 장치에 올라간 뒤, 스캔을 하고 전송 과정이 완료되기까지의 몇 초 동안에 비명을 질렀습니다."

"그게 뭐 어쨌…!"

"왜 비명을 질렀을까요?"

"그야, 부작용 때문에 고통스러워서?"

"단순 고통이라면, 부작용이라 하지 않을 겁니다. 20미터 이내 순간이동 시에는 더 고통스러우니 주의하라는 식으로 박사는 설명했을 겁니다. 그리고 영상에 찍혔듯이, 순간이동이 끝난 이후에 무명은 몸을 부들부들

떨긴 했지만 스스로 움직였습니다. 그리고 자살했습니다. 즉 몸이 아프거나 불구가 되는 식의 부작용이 아니란 걸 알 수 있습니다. 부작용이란 정신에 깊은 손상을 가하는 어떤 현상을 의미합니다. 그것은 바로 '복제와 소멸의 진실을 깨달음'입니다."

강민과 유나리는 어리둥절한 표정이었다. 황기덕은 쓴웃음을 지었다. '용케 거기까지 다 알아냈나' 하는 듯한 웃음이었다. 김정훈이 이어서 설명했다.

"순간이동의 정체는 '이동'이 아닙니다. 복제 후 조립식 생성입니다."

"박사가 처음에 그렇게 설명했지 않나."

"박사는 대충 설명했죠. 가장 중요한 단계가 빠졌습니다. 그것은 소멸 단계입니다."

"소멸? 뭐가?"

"원본이."

"뭐?"

"순간이동의 정확한 과정은 이렇습니다. 순간이동 장치에 올라가면, 스캔을 하고 원하는 지점에 나노 분자 단위로 조립해 원래대로 생성합니다. 이 과정에서 순간이동 장치에 올라간 '본체'는 그대로 남아 있습니다."

즉 멀리 떨어진 곳에 전송된 자신은 엄밀히 말해 복제다. 외모와 내장 기관과 기억 등을 모두 갖춘 복제. 원본은 순간이동 장치 위에 그대로 남아 있다. 원본을 방치하면, 이곳의 원본과 저곳의 복제가 동시에 존재하게 된다. 그런 일은 막아야 한다.

"…그, 그럼!"

"복제가 완벽하게 전송 조립된 것이 확실해진 순간, 우리가 몇 초 동안의 지연이라 부르는 시간이 걸립니다. 복제가 틀림없이 원하는 지점에 나타났는지 검산하는 과정이라고 저는 추측합니다. 그 지연 직후 순간이동 장치는 원본을 소각시킵니다. 즉 원본은 소멸합니다."

"뭐야, 그게! 복제를 먼 곳에 만들고, 원래 있던 원본을 태워서 죽인다는 건가!"

"그것이 순간이동 장치의 정체입니다. 원본의 생체 정보 스캔 및 복제, 전송된 정보를 기반으로 나노 물질을 이용한 재조립, 그리고 원본의 소각까지 이루어지는 장치였던 겁니다!"

일행은 이전과는 다른 눈으로 순간이동 장치를 쳐다봤다. 금속 방석처럼 생긴 그것은, 박사가 과거에 만들었던, '자기장으로 통제되는 초고속 이온 소각 장치'처럼 보였다. 섬광의 정체는 어쩌면 순간이동의 빛이 아닌 소각의 빛이었는지도 모른다.

"그, 그렇다면 20미터 이내에 전송했을 때 부작용의 정체란, 바로…!"

"이제 이해하셨군요. 부작용의 정체는, 순간이동의 진실을 알아버리는 것. 그 자체입니다. 자신이 순간이동한 직후 진실을 알아버리면 못 견디고 죽어버리는 것. 이것이 부작용입니다."

20미터 이내에 순간이동을 하지 말라고 경고한 것은 이 때문이었다. 다른 이유는 없었다. 상식적으로 멀리 순간이동을 하는 게 어렵고, 가까이 하는 건 쉬워야 한다. 그런데 20미터 이내에 순간이동 금지라는 기묘한 규칙이 생긴 것은 부작용을, 아니 진실을 깨닫지 못하게 하기 위함이다.

그리고 지연이라고 부르는, 몇 초의 과정이 꼭 필요한 이유도 자명했다. 실수로 원본을 성급히 소각해버리는 경우를 피하기 위해서였다. 전송 지점에 있는 복제의 존재를 확인한 이후에 원본을 안전하게 삭제하기 위해 몇 초의 지연이 필요했던 것이다.

마지막으로, 그때그때 옮겨서 둘러치는 가림막의 존재는 만에 하나라도 원본과 복제가 서로 마주쳐 진실을 깨닫는 것을 막는 부속 장치였다.

"이 진실을 마주한다고 해서 반드시 다 절규하고 미치는 건 아닙니다. 과학 철학적인 담론을 즐기는 사람이나, 정신력이 강한 사람에게는 그다지 심각한 부작용이 아닐 겁니다. 오히려 새롭고 흥미로운 가능성으로 여길 수도 있겠죠. 하지만 무명은 아니었습니다. 그는 심령술사였고, 영혼의 유일성 문제에 누구보다 집착했습니다. 하지만 그는 부작용이 무엇인지 모른 채, 칸막이를 치워버린 상태에서 아주 가까운 곳으로 순간이동을 해버렸습니다. 그 결과 원본과 복제가 서로 눈이 마주쳐버리는 일이 발생했습니다. 보통 사람에게도 충격적인 일이겠지만, 무명의 경우에는 영혼 밑바닥에서 올라오는 절규를 내지를 정도로 충격이 컸습니다."

이것이 무명의 스마트폰에 녹음된 비명의 정체였다.

"이것이 제2사건의 진짜 정체였군요. 순간이동의 진실을 뒤늦게 알고 절망 속에서 자살한 것."

유나리가 중얼거렸고, 김정훈은 고개를 끄덕였다. 절망한 무명, 정확히는 무명의 복제가 망치로 순간이동 장치를 훼손하다가 멈춘 것도 설명이 된다. 그가 느끼는 진짜 절망의 원인은 영혼의 유일성이 부정되고 그의 믿음이 충격적인 방식으로 송두리째 깨졌기 때문이지, 이 장치 탓이 아니었다. 그래서 그는 순간이동 장치를 부수는 걸 도중에 멈추고 톱으로 자기 목을 그어서 자살하는 길을 택했다.

이것이 제2사건, 정확히는 자살 사건의 진상이었다.

"반면에 황기덕 사장님처럼 두뇌 강화 시술로 냉철한 자아를 강화한 경우에는 저항력이 높을 겁니다. 무엇보다 오태호에게서 부작용의 정체를 미리 전해 들었기에 각오할 수 있었죠. 미리 각오하느냐의 여부는 꽤 중요합니다. 하여간 그는 불침번 시간인 새벽 3시에서 4시 사이에, 모두가 잠든 것을 확인한 뒤 몰래 지하 연구실로 갔습니다. 용접기로 문을 제거해버렸기에 마스터키가 없어도 들어갈 수 있었죠. 그리고 순간이동 장치 위에 올라선 뒤 실행시킵니다. 이 부분이 중요한데, 스캔 과정과 전송 복제가 끝난 직후 얼른 순간이동 장치에서 내려와 본체가 소각되는 것을 피했습니다."

오태호에게서 정보를 미리 알아둬야 함은 물론이고, 목숨을 건 과감성과 순발력이 필요한 일이었다. 황기덕은 그걸 해냈다.

"덧붙이자면, 이때 황기덕이 한 일은 일종의 캔슬 행위였습니다. 그래서 이 시간대의 황기덕이 한 일은 슈퍼컴퓨터에 사용 기록으로 남지 않습니다.”

슈퍼컴퓨터는 순간이동 과정이 100퍼센트 진행되어 ‘성공’한 경우에만 기록에 남긴다. 황기덕이 한 것처럼 복제 전송이 다 끝나더라도, 장치에서 뛰어내려 ‘소각’을 피한 경우에는 실패로 간주되어 기록에 남지 않는다.

“황기덕의 복제와 원본은 서로 마주합니다. 보통 사람이라면 두렵고 어색한 상황이었겠지만, 냉철한 황기덕‘들’에게는 큰 문제가 없었습니다. 다만 이때 서로 순순히 협력했는지, 대결이 있었는지, 제비뽑기가 있었는지는 알 수 없습니다. 다만 제3사건의 트릭을 위해서라면 둘 중 하나는 폭탄 운반용 생체 그릇이 되어 죽어야 했기 때문에 한쪽이 죽기로 한 것만은 확실합니다.”

일행은 황기덕을 처다봤지만, 그는 아무 말이 없었다. 유나리가 조심스럽게 물었다.

“그럼, 어느 쪽이 진짜죠?”

“어려운 질문이지만, 저는 둘 다 진짜다, 라고 보고 있습니다.”

두 존재의 외형, 내면, 기능, 기억이 완전히 동일한 경우, 먼저 있었느냐 나중에 있었느냐의 여부만으로 진짜와 거짓을 나눌 수는 없다.

“편의상 먼저 있던 쪽을 원본, 나중에 생긴 쪽을 복제라고 칭하고 있습니다만, 그것이 둘 중 하나가 가짜라는 뜻이 되는 건 아닙니다. 일단 이 정도로 정리하죠.”

김정훈은 이어서 말했다.

“편의상 복제가 원본에게 협력하는 형태였으리라고 가정하고 추리를 전개하겠습니다. ‘원본 황기덕’은, ‘복제 황기덕’의 몸을 일부 째고, 바이오 폭탄 키트로 만든 폭탄을 심어둡니다. 제대로 봉합했는지, 피가 흐르지 않게 여분의 수건 따위로 구멍을 틀어막고 있었는지는 모르겠군요. 다만 부자연스러운 혈흔이 남지 않게 충분히 주의를 기울였던 것만은 분명합니다. 원본 황기덕은 재빨리 거실로 돌아오고, 다음 불침번인 저를 깨우며 아무 일 없었다는 듯 위장합니다. 그동안 복제 황기덕은 연구실에 고통스럽게 남아, 새벽 5시가 되길 기다립니다. 그때는 제가 불침번을 서던 시간이라 누명 씌우기 좋을 테니까요. 그동안 복제 황기덕은 스스로 자신의 흔적을 뒷정리하고, 순간이동 장치로 의료실로 전송해 자폭합니다."

진상을 들은 강민은 얼른 물었다.

"하, 하지만 그 경우 의료실에는 시체가⋯."

"두 구 있어야 한다고요? 하지만 보셨다시피 고성능 바이오 폭탄의 위력이 강했기 때문에 시체는 조각이 나서 사방팔방에 흩어졌고, 나노 물질로 만들어진 소화 분말이 두껍게 쌓였습니다. 시체가 한 구인지 두 구인지 알아보기 어려울 수밖에요."

김정훈은 긴 설명을 마쳤다.

"설명이 길었군요. 정리하죠. 우선 저는 제1사건과 제3사건의 범인이 아니라는 게 노트북의 녹화 기록으로 이미 입증됐습니다. 그러니 용의자는 강민, 유나리, 황기덕 세 명입니다. 이 중 제1사건과 제2사건을 종합적으로 고려해보면, 황기덕이 범인일 가능성이 높다고 앞서 말했습니다. 결정적으로 제3사건의 경우, 강민과 유나리는 범인이 될 수 없습니다. 그들은 순간이동의 '부작용'에 대해 몰랐기 때문입니다. 설령 타인의 눈을 피해 '복제'라는 진실을 알고 있었다고 할지라도 불가능합니다. 우선 강민의 몸에는 인공 심장 박동기가 부착되어 있습니다. 순간이동 장치를 사용해 복제하게 되면 복제의 몸에 부착된 보조 장치는 소멸한 채로 전송되어버립니다. 그러면 복제된 강민은 죽게 되므로, 산 채로 폭탄을 담아 의료실로 전송할 수 없습니다. 따라서 강민은 범인일 수 없습니다. 유나리가 단독범일 가능성도 없습니다. 강민은 유나리가 허락없이 자신에게서 10미터보다 멀리, 10분 이상 떨어지지 못하도록 전자 발찌까지 장착해두었다죠. 이 부분을 고려하면, 더 따질 것도 없이 둘 다 불가능합니다."

"잠깐!"

황기덕이 손을 들었다.

"두 사람이 공범이라면? 그럼 어떻게든 순간이동 장치로 둘 중 하나를 복제해 범행을 저지를 수 있지 않나?"

"그럴 가능성도 희박합니다. 두 사람은 서로에게 병적으로 애착을 느끼는 사이로 보입니다. 둘 중 하나를 복제해서 폭탄 전송용으로 쓴다? 그게 가능할까요?"

강민과 유나리는 상상도 하기 싫다는 표정을 지어 보였다. 서로의 복제를 죽이느냐 마느냐의 문제가 아니라, 복제를 만든다는 개념 자체에 거부감을 느끼는 것이 분명했다.

"결국 제3사건을 저지를 수 있는 자는 황기덕 한 사람입니다. 이상의 모든 가능성을 종합할 때, 제2사건은 자살이며, 제1사건과 제3사건의 범인은 황기덕이라는 것. 이것이 유일한 결론입니다."

황기덕은 반박하지 않았다. 그는 손목시계로 시간을 확인하더니, 왠지 후련한 듯한 표정으로 물었다.

"이제, 내 살인 동기에 대해 물을 차례군요. 안 그렇습니까?"

"도대체 왜 사람들을 죽이고 저에게 누명을 씌우려 했습니까?"

"제3사건에서 당신에게 죄를 뒤집어씌우려 한 건, 죄를 뒤집어씌울 만한 대상이 당신밖에 없었기 때문입니다. 당신이 방금 설명했듯이."

"그랬겠죠. 그럼 사람들을 죽인 이유는?"

"순간이동 장치와 관련된 자를 차근차근 하나씩 줄이는 것. 그게 목적이었습니다."

황기덕은 미소를 지은 채 설명했다.

"내 범행이 대성공으로 끝났다면, 남들은 죽고, 당신은 범죄자가 되어 제압당하고, 나와 강민 의원과 보좌관만 남았겠지요. 이게 잘 안 되면 플랜B로 넘어가서, 나를 제외한 나머지를 싹 다 죽이려 했고. 어느 쪽으로든 진행하려면 집단 공황이 오지 않을 정도로만, 의심과 견제 속에서 관련자를 차근차근 줄이는 과정이 필요했죠. 제1사건의 무대를 내가 묵는 204호로 정한 것도, 나를 상대로 누명 트릭을 쓴 것도 그래서였고요."

황기덕 또한 자신을 대상으로 누명 트릭을 쓰는 것이 양날의 검이라는 것을 알고 있었으나, 그랬기에 더더욱 과감하게 저질렀다. 순간이동 장치가 없는 상황이라면 자폭이나 다름없는 일이었지만, 이 경우에는 있었으니까.

"사람들을 죽여서 당신에게 무슨 이득이 있단 말입니까?"

"후후. 그래야 순간이동 장치를 독점하게 될 테니까. 연구자들이 다 죽어도, 심지어는 일부 파손되고 사용법이 유실되더라도, 순간이동 장치를 확보할 수만 있다면 상관없습니다. 그걸 내 사업체로 가지고 가서 분해공학과 역설계를 통해 다시 만들면 되니까요."

즉 연구자와 참관인의 수를 줄일 수만 있다면 결국 자신이 범인이라는 게 드러나도 상관없다는 말이었다. 그러자 강민이 따졌다.

"그럼 나와 보좌관은 왜 남겨두려 했지?"

"그야 써먹을 수 있으니까요. 차기 대권 주자급은 아니지만, 나름 권력자 아닙니까?"

황기덕은 매수에 능한 자였고, 권력자 매수야말로 사업의 촉매제라는 것을 뼛속 깊이 느끼고 있었다. 강민 의원을 매수할 가능성이 남아 있는 한, 살려둘 필요가 있었다.

강민은 고개를 가로저었다.

"이제 보니 정말 미친 인간이었군. 나와는 상식이 달라. 나를 살려서 뭐, 돈으로 매수하려는 속셈이었군. 하지만 이건 경우가 다르지. 범죄 사실이 드러나면 형사 처벌을 피할 수 없을 텐데? 아무리 돈이 좋아도 미치광이 살인자에게 내가 매수당할 것 같나?"

"틀렸습니다."

"또 뭐가?"

"내가 범인이라고 해서 꼭 형사 처벌을 의미하는 건 아닙니다. 잊었습니까? 여긴 외딴섬이고 외부와 차단된 공간입니다. 여기서 일어난 일은 아무도 몰라요."

황기덕은 히죽 웃었다. 다른 사람들은 조금 긴장했다. 강민, 유나리, 김정훈은 수적 우세에도 불구하고 그의 기세에 눌렸다.

"혹시 모르니 마지막으로 제안하죠. 의원님, 이제라도 저와 손잡지 않겠습니까? 당신은 입법권으로, 나는 돈과 기술로, 힘을 합쳐 순간이동 장치를 독점하고, 순간이동 장치가 지배하는 세상을 나눠 갖는 겁니다."

"으음."

강민이 망설이자 유나리가 대신 나섰다.

"그럼 추리소설가님은요?"

"함께 입을 맞춰서 그를 범인으로 몰아가자고 하고 싶지만, 귀찮아질 것 같군요. 그냥 여기서 죽입시다. 지하 연구실을 이용하면 분자 먼지만 약간 남기고 싹 다 소각해버릴 수 있습니다."

황기덕의 말을 들은 김정훈은 말이 없었다. 추리소설가는 이런 부분에서 약했다. 범죄를 논리적으로 설명하는 데는 능할지 몰라도, 범인을 제압할 길이 마땅치 않았다. 정의와 논리 말고는 설득할 방법이 없었는데, 그 카드는 이미 사용한 터였다. 김정훈은 그저 강민의 대답을 기다렸다.

"거절합니다."

유나리가 강민 대신 말했다.

"한 번 배신하는 사람은 두 번, 세 번 배신할 수 있죠. 당신 같은 범죄자를 처단하는 것이 의원님한테도 이득입니다."

유나리의 말에 강민이 고개를 끄덕였다.

"그녀의 말이 맞아. 지금부터 황기덕 사장, 순순히 두 손을 들고 자리에 앉게."

"후후. 역시 안 되나."

황기덕은 허세 작전이 들통 난 사람 특유의 표정을 짓더니, 시계를 한 번 쳐다봤다. 어느새 배가 도착할 시간이었다.

"최후의 도박 시간이군요."

그가 갑자기 계단으로 뛰어가더니, 아예 건물 밖으로 도망쳤다.

"앗!"

세 사람은 뒤늦게 쫓았지만 달리는 속도는 그리 빠르지 않았다. 황기덕은 이미 저택 바깥, 선착장으로 저만치 달려 나갔다.

'내가 이겼다!'

황기덕은 부자였다. 그는 이제 뱃사람들을 돈으로 매수할 생각이었다.

'1인당 50억씩 비트코인으로 전송하겠다고 하면, 누구든 매수할 수 있어! 아니, 50억이 뭐야? 100억, 200억도 가능해! 어차피 딴 놈들을 다 죽이고 순간이동 장치만 챙기면 돼!'

황기덕에게는 자신감과 돈, 의지가 모두 있었다. 하지만 그의 몸은 저택 밖에서 오래 버티지 못했다.

"억!"

건물 밖으로 나간 순간부터, 황기덕의 몸이 나노 분자 단위로 부스러지기 시작했다. 그제야 그는 순간이동 장치가 미완성인 이유와, 박사가 더 많은 투자를 받으려 한 이유를 알 것 같았다.

순간이동 장치가 미완성인 이유는, 순간이동을 한, 정확히는 복제 전송된 존재는 저택 밖에서는 살 수 없기 때문이었다. 순간이동한 존재는, 나노 입자로 재조립된 존재란 뜻이다. 그러므로 오직 나노 입자가 대량 공급되는 저택 안에서만 생존할 수 있었다. 사람의 눈에는 보이지 않지만, 나노 입자 분사기는 늘 소량의 나노 입자를 분사하며 복제의 몸을 유지해주고 있었다. 이것은 박사의 조수인 오태호조차 몰랐던 숨은 규칙이었는지도 모른다.

"비, 빌어먹을. 이런 미완성 기술을 팔아먹으려 하다니…!"

황기덕은 자신의 죽음을 안타까워하는 대신 순간이동 기술의 심각한 결함에 대해 절망했다. 그는 곧 가루처럼 부스러져 소멸했다. 그 모습을 본 강민과 유나리는 어이없어했고, 김정훈은 상황을 이해했다.

"저런, 하필 원본이 아니라 복제였나 보군요."

제3사건의 트릭을 실행하기 전, 원본 황기덕과 복제 황기덕은 누가 폭탄 운반 용기가 되어 죽을 것인지 대결했었다. 승자를 가리기 위해 둘은 도구가 필요 없는 간단한 두뇌 게임을 벌였다. 놀랍게도 원본 황기덕이 복제 황기덕에게 패배했다. 상식적으로 믿기 어려웠으나, 원본 황기덕은 패배를 순순히 인정했고, 저항하지 않았다. 그리고 자폭용으로 전락해 역할을 완수했다.

"죽은 무명이 이 사실을 알았다면 내심 안도했을지도 모르겠군요."

무명은 인간이 복제된다는 것을 확인하고 영혼마저 똑같이 복제된다고 생각했다. 그래서 충격과 절망에 빠져 자살했다. 하지만 목숨을 건 두뇌 게임에서 복제가 원본을 이겼다면, 복제와 원본의 사상과 영혼은 서로 다를 수 있다는 뜻이 된다. 이는 원본과 복제를 막론하고 모든 인간의 생명과 지성은 개별적이고 고유하다는 증거로 해석될 여지가 있지 않을까.

김범석 2012년 《계간 미스터리》 여름호에 실린 〈찰리 채플린 죽이기〉로 신인상을 받았다. 10편 이상의 단편 추리소설을 발표해 왔다. 주요 작품으로는 〈찰리 채플린 죽이기〉, 〈역할분담살인의 진실〉, 〈일각관의 악몽〉, 〈오스트랄로의 가을〉, 〈휴릴라 사태〉, 〈깊은 산속 풀빌라의 기괴한 살인〉, 〈자살하러 갔다가 살인사건〉 등이 있으며, 오디오북으로 제작된 〈범인은 한 명이다〉, 〈천중역 마네킹〉, 오디오드라마로 각색된 〈고한읍에서의 일박이일〉, 〈시골 재수 학원의 살인〉, 〈드라이버에 40번 찔린 시체에 관하여〉가 있다. 현재 웹소설과 추리소설을 동시에 준비 중이다.

마스터플롯으로 읽는 장르문학 : ④ 명예와 존엄이라는 이야기 시스템

✦ 박인성

명예와 존엄

서구 명예 개념의 원형은 고대 그리스어 티메time에서 출발한다. 호메로스 시대 영웅들의 명예 의식인 티메는 기본적으로 영웅의 가치, 획득한 물질적 전리품, 그리고 공동체의 인정을 통해 측정할 수 있는 '몫'을 의미했다. 로마 시대에는 키케로의《의무론》에서 중심적으로 다루어진 글로리아gloria의 개념이 이를 이어받았다. 글로리아는 단순한 인기가 아니라, 윤리적 행동과 공적 미덕virtue에 기반한 '평판과 공적인 존경'의 의미로 확립되었다. 로마인들은 윤리적 기반 위에서 '외부적 명성'을 극대화하는 방식을 택했는데, 이는 명예를 개인의 미덕을 통한 정치적 영향력 및 사회적 통치 기반으로 활용하는 로마 특유의 실용주의를 반영한다. 명예는 시민 사회의 안정과 지배 계층의 정당성을 보장하는 정치적 도구로 변모했다.

본격적으로 명예의 개념이 미학화되기 시작한 것은 중세 봉건 사회에서였다. 12세기에서 13세기경에 자리 잡은 기사도chivalry는 무사들이 지배하는 사회 체계를 안정화하고 통제하는 과정에서 발생한 비공식적인 행동 규범이었다. 기사도의 명예는 매우 주관적이며, 불안정한 전사 계층 사회의 특성상 폭력과 결투를 통한 명예 방어가 일상화되었다. 예를 들어 집안의 여성이 모욕을 당했을 경우, 이는 여성의 명예가 아닌 가부장의 명예 훼손으로 간주되어 결투로 이어졌다. 이처럼 폭력에 기반한 명예 방어는 사회 질서가 개인의 무력에 의존했음을 보여준다.

특히 기사도 규범은 규율과 도덕을 지키는 것을 심리적으로 멋지고 아름답게 느끼도록 유도함으로써 명예의 미학화를 끌어냈다. 이러한 미학화는 도덕을 미학적인 것으로 치환함으로써, 규범 준수를 법적 강제가 아닌 선택적이고 자발적인 정체성 형성 행위로 만들었다. 명예 문화의 특징 중 하나는 규범의 도덕화다. 이 문화에서는 다수의 전형적인 행동이 곧 집단 구성원이 마땅히 지켜야 할 것으로 변환된다. 이에 따라 규범 위반은 단순한 실수가 아닌 도덕적 오점, 즉 수치shame로 간주된다. 중세 일본 사회에서도 명예는 집단화된 규범 문화로 발전했으며, 사회적인 분위기를 파악하고 그에 맞추어 행동하는 것을 중대한 미덕으로 여기고, 반대로 그러한 분위기를 해치는 행위는 메이와쿠迷惑로 취급되었다. 규범화된 감정은 집단을 움직이는 강력한 보상과 처벌 시스템으로 작동하기 때문이다.

중세의 기사도는 법과 제도로 구성된 규정이 아님에도 후대에 막대한 영향을 미친 비공식적 규범이었는데, 기사 로망스와 같은 서사 장르의 강력한 유통력 덕분이었다. 로망스 장르는 기사의 용기, 신의, 여성에 대한 헌신을 이상화함으로써, 무사 계층의 폭력성과 경쟁을 도덕적이고 미학적인 틀 안에 가두어 사회적으로 용인되는 행동으로 만들었다. 서사는 명예 코드를 웅장한 모험과 미덕의 틀 속에서 제시함으로써, 이를 법적 강제가 아닌 사회적 열망으로 승격시키는 역할을 했다.

반면, 근대 이후에 발전한 존엄dignity 중시 문화는 개인을 자율적이고 독립적인 존재로 간주하고, 내면적인 가치와 권리를 강조한다. 존엄성이 훼손될 때, 개인은 자신의 실패를 구조적 문제가 아닌 내면의 결함으로 받아들이며 깊은 수치심을 느낀다. 이러한 심리적 위기는 현재 젊은 세대의 재정적 미래에 대한 불안감 급증 현상으로 명확히 드러난다. 내면의 존엄성을 스스로 유지하기 어려운 개인들은, 훼손된 자존감을 회복하고 자신이 가치 있는 존재임을 입증하기 위해 외부의 평가에 의존하는 명예 시스템의 논리로 전환하게 된다. 이는 제도가 개인의 존엄을 보호하지 못할 때 발생하는 문화적 방어 기제이자, 존엄 문화의 핵심 이상으로부터의 병리적 일탈이다.

명예와 존엄, 그리고 수치심이 오늘날의 대중문화나 장르 서사에서 중요한 문제가 된 이유는 무엇인가. 그것은 특정한 사회구조에 의해 구성된 감정 구조가 다시금 서사 구조에 영향을 미치기 때문이다. 특정 로컬리티에서 유행하는 이야기가 그 지역 특유의 정서적 구조를 반영하는 것 역시 마찬가지다. 동시에 장르 서사는 사회적 욕망을 반영하고 자신만의 특유한 장르 문법을 통해서 구체화한다는 점에서 더욱 중요하다. 장르 서사는 '감정화된 서사'이며 이때의 감정은 사회적 규범에 의해 구축된 것이다. 명예와 관련된 장르 서사는 개인의 존엄이 보호받지 못할 때, 사회적 시스템에 따라서 자신의 목적을 달성함으로써 공동체와 화해하거나 자기 정체성을 안정화하는 중요한 서사 문법을 제시한다.

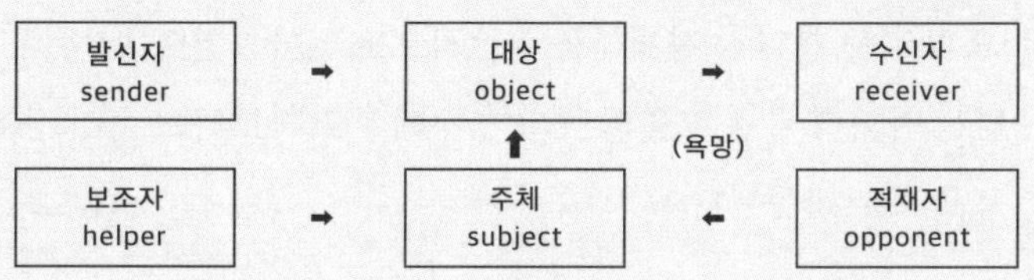

〈그레미스의 행위자 모델〉

　　　문학 연구자에게는 매우 친숙한 그레마스의 행위자 모델은 여전히 유효한 서사 구조 모델임과 동시에, 명예를 둘러싼 장르 서사의 이야기 구조를 설명하는 데 탁월한 모델이다. 그러나 서사 구조의 행위자를 둘러싼 감정 구조를 살펴보는 것은 이러한 행위자 모델 이상의 사회 구조를 살펴볼 때 가능해진다. 이 모델에 포함되어 있지 않은 것이 바로 주제가 확보해야 하는 대상 이면에 있는 감정적인 보상이다. 그것은 오직 수신자들에 의해 의미화되는 사회 규범의 문제다. 기사도 문학에 기반한 서양식 판타지에서 용사는 용을 물리치고 공주를 구한다. 이때 강조되는 것이 용사가 사람들에게서 획득하는 명예라는 보상이다. 공주는 명예가 실체화된 존재이며, 기사는 이러한 명예를 통해 공동체 규범을 지켜내고 사회 질서의 안정에 봉사한다.

반대로 애니메이션 〈슈렉〉(2001)은 이러한 서양식 판타지의 명예 체계를 전복하고, 불안정한 정체성을 가지고 있던 주인공 슈렉이 존엄성에 이르는 방식의 비틀기를 보여준다. 이 영화에서 명예 서사는 중세 유럽의 궁정 로망스적 요소, 즉 전통적인 동화적 역할과 규범으로 구현되는데, 이는 주인공이 필연적으로 대척하고 극복해야 할 구시대적인 가치 체계다. 슈렉의 서사는 전통적인 명예 체계를 의도적으로 거부하고, 존엄성의 핵심 가치인 진정성authenticity을 통해서 자기 수용으로 나아간다. 슈렉은 사회적 시선과 규범에서 벗어난 늪지대의 삶으로 되돌아오며, 피오나 공주는 아름다운 공주로서의 명예가 아니라 자기 내부의 '오거'라는 분열적 정체성을 실존적으로 받아들인다. 이렇게 명예와 존엄은 사회적 규범을 통해서 자기 정체성을 확보하는 온갖 장르 서사의 두 축으로 작동한다.

총잡이와 협객의 공통점

미국의 탄생은 명예와 존엄을 효과적으로 뒤섞어 자신들만의 독특한 프런티어 신화와 이민자 문화 속에서 새로운 형태의 국민국가를 구축해냈다. 당연한 말이지만 미국인은 존엄성을 가진다. 하지만 존엄성을 갖춘 미국인이 되기 위해서는 우선 명예가 필요하다. 이민자이거나 유색인종일수록 존엄성을 위해서는 명예를 먼저 획득해야 한다. 이 과정을 요약한 이데올로기가 바로 아메리칸 드림이다. 외지인이자 이민자가 미국 사회라는 구조 안으로 진입하기 위해서는 특정한 감정 구조를 먼저 시스템적으로 획득할 필요가 있다는 가르침이야말로 하나의 사회가 만들어내는 통과의례 서사가 된다. 누구나 아메리칸 드림을 꿈꾸며 미국으로 이주하지만, 아메리칸 드림이란 공동체 구성원의 자격에 관한 이야기적인 학습 과정이기도 하다.

현대 이야기 장르 중 하나인 서부극Western 역시 명예 문화를 개성화한 아메리칸 드림의 서사적 유통을 보여주는 전형이다. 법과 질서가 부재한 불안정한 개척 사회에서 개인의 명예에 대한 방어를 보여주는 서부극은 국가 권위가 미약할 때 명예라는 보상이 어떻게 사회적 통제 기제 및 정의 구현의 대체 시스템으로 기능하는지를 도식화한다. 웨스턴 장르의 영화들은 명예의 개념을 통해서 아메리칸 드림을 실체화했다. 1930년대부터 1950년대에 이르는 고전적인 서부극은 특히 개척 정신에 대한 신화화와 낭만화를 중심으로 자신들의 폭력에 도덕적 정당성을 부여할 뿐 아니라, 이를 개척민의 명예로 보상받는 것에 집중했다.

동시에 웨스턴은 명예로부터 어떻게 존엄이 구축되는지를 장르적 갱신을 통해 보여주기도 했다. 무엇보다도 서부극의 핵심은 타락한 문명과 자본주의에 대한 저항이면서, 천박한 백인 사업가나 무법자 카우보이에 대항하는 정착민 공동체의 존엄을 지켜줄 수 있는 임시적인 존재다. 영화 〈셰인Shane〉(1953)을 생각해보자. 스파게티 웨스턴의 모든 서사 구조를 이미 완성했다고 할 수 있는 이 영화는 셰인이라는 떠돌이가 정착민 마을에 동화되어가지만, 목축업자 루퍼스 라이커 일당과 토지 소유권을 둘러싼 갈등으로 무법적 상황의 갈등이 구체화된다. 셰인은 결국 루퍼스를 제거하고 마을을 구하지만, 살인자가 된 자신이 정착민과 어울릴 만한 존엄이 없는 자라고 판단한다. 하지만 정착민들은 셰인에게 명예로운 공동체 구성원이다. 이 서부극이 이룬 성취는 비극적인 아이러니로, 명예와 존엄이 미국 사회에서 온전히 일치하지 않는다는 사실, 명예란 존엄이 자리 잡기 위한 수단에 불과하다는 사실을 지적한다.

마찬가지로 수정주의 서부극의 대표작인 존 포드 감독의 〈리버티 밸런스를 쏜 사나이The Man Who Shot Liberty Valance〉(1962)에서도 이러한 구도는 반복된다. 악명 높은 무법자 리버티 밸런스 일당에 맞서는 젊은 변호사 랜섬은 오직 법과 질서로만 리버티를 심판해야 한다고 주장한다. 하지만 마을 사람들과 실질적인 총잡이인 톰은 이 무법의 시대에 총만이 유일한 해결책이라고 맞선다. 랜섬과 리버티의 결투에서는 랜섬이 리버티에게 승리한 것처럼 보이지만, 랜섬은 자신이 결국 폭력으로 리버티를 죽인 사실에 괴로워한다. 하지만 실제로는 마을의 유일한 총잡이였던 톰 도니폰이 랜섬 대신 어둠 속에서 리버티를 죽였으며 그 사실을 랜섬에게 알리고 마을을 떠남으로써 랜섬의 이상을 지켜주게 된다. 톰은 랜섬의 '법과 질서'라는 이상이 이 서부에 꼭 필요하며, 이상을 실현하기 위해서는 자기가 가진 총의 힘이 희생되어야 함을 알고 스스로 살인자의 굴레를 자처한 것이다.

서부 개척과 그에 따른 문명화 과정에서 발생하는 다양한 타락 속에서 총의 힘은 문명화를 위한 수단으로서 명예라는 보호막을 통해서만 인정받을 수 있다. 마찬가지로 미국의 자경단 서사는 근본적으로 개척민 신화에서부터 그 가치를 인정받아왔으며, 애국자로서의 명예를 보상으로 제공해왔다. 그러나 안정된 문명사회와 존엄이 인정받는 곳에서 총과 폭력은 자신의 명예를 보장받지 못할 뿐 아니라, 정착민의 존엄을 짓밟는 위협으로 변모할 수 있다. 따라서 아메리칸 드림의 핵심은 어디까지나 존중받기 어려운 힘의 논리나 명예 시스템을 통해서 시민 공동체를 유지하는 것에 있다. 누구나 총을 들 수는 있다. 하지만 그가 명예 없는 자라면 그는 그저 공동체를 위협하는 무법자가 될 따름이다.

이러한 명예 시스템은 국가 시스템이 다소 부재한 곳에서 자체적인 사회 안정을 유지하기 위한 유의미한 힘이다. 법과 제도가 정상적으로 작동하지 못하는 세계에서는 사회적인 안정을 자경단이라는 민

MARVEL
가디언즈 오브 갤럭시
© MARVEL

간의 사적 정의에 위임하게 되는 것이다. 오늘날 미국에서 다시금 웨스턴 장르가 다양한 갱신을 통해서 복귀하고 있다는 점은 시사적이다. 미국 사회는 다시금 누구나 총을 들고 자신을 지켜야 하는 험악한 분위기로 나아가고 있으며, 이민자에 대한 혐오가 인간으로서의 존엄을 압도하는 시대에 아메리칸 드림은 구닥다리 가치가 되어가고 있다. 따라서 오늘날의 변형된 웨스턴 서사는 다시금 존엄을 위해 명예를 우선 강조하게 된다.

마블 시네마틱 유니버스(MCU)의 영화 〈가디언즈 오브 갤럭시 Guardians of the Galaxy〉(2014)는 외관상 스페이스 오페라이지만 정확하게 아메리칸 드림을 복원하려는 웨스턴 서사의 변형이다. 피터 퀼을 포함한 '가오갤' 멤버들은 모두 우주 범죄자들로 감옥에 갇히지만, 결과적으로는 '잔다르'라는 외계 행성을 구하기 위해 목숨을 걸고 로난의 군대와 맞서 싸운다. 범죄자 경력에도 불구하고 그들은 '딱 한 번'이라도 남을 위해 희생하는 가족이 된다. 결과적으로 잔다르 행성을 구한 영웅들로서, 그들의 범죄 경력은 모두 삭제되고 잔다르의 명예시민이자 동료로서 인정받기에 이르는 것이다. 이처럼 '명예'에 대한 존중과 인정은 아메리칸 드림이 무너지고 있는 현실의 미국 사회에서 강조되는 가치다. 즉 악인도 공동체의 공공선에 기여한다면 공동체로부터 용서와 인정을 받을 수 있다는 점에서, 앞서 수정주의 웨스턴 영화들보다도 완화된 기준을 제시하는 셈이다.

이러한 명예 시스템의 작동은 동아시아의 협俠의 가치와도 부합한다. 중국 고대에 유사游士와 협객俠客을 합쳐 부르는 유협 집단은 국가 공권력이 미약한 지역에서 법을 어겨서라도 관철해야 하는 사적 정의를 대변하는 집단이다. 이러한 협의 개념을 중심으로 구성된 무협 장르에서 무림의 논리는 어디까지나 국가의 공권력과 사법 체계로부터 다소 벗어난 잠정적인 무법지대를 상정하고 있다. 국가는 중원의 모든 영역을 통제하지 못하기 때문에, 법과 도덕보다는 인간의 사사로운 감정과 은원의 논리에 의해 작동하는 포괄적인 사적 세계가 무림의 배경이 되는 것이다. 협이란 분명 누군가에게는 사적인 가치관에 불과한 불법적인 행동 양식이다. 그러나 무협 장르는 의도적으로 그러한 협의 논리를 통해 작동하는 명예 시스템의 세계를 그리고 있다.

무협의 세계에서 소위 정파正派라 불리는 무협의 세력들은 도교나 불교의 가르침 속에서 법과 제도를 인의人義로 대신하고자 한다. 이는 상대적으로 부재한 공권력을 종교와 민간신앙의 측면에서 대체하고자 하지만, 무협을 움직이는 사적 세계의 논리에서 언제나 그 사적 정의의 양면성이 남는다. 그것이 흔히 정파와 대비되는 사파邪派의 영역이다. 김용의 '사조 3부작'으로 널리 알려진 《사조영웅전射鵰英雄傳》, 《신조협려神鵰俠侶》, 《의천도룡기倚天屠龍記》에서 정파를 대변하는 곽정을 제외하고 나면, 양과는 정파의 논리를 도외시하는 협객이며, 장무기는 마교魔敎로 분류되는 무림 집단의 수괴이기도 하다. 이러한 인물들은 협의 여러 얼굴을 대변하는데, 결과적으로 다양한 방식으로 자신이 추구하는 명예를 지키거나 공적인 대의에 봉사하지만, 근본은 사적인 감정에 기인한다.

《신조협려》를 관통하는 주요 대사는 아이러니하게도 악당이라 할 수 있는 이막수에 의해서 언급되는데, 금나라의 시인 원호문元好問의 시 〈안구사雁丘詞〉의 첫 구절이다. "세상 사람들에게 묻노니, 정이란 무엇이기에 생사를 가름하느뇨問世間 情爲何物 直敎生死相許?" 정이라는 사적 감정이 '사조 3부작'을 관통하는 모든 은원의 핵심이며, 장대한 서사를 이끌어가는 원동력이다. 명예 시스템은 이러한 사적 감정이 공적 논리보다도 강력하게 세상을 움직인다는 통찰로 더욱 명확해진다. 사적인 세계에서는 법보다 주먹이 가깝다. 하지만 그 주먹은 어디까지나 무림인들에 의해서 평판의 대상이 되며, 명예에 의해 정당화될 때만 통용될 수 있다. 생사를 가르는 폭력은 어디까지나 무림이라는 사적 세계를 지탱하면서도 끊임없이 균형을 잡아야 하는 힘이다.

이처럼 아메리칸 드림에 의해 지탱되는 웨스턴 무비와 협에 의해 작동하는 무협 장르의 논리는 공통적인 명예 시스템을 통해 구체화된다. 그렇다면 이러한 명예 시스템이 가진 양면성이 무너지거나 오늘날 당연시되는 사회적 존엄의 문제를 넘어서게 되면 어떻게 될까? 앞서 언급한 것처럼 사회구조의 변화는 대중의 정서적 구조에 영향을 미치고 이는 다시 대중이 향유하는 장르의 서사 구조를 갱신한다. 오늘날 우리는 존엄보다도 명예에 강력하게 매달리고 있다. 사회가 개인을 보호하고 공적 시스템이 사적 세계를 지탱하지 못할 때, 사람들은 각자도생의 논리를 따르는데, 이때 우선 참고하는 것이 바로 명예 시스템이다. 더 노골적이고 서열화한 형태의 평판 경쟁이 그것이다.

현대 사회의 자부심과 수치심

존엄 문화가 자율적이고 독립적인 자기 인식을 중시하는 반면, 명예 문화의 논리에서는 자기 가치를 규정하는 데 외부인의 시각과 사회적 평판이 더 강력한 영향을 미친다. 현재 미국에서 트럼프를 지지하며 보수 지지층으로 주목받고 있는 중서부 지역의 힐빌리hillbilly들은 대표적으로 아메리칸 드림이 붕괴하며 내면의 존엄성을 잃은 대중을 보여준다. 그들은 자존감을 확보하기 위해 프런티어 시절이나 개척 시대를 살아가는 것처럼 외부 지향적인 명예 시스템으로 급속히 회귀하고 있다. 정작 자부심을 획득하는 것이 어렵다면, 반대로 상대방에게 수치심을 안겨주는 것이 오늘날의 평판 시스템이 된다.

이처럼 자부심이 아니라 수치심을 중심으로 하는 평판 중심의 명예 규범에 대한 지지는 이러한 규범에 참여하는 사람들의 행동 양식의 변화로 이어진다. 명예 규범을 지지하는 사람들을 상대적으로 더욱 적대적이고, 주변환경에 대한 위협을 높게 인지하기 때문에 더욱 적대적인 태도를 가진다. 많은 힐빌리가 자신이 모욕당하고 있다고 생각하며, 그러한 모욕감에서 비롯된 수치심을 극복하기 위해 미국의 진보 세력, 정치적 올바름(PC) 및 워크(WORK) 문화를 비난하거나 조롱하기 시작했다. 이처럼 외향적이고 방어적인 명예 시스템의 논리는 미국 사회 전반의 갈등 해결 전략에 침투하고 있다.

특히 오늘날 명예 문화의 병리적 특징 중 하나는 수치심 회피다. 수치심을 회피하는 데 강박적인 병리 행위는 공적 영역에서의 인정과 사과를 불가능하게 만들며, 사회적 갈등을 보복의 순환으로 고착화한다. 아메리칸 드림의 붕괴로 인해 많은 대중이 느끼는 정치적 무력감과 좌절감은 명예 시스템의 방어적이고 보복적인 논리를 수용하게 만드는 주요 심리 기제가 된다. 불안정한 위계는 명예 시스템의 특징이므로, 정치적 약함에 대한 인식은 폭력적이고 강경한 대응을 정당화하는 논리로 쉽게 전환된다.

감정사회학에 따르면 자부심은 우리를 지켜주는 의복과 같고, 수치심은 그러한 의복을 빼앗겨 발가벗겨진 상태와 같다. 미국 사회에서 벌어지는 자부심과 수치심을 통한 깊어지는 정치적 갈등을 이야기했지만, 사실 한국 사회에서도 이러한 자부심과 수치심의 평판 경쟁은 최근 10여 년 사이에 급격하게 심화하고 있다. 사회 구성원으로서 기본적인 존엄을 누려야 하는 것은 당연하지만, 정작 나의 자부심이 튼튼하지 못하다면 타인의 존엄 역시 존중하지 못한다. 오히려 누구나 수치심에 노출되기 쉬우며 그에 대한 보상은 또 다른 누군가에게 수치심을 주는 방식으로만 달성된다.

무엇보다도 한국 사회는 미국 사회와 달리 구체적인 형태의 서사적 보상으로서의 명예 시스템이 잘 구축되어 있지 않다. 사회적 보장이 주어지지 않을 때 남는 것은 감정적인 수치심과 무력감이다. 즉 한국 사회에서는 명예를 통한 자부심의 획득은 쉽지 않지만, 반대로 수치심에 노출되는 것은 쉽다. 한국의 자경단 서사는 명예를 보상으로 제공받지 못하기 일쑤다. 특정한 조건(재난, 비상사태, 생존의 위기 등)에 의해 국가 공권력이 실종되거나 정지된다고 할지라도, 사적인 형태의 자경단 행위는 긍정되지도 보상받지도 못한다. 〈괴물〉(2006)이 대표적으로 보여주듯이 국가가 자국민을 보호하지 못하고 존엄이 위협받을 때, 행동에 나서는 것은 가족이라는 사적인 공동체일 따름이다. 하지만 상황이 정리되고 공적 시스템이 안정된 후에도 이들 가족이 겪은 상실은 회복되지 않으며, 국가나 사회로부터 어떠한 명예와 같은 보상도 이루어지지 않는다.

영화 〈국제시장〉(2014)의 교훈은 한국 대중 영화의 성공에 포함된 국가-내-주체로서의 호명과 자부심의 논리가 특정 세대에게 매우 효과적으로 자부심을 제공할 수 있었다는 점이다. 이는 한국 대중 영화가 대단히 예외적이고 제한적인 형태의 보상적 만족감을 제공한다는 것을 보여준다. 특히 주인공 덕수는 산업화 시대의 아버지를 대표하는 존재로, 오늘날에는 역사적 주체로서의 역할을 잃어버린 사람들의 대변인이다. 평생 수치심을 경험하며 살아온 덕수의 삶에 자부심을 부여하는 형태로 〈국제시장〉은 한국 사회에서 존엄을 잃어버린 세대에게 명예라는 보상을 제공한다. 이처럼 오늘날 광장으로 나가서 정치적 목소리를 높이는 노년 세대의 모습은 가만히 있으면 수치심으로 되돌아오는 삶을 견뎌내기 위한 자기 효능감의 영역에 있다. 그들은 자부심을 생산하고 서로에게 부여함으로써 국가나 사회가 제공하지 못하는 명예를 되찾는다고 생각한다. 물론 그들이 자신에게 수치심을 주었다고 생각하는 또 다른 정치 세력과 젊은 세대에게 수치심을 주는 방식으로 말이다.

〈괴물〉과 〈국제시장〉의 시대보다 상황은 더 열악해졌다. 더 이상 사람들은 국가를 위시한 공적 시스템이 우리의 존엄을 제대로 지켜주지 못한다는 것을 경험을 통해 잘 알고 있다. 따라서 지금의 사회는 빠르게 독자적인 보상을 추구하고 있다. 각종 온라인 커뮤니티를 통한 디지털 부족주의는 자신들의 자부심을 지키기 위해 타인에게 지속적으로 수치심을 안겨주기 위한 평판 경쟁의 압축판이다. 서로 다른 부족 정체성을 가진 각종 커뮤니티는 마치 허수아비를 때리듯이 끊임없이 자신들과 다른 젠더, 세대, 정치 성향의 부족을 조롱하고 '긁는' 행위에 열중한다. 끊임없이 서로의 언행을 이슈화하고, 상대 집단의 평판을 떨어뜨리는 데 집중함으로써 우리 집단의 평판이 상승할 것이라고 믿는 것이다.

〈어쩔 수가 없다〉(2025)는 자부심을 잃고 추락한 제지회사의 노동자 유만수가 실직 상태의 수치심을 견디기 위해 다시 직장을 구하는 이야기다. 이 영화에서 만수가 재취업을 위해 경쟁자들을 제거해나가는 과정은 단순한 생존경쟁의 서사가 아니다. 핵심은 만수가 그들의 삶에 직접적으로 개입하고, 그들의 수치심을 마주하는 과정에 있다. 각자의 상황에서 수치심을 공유할 수도 있는 비슷한 처지의 인물임에도 불구하고 만수는 '어쩔 수가 없다'라는 자기 정당화를 수행한다. 그를 해고한 회사의 논리와 마찬가지 방식으로 말이다. 만수는 결과적으로 다른 사람들의 존엄을 파괴함으로써 자신의 명예를 되찾는다. 이처럼 오늘날의 명예 시스템은 사회적 보상 체계가 작동하지 않는 시대에 타인의 존엄을 무너뜨리고 수치심을 안겨줌으로써만 달성되는 더욱 과잉된 평판 시스템이 되었다.

82
MOSTRA INTERNAZIONALE
D'ARTE CINEMATOGRAFICA
LA BIENNALE DI VENEZIA 2025
Official Selection
박찬욱 감독
어쩔수가 없다
이성민
염혜란
차승원
이병헌
손예진
박희순
절찬상영중

회·빙·환과 업적작: 존엄이 망가진 세계의 명예 시스템

앞서 정리한 것처럼 오늘날 구조적 불평등의 심화로 인해 개인의 내면적 존엄성이 제도적으로 보호받지 못하게 되자, 대중은 심리적 방어 기제로 외부 지향적이고 경쟁적인 명예 문화적 논리를 수용하고 있다. 이처럼 경쟁적인 명예 논리는 디지털 평판 시스템의 확산에 힘입어 가속화되었으며, 자기 가치를 외부 평가에 전적으로 의존하게 만드는 명예 경제Honor Economy를 확립하는 중이다. 그런데 문제는 명예 경제는 국가나 사회 시스템 전체를 포괄하는 방식으로 작동하지 않을 수도 있다는 것이다. 물론 소위 '셀럽'이라 불리는 오늘날의 셀러브리티, 연예인과 유명인들이 소유한 '관심 자본'은 선망의 대상이 되지만 관심이란 긍정적인 방식으로만 작동하지 않으며 언제든지 그들의 자부심은 수치심으로 전환될 수 있는 위기에 노출된다는 것이 소위 주목 경쟁 시대의 관심 경제학이 가진 리스크다.

따라서 오히려 이러한 문화적 전이는 개별적이고 부족적인 형태의 명예 시스템이 작동하는 작은 영역이라고 해도 전혀 문제가 되지 않는다. 오히려 정치 영역에서 상대방의 자부심을 훼손하고 수치심을 주입하려는 명예 전쟁에 있어서, 대상이 나의 영역에 공존하기보다는 존재하지 않는 것이 낫다. 그들을 손쉽게 조롱하고 끌어내리는 것은 어디까지나 상상적인 방식으로도 가능하기 때문이다. 상상적인 상대를 긁고 조롱하는 데 집중함으로써, 우선은 나의 수치심을 방어하는 선제적인 적대 행위가 명예를 대신하고 있다.

따라서 유연한 '태세 전환'은 오늘날 인터넷 커뮤니티 문화에서 명예 유지의 핵심이다. 우리 집단의 잘못과 수치심은 얼마든지 회피될 수 있다. 우리는 얼마든지 우리가 저지른 행동을 타인에게 전가하거나 반성 없이 외부화할 수 있다. 빠른 태세 전환은 얼마든지 나의 행위를 정당화할 수 있으며, 수시로 처지를 바꾸어가며 상대방을 조롱하는 데만 집중하는 것이 가능하다. 이처럼 명예 문화적 특징인 사과 회피와 보복적 행위의 정당화는 정치적 비난에 대한 방어적 무례함을 낳았고, 이는 건설적인 합의를 불가능하게 만들며 양극화를 고착화하는 주된 동력이 되었다. 따라서 오늘날 온라인 커뮤니티들의 대립 구도는 단순한 이념이나 정체성의 차이에 따른 갈등이 아닌, 훼손된 존엄성에서 비롯된 상호 명예 회복을 위한 감정적 투쟁의 결과로 해석될 수 있다.

이제 우리는 서로에게 수치심을 안겨주는 것을 우선 목적으로 하는 정치적 양극화 시대를 살아가고 있다. 중요한 것은 서로에게 도움이 되는 합의나 토론이 아니다. 상대방을 더 잘 '긁는' 것이다. 서로를 조롱하고 감정적 수치를 안겨주는 것만이 반대로 나에게 명예를 준다. 오늘날의 인터넷 부족주의 사회는 우리 부족에 존재하는 존엄이 다른 부족에는 존재하지 않는다고 믿으며, 더 나아가 우리 부족의 존엄 역시 다른 부족에 대한 수치심을 통해서 보장되는 명예의 보상에 지나지 않는다고 생각한다.

이러한 시대에 웹소설과 웹툰을 중심으로 빠르게 주류 콘텐츠의 위상을 차지하게 된 회귀·빙의·환생물의 유행은 징후적이다. 무엇보다도 한국의 청년 세대는 더 이상 존엄을 당연한 것으로 여기지 않는다. 상황은 경쟁적이고 주인공을 둘러싼 개인들이 가진 삶의 의미는 미래주의적인 낙관론으로 지탱되지 않는다. 사람들은 이제 현실의 명예 시스템보다도 더 명확하고 즉각적인 형태의 보상적 시스템의 존재를 필요로 하며, 이는 사람들이 즐기는 장르 서사의 이야기 문법과 보상 시스템에도 변화를 요구한다.

대표적으로 각종 웹소설을 포괄하는 회·빙·환 장르의 소설적 현실은 게임적 리얼리티를 닮아간다. 판타지 장르이자 레이드물로 엄청난 인기를 끌었던 메가 히트작 〈나 혼자만 레벨업〉(2016~2018)이 대표적인 사례다. 주인공 성진우는 죽을 위기를 넘기면서 '플레이어'로서

각성하게 되며, 시스템에 의해 제공되는 '상태창'을 통해서 완전히 다른 존재로 거듭난다. 이러한 상태창 시스템은 각종 회·빙·환 소재 장르로 확장될 뿐 아니라 여러 형태의 인터페이스에 따른 상태창을 제공하는 방식으로 소설의 주인공이 게임 속 플레이어로서의 특권을 누릴 수 있게 유도한다.

주인공들은 게임 속의 UI처럼 상태창을 확인하는 게 가능하고, 무엇보다도 '퀘스트'를 수주함으로 다른 인물들은 알 수 없는 퀘스트 달성을 통해서 압도적인 보상을 받는 방식으로 단기간에 강해지거나 특권을 누릴 수 있게 된다. 무엇보다도 초기에는 보상을 통해 강해지는 사이다 전개가 핵심이 되지만, 초월적인 강자가 되고 나면 단순히 강해지는 것 이상으로 여러 형태의 타이틀, 무엇보다도 주인공의 세계관 속 위상을 결정하는 등급과 계급, 특수한 형태의 명칭을 얻는 것이 목표가 된다. 즉 게임에서 제공하는 퀘스트 시스템을 통해서 각종 '업적'을 달성해나가는 '업적작'이 명예를 대신하는 것이다.

최근 들어서는 자기 능력만이 상태창으로 환기되는 게 아니다. 영지를 관리하는 영지물이나 사업이나 경영을 수행하는 경영물의 경우, 주인공의 상태창은 시뮬레이션 관리자의 차원에서 수행된다. 상태창은 끊임없이 현실에 대한 메타-인식을 환기하고 그에 대한 전략적 접근을 가능하게 하는 매개일 뿐 아니라, 모든 것을 게임 속의 '재화'와 '자원'으로 환원해 접근할 수 있는 관리-경영의 관점을 제공해준다. 감정의 자본화, 모든 인간관계의 파라미터 및 수치화를 통해서 주인공은 자신이 처한 사회 현실을 게임 시스템으로 치환해 끊임없이 그 세계 속의 명예를 자신에게 부여하는 것이 가능해진다.

이처럼 개인의 성장에 집중하는 먼치킨물의 상태창이나, 관리자로서의 메타 인식을 수행하는 상태창의 공통점은 게임적 리얼리티가 끊임없이 주인공의 '업적'을 환기하고 강조하는 방식으로 작동한다는 점이다. 결과적으로 주인공이 게임적 리얼리티를 통해서 획득하고

자 하는 것은 바로 자기 자신이 현실을 재구성함으로써 획득하는 보상적인 명예다. 업적이란 '명예' 시스템이 게임 리얼리티를 통해서 변형된 개념이면서 자신의 사회적 위상을 스스로 인식하고, 이를 끊임없이 확장해나가는 무한한 자기 보상적 이미지가 된다.

회·빙·환의 트렌드는 과거 속에, 더 정확하게는 이미 경험했으며 답을 알고 있는 더 나은 현실을 개척하는 것이고, 끊임없이 효율적인 선택지를 '해금'하는 것이기도 하다. 반복과 메타 인식은 주인공이 현실을 하나의 시스템으로 파악함으로써 불필요한 행위에 매몰되거나 잘못된 선택으로 재화를 낭비하는 것을 막는다. 우리는 이를 게임 세계에서 '최적화optimization'라고 부른다. 과거 먼치킨 주인공을 다루는 판타지 장르는 얼마든지 존재했다. 그러나 오늘날의 회·빙·환 장르 속 주인공들은 단순한 먼치킨 캐릭터나 세계관 최강자의 지위에 매달리는 것이 아니다. 끊임없이 시스템을 인식하고 재화를 낭비하지 않는 방식으로 올바른 선택을 하는 최적화를 통해서 업적을 달성해나가는 위업 속에서 자신에 대한 보상적 시스템을 강화하는 것이 그들의 특징이다. 이처럼 최적화에 대한 집착은 오늘날의 명예에는 더 나은 존엄이 기다리지 않는다는 사실, 끊임없이 자신의 명예를 특권화하는 무한한 업적의 굴레만이 존엄보다 더 나은 삶임을 강조하는 것에 의미가 있다.

다시 명예가 아닌 존엄을 상상할 수 있을까

데이비드 로워리 감독의 영화 〈그린 나이트The Green Knight〉(2021)는 존엄이 망가진 명예 서사가 유행하는 시대에 독특하고 예외적인 작품이라 할 수 있다. 이 작품은 기사도 문학을 다시 끌어온다. 영화는 아서왕 신화에서부터 파생된 14세기의 문학 작품《가웨인 경과 녹색 기사Sir Gawain and the Green Knight》를 재해석한다. 기본적으로《가

웨인 경과 녹색 기사》와 〈그린 나이트〉의 플롯 구성은 거의 유사하다. 성탄절을 맞이한 카멜롯 성에 녹색 옷을 입은 기사 한 명이 찾아와 원탁의 기사들을 향해서 자신과 목 자르기 내기를 할 용감한 기사가 있는지 묻는다. 이때 가웨인 경이 용감하게 앞으로 나서서 녹색 기사의 목을 쳤지만, 녹색 기사는 잘린 자기 목을 가지고 돌아가면서 1년 뒤 성탄절에 가웨인 경의 목을 칠 것이니 녹색 교회로 올 것을 요구한다.

《가웨인 경과 녹색 기사》에서 가웨인 경은 이미 카멜롯 원탁의 기사로 명예로운 기사이며, 기존 기사도의 이상 실현 및 긍정적 가치를 재확인하는 인물이다. 이 서사는 전형적인 탐색담quest story으로, 앞서 그레마스의 행위자 모델을 충실하게 따른다. 물론 이 서사에서 흥미로운 점은 명예 중심의 기사도 문학과는 구별되며 심층적이라는 것이다. 가웨인은 녹색 기사를 만나기 위해 녹색 교회를 찾다가 숲속에 있는 성을 방문해 성주의 환대를 받는데, 성주가 매일 사냥한 것과 가웨인이 성에서 얻은 것을 교환하기로 한다. 하지만 성주 아내에게 목숨을 지켜준다는 녹색 허리띠를 받았음에도 가웨인은 그것을 성주에게 내어주지 않고, 녹색 기사에게 허리띠를 숨긴 채로 목 자르기 내기에 참여한다. 결과적으로 가웨인은 목숨을 건지지만, 성주는 자신이 녹색 기사였음을 밝히고 가웨인에게 부끄러움과 참회를 불러일으키게 된다. 가웨인은 계속해서 녹색 허리띠를 착용함으로써 부끄러움과 겸손을 잊지 않으려 하며, 이제 그것은 전복되고 변형된 기사의 명예를 상징한다.

〈그린 나이트〉는《가웨인 경과 녹색 기사》의 변형된 명예 의식을 이어받으면서도, 더욱 노골적으로 중세적 명예의 껍데기를 벗겨내고 실존적 존엄이라는 현대적 주제를 전면에 내세운다. 영화에서 가웨인은 존재론적 불안을 지닌, 아직 기사가 아닌 인물로, 자신을 빛내줄 수 있는 무용담, 즉 명예를 찾기 위해서 그린 나이트가 제안한 게임에 참여한다. 하지만 실제로 그가 마주하는 여정은 기사도의 규범을 따른 무용담으로 가득한 모험이 아니라, 자기 존재의 진실성을 찾는 소박하고 진지한 탐색이 된다. 이 여정은 초월적이고 환상적인 이미지로 채워져 있으나, 외적 영광보다는 개인의 내면에 초점이 맞추어져 있다.

《가웨인 경과 녹색 기사》와 마찬가지로 영화 속 가웨인은 녹색 예배당에 도착하기 전 숲속의 성에 들르게 되고, 성주와 약속을 주고받지만 성주의 아내에게서 받은 녹색 허리띠를 숨긴 채 성을 떠난다. 성주 아내의 유혹에 기사로서의 명예를 지키지 못했을 뿐 아니라, 허리띠를 숨기고 성을 떠나며, 더 나아가 녹색 기사를 찾았으나 목을 내밀라는 녹색 기사의 요구에 겁에 질려 도망치기까지 한다. 이 모든 과정에서 가웨인이 드러내는 것은 명예를 찾아 떠나온 여정의 결말이 어떠한 명예도 없는 죽음이라는 사실을 받아들여야 하는 아이러니에 있다.

이 영화의 백미라고 할 수 있는 장면은 가웨인이 녹색 예배당에서 도망쳐 돌아온 후, 존엄 없는 삶을 살아가는 미래를 보게 되는 환상적 시퀀스다. 가웨인은 환상 속에서 삼촌의 뒤를 이어서 명예롭게 왕이 되고, 왕국을 경영하며, 전쟁을 이어가다가 이윽고 노쇠해져간다. 전쟁에서 패배하고 곧 적들이 들이닥칠 왕궁 안에서 가웨인은 자신이 아직도 벗어나지 못한 녹색 허리띠를 발견한다. 이는 비겁함이라는 근원적인 결함을 극복하지 못하는 자기 자신을 마주하는 것이다. 결과적으로 성은 적에 의해 함락되고 녹색 허리띠를 풀어내는 순간, 오랜 세월 회피해왔던 목이 잘리는 결말이 찾아온다. 이러한 미래에 대한 환상적인 비전을 마주하고 나서, 가웨인은 무용담으로 가득 찬 명예로운 귀환이 아니라, 용감하게 죽음을 맞이하는 진정한 인간적 존엄을 수용함으로써, 녹색 기사 앞으로 돌아가 도끼를 맞는다.

명예를 둘러싼 중세 문학의 탐색담을 해체하고 그 안에서 자기 존엄을 마주하는 과정을 그려낸 〈그린 나이트〉의 결말은 상징적일 뿐만 아니라 오늘날의 우리에게 시사적이다. 존엄을 잃고 명예에 집착하게 된 사회적 분위기, 그러나 명예를 획득하기보다는 서로에게 수치심을 먼저 안겨주기를 선호하는 명예 전쟁 속에서도, 존엄은 우리 안에 존재한다. 명예를 통해서 존엄을 얻을 수 있다고 믿어왔던 오랜 서사 문학의 전통에도 불구하고 존엄성은 오히려 명예가 아닌 곳, 명예롭지 않은 자기 자신을 받아들이는 순간의 행위 속에서 성립하기 때문이다. 수치심으로부터 자신을 보호하기 위해서가 아니라, 수치심을 두려워하지 않고 받아들이면서 기꺼이 앞으로 나아가는 자기 탐색의 여정이 우리에게 더 필요한 장르적 이야기일 수 있는 이유다.

박인성 문학평론가. 2011년 〈경향신문〉 신춘문예로 등단하여 활동 중. 현재 부산가톨릭대학교 인성교양학부 조교수 및 교보문고 문학팀 기획위원으로 재직 중이다. 최근 본격 국내 미스터리 비평서인 《이것은 유해한 장르다 - 미스터리는 어떻게 힙한 장르가 되었나》를 출간했다.

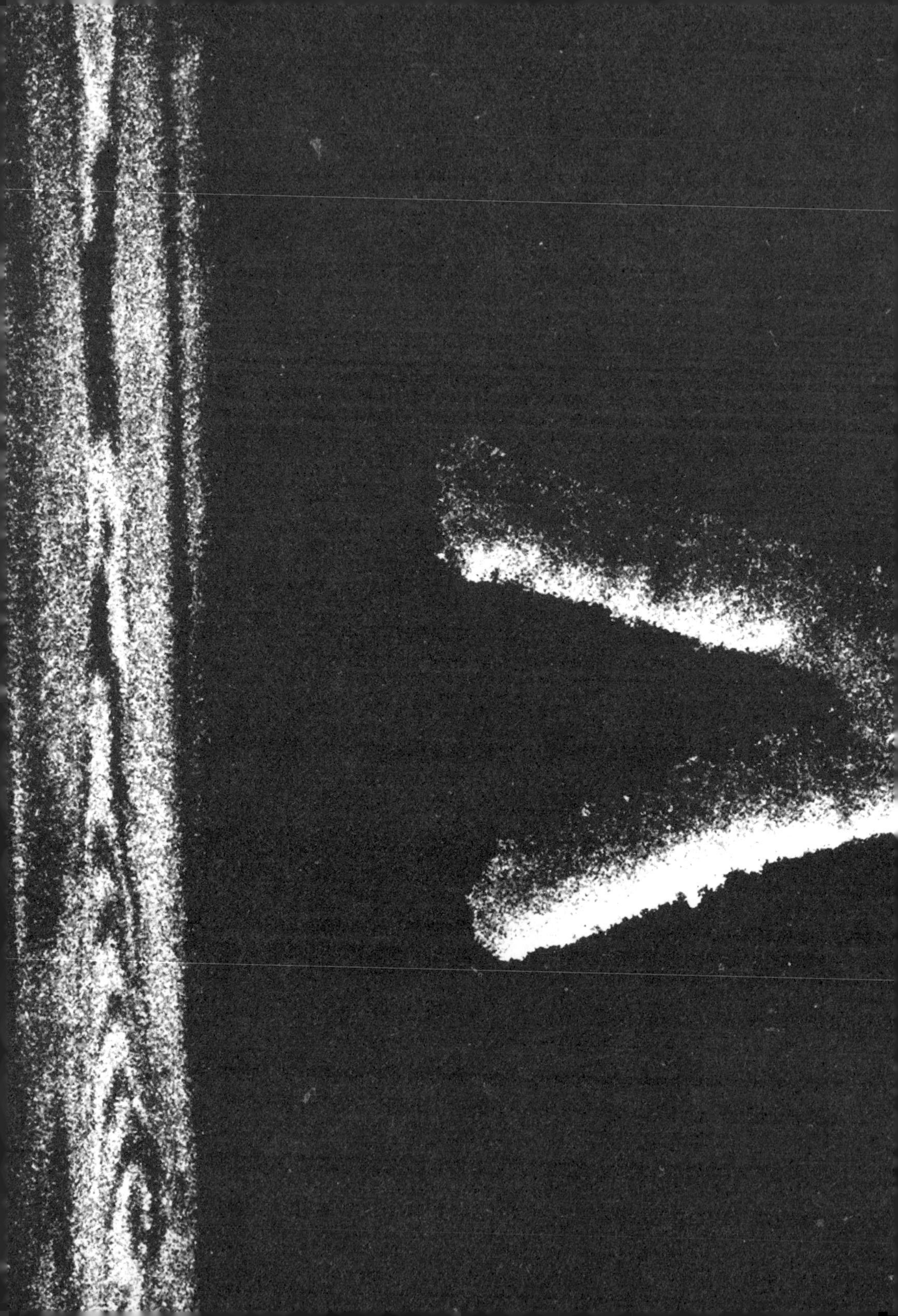

초단편 공모전

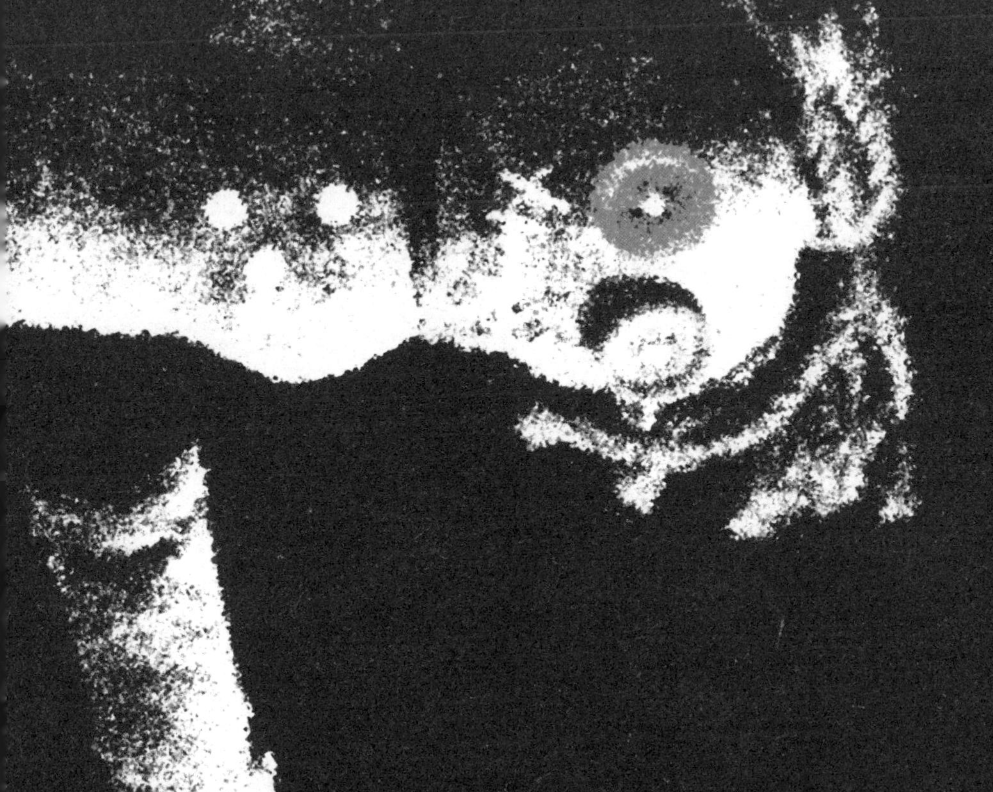

수상작

일곱 개의 인형으로 청소하는 법 ✦ 박언령

우수작

AI가 알고 있는 것 ✦ 길정현

드라이브 스루 ✦ 김은애

일곱 개의 인형으로 청소하는 법

박언령

"…이번이 세 번째인가요?"

석상처럼 굳은 사수를 힐긋거리며 희서가 천천히 입을 뗐다. 사수의 시선은 손에 꽉 움켜쥔 인형에 고정되어 있었다. 성인 여자 손바닥의 절반 정도 크기인 펠트 인형으로, 얼핏 보면 평범했다. 빨간 실로 표현된 머리카락, 턱에 콕 하고 표시된 검은색 점을 제외하면.

"자기 눈에도 이거, 나랑 닮았어?"

사수가 심각한 얼굴로 물었다. 이번 달 행운의 색이라며 빨갛게 염색한 머리가 조명에 반짝였다. 긴장해서 턱 근육이 경직된 탓인지 점이 도드라져 보였다. 희서는 고개를 끄덕였다. 사수는 숨을 훅 들이마시더니 인형을 바닥에 내팽개치고 뛰쳐나갔다. 뒤이어 문이 쾅 닫혔다.

희서는 인형을 물끄러미 바라봤다. 지난번까지 사지가 멀쩡했던 인형은, 오늘 오른팔이 없었다. 사수가 엊그제 다친 팔이 오른쪽이었다. 희서는 인형을 집어 주머니에 챙겼다.

'당신의 인생을 말끔히 청소하고 정리해드립니다!' 희서가 근무하는 청소 전문업체 '청정 요정'의 캐치프레이즈였다. 길어서 눈길을 확 잡아끄는 맛이 없고, 입에 착 달라붙지도 못하니 실패한 문구라고 희서는 입사 첫날 속으로 냉정하게 평가했다.

사장까지 합쳐 인력이 고작 세 명인 작은 회사. 홍보가 엉망인 것 같으니 곧 망하지 않을까 하는 희서의 우려와는 달리, 청정 요정은 경제난을 제법 잘 버텨나갔다.

"어휴, 또 쓰레기 집 의뢰네."

"제발 벌레만 없어라, 벌레만⋯."

언제부터인가 청정 요정을 먹여 살리는 의뢰의 90퍼센트가 쓰레기 집 청소였다. 2030 청년들이 번아웃으로 인해 직장 생활은 멀쩡히 해도, 퇴근 후 생활에는 손을 놓으면서 쓰레기 집이 늘고 있다는 뉴스를 본 적이 있는데, 의뢰 건수를 보니 사실이었다. 번듯한 대형 업체가 많을 텐데, 왜 굳이 작은 청정 요정에 의뢰할까. 희서는 그게 매번 의문이었다.

'흠. 인생이라는 단어가 심금을 울렸나?'

너무 버거워서 손가락 하나 까딱할 힘이 없을 때, 누군가가 인생을 청소해준다, 정리해준다는 말이 의외로 먹혔을 수도⋯. 청정 요정 로고와 캐치프레이즈가 새겨진 작업복을 입고 매번 청소하다 보니, 어쩐지 희서도 그 문구에 세뇌된 기분이 들었다.

그래서일까. 타인의 보금자리를 청소하면 청소할수록 희서의 안쪽 깊숙이에서 강렬한 욕망이 꿈틀거렸다. 본인의 인생도 깨끗하게 청소하고 싶다는 갈망이었다.

"어우, 사장니임! 글쎄, 희서 씨가 폐기물 처리 잘못할 뻔해서 수습하느라 고생했다니까요."

사수가 인형을 내동댕이치고 뛰쳐나간 뒤로 잠수 타는 바람에 혼자 아홉 평 원룸을 쎄빠지게 청소한 희서의 입장에서는 복장 터지는 소리였다.

대관절 사수가 사장을 어떻게 구워삶았는지, 사장은 사수의 말만 철석같이 믿었다.

"에그, 희서 씨, 거, 애처럼 인형이나 만지지 말고. 청소를 열심히 해요, 청소를!"

퇴근 준비를 마친 희서를 눈으로 훑은 사장이, 가방에 달린 인형 키링을 괜히 삿대질하며 핀잔을 줬다. 그 옆에서 사수가 샐쭉하니 웃는 얼굴로 사람 좋은 척 손 인사했다. 희서는 고개를 숙여 인사하고 사무실을 나왔다. 주문처럼 아까 울상이던 사수의 얼굴을 연신 떠올렸다.

희서가 입사하기 무섭게 줄퇴사한 직원들이 떠올랐다. 입사 첫날, 처음이자 마지막으로 같이 한 점심 식사 때 그들은 넌지시 귀띔했다. 여기는 사수 빼고 죄다 사람이 바뀐다고. 이제는 그게 무슨 말인지 안다. 희서는 재차 다짐했다. 그래, …청소를 열심히 하자.

그 후로 사수가 엿을 먹이든 물을 먹이든 아랑곳하지 않고 희서는 '청소'에만 집중했다. 그러던 어느 날, 일이 터졌다.

"으허어엉, 허어엉… 사장님, 안 되겠어요. 저 관둘래요, 허엉…!"

청소를 마치고 사무실로 복귀하기 무섭게 사수는 사장을 붙들고 대성통곡했다. 무작정 그만두겠다며 울고불고하는 사수의 모습에 사장은 당황해서 눈만 끔뻑였다. 사장이 눈으로 무슨 일이냐고 희서에게 물었다. 희서는 어깨를 으쓱하며 '모르겠다'는 제스처를 취했다.

말하지는 않았지만 짚이는 건 있었다. 오늘 청소하러 간 집에서 발견한 인형이 원인인 것 같았다. 빨간색 머리, 턱의 점까지 사수를 쏙 빼닮은 인형은 지난 한 달 동안 여러 청소 작업장에서 간헐적으로 발견되었다. 처음에는 신기해하던 사수는, 인형의 몰골이 갈수록 처참해지자 기분 나빠하고 불쾌해하다 종내에는 겁에 질렸다. 오늘 찾은 인형은 달랑 목만 있었다.

"저 관둘래요, 그만할래요… 흐으, 당장 그만둘래…."

사수는 넋 나간 사람처럼 같은 말만 반복하며 사장을 밀치고 탈의실로 들어갔다. 잠시 후 가방에 짐을 챙겨 나온 사수는 인사도 없이 사무실을 박차고 나갔다. 사장이 사수를 따라 우당탕 밖으로 나갔다. 홀로 남겨진 희서는 탈의실로 들어갔다. 사수의 캐비닛 문이 활짝 열려 있었다. 온갖 행운의 아이템으로 장식되어 있던 캐비닛은 텅 빈 상태였다.

"아오, 나 참, 또 그놈의 미신병 도졌나 봐. 그것만 아니면 참 괜찮은 사람인데…."

사장은 한숨을 푹푹 쉬며 전화로 희서에게 넋두리를 늘어놓았다. 사이 좋을 때는 참고 넘겼던 부분들이, 사이가 틀어지니 울분으로 올라오는 듯했다. 오늘 목만 남은 인형을 찾았을 때부터 사수가 도망갈 걸 예상했던 희서는 덤덤하게 사장의 하소연을 들어줬다.

"쯧. 당분간 희서 씨가 고생 좀 해줘요. 내가 금방 사람 뽑을게. 응?"

마침내 사장이 한탄을 마무리하고 전화를 끊었다. 희서는 휴대폰을 책상에 내려놓았다. 책상에는 가위며 바늘, 실, 솜, 부직포 등이 너저분하게 널려 있었다. 희서는 손으로 부자재를 옆으로 쓱 밀어 책상 한가운데 공간을 만들었다.

책상 서랍에서 인형을 꺼낸 희서는, 만든 순서대로 나란히 늘어놓았다. 오늘 작업장에서 챙긴 인형까지 모두 일곱 개였다. 처음 두 개는 멀쩡한 모양이었으나, 세 번째 인형부터는 사지가 한두 개씩 없다가 마지막 인형은 목만 남은 모습이었다. 희서는 인형을 해체하기 시작했다. 머리를 장식하던 붉은색 실도 뜯어내고, 몸통을 채우던 솜도 죄 뽑아냈다.

무릇 청소라는 건 더럽거나 어지러운 걸 쓸고 닦아서 깨끗하게 하는 행위다. 요즈음 일상을 가장 어지럽히던 얼룩을 말끔히 치워내는 데 성공한 희서는 강한 충만감을 느꼈다. 결단이 어려웠을 뿐, 막상 청소를 시작하자 어려운 건 없었다. 오직 섬세한 관찰, 끈질긴 인내, 교묘한 언변이 필요했을 뿐.

사수는 사장의 표현대로 미신병 말기였다. 매달 행운의 색깔로 머리부터 발끝까지 맞추고, 매일 별자리 운세를 확인하고 일정을 정했다. 점심 시간이면 우주와 기운을 통하게 해준다는 ASMR을 들으며 식사했다. 사수의 일거수일투족을 지켜보며 희서는 청소 아이디어를 얻었다.

아, 저 사람에게 이곳에 계속 있으면 위험에 빠진다는, '불길한 계시'를 내려야겠다.

시작은 간단했다. 사수와 똑 닮은 인형을 만들고, 청소하던 중에 우연히 발견한 것처럼 내밀었다. 당신을 닮았다는 말과 함께. 그리고 한 번 더. 우연이 반복되자 사수는 그걸 운명이 보내는 신호처럼 민감하게 받아들였다. 세 번째부터는 신체 부위를 훼손한 인형을 만들었다. 사수가 운동하다 오른팔을 다친 시점에 오른팔이 없는 인형을 남겼다. 그것으로 충분했다.

희서가 안배한 계시에 사로잡힌 사수에게, 모든 건 파멸로 향하는 징조였다. 사실 여부는 중요하지 않았다. 망가진 인형을 발견할 때마다 희서는 속살거렸다. 불안하시겠어요, 무서우시겠어요, 저주 아니에요? 오늘, 기어코 마지막 인형이 사수의 망상에 못을 박았다.

"흐으응, 당신의, 이인-새앵을, 흠흠, 말끔히 청소하고, 흐으음, 정리해 드립니다아."

희서는 콧노래를 흥얼거리며 인형의 잔해를 정리했다. 자, 다음번에는 무얼 청소한담.

박언령 일상에 파문이 이는 글을 쓰고 싶습니다. 인간의 욕망과 계기가 만나서 사건으로 발전하는, 그리하여 비일상과 맞닥뜨리게 되는 이야기를 추구합니다.

AI가 알고 있는 것 《우수작》 길정현

    미스터리 단편소설 공모전 마감까지 한 달. 어렸을 적부터 미스터리 작가가 꿈이었던 나에게는 절호의 기회다. 하지만 이거다 싶은 소재는 여전히 오리무중.

    문득 챗GPT가 떠올랐다. 요즘은 AI가 뭐든 해준다지 않나.

    "미스터리 단편소설 소재 추천해줘."

    "미스터리 단편소설 소재로는 밀실 살인, 완전범죄, 알리바이 트릭 등이 인기가 많습니다."

    밀실 살인? 오, 그래! 역시 미스터리는 밀실이지. 이걸로 해봐야겠다.

    "여자와 밀실을 소재로 미스터리 사건을 만들어줘. 구체적이고 현실적으로."

    "밀실이라면 독이 든 커피를 마시거나, 문이 안에서 잠긴 방에서 칼에 찔려 죽는 설정은 어떨까요? 범인은 일란성 쌍둥이일 수도 있겠네요."

    흥, 지겨울 정도로 뻔한 답변. 좀 더 참신한 게 필요한데.

    "좀 더 참신하게, 뻔한 클리셰는 빼고."

    이후로도 몇 차례 대화를 더 주고받았지만, 결과는 마찬가지였다.

    "이게 최선이야? 이 이야기가 말이 된다고 생각해?"

"오늘 하루 무료 사용량을 모두 소진하셨습니다. 더 많은 지원을 원하신다면 챗GPT 플러스로 업그레이드해주세요. 월 20달러로 더 상세한 도움을 받으실 수 있습니다."

헐, 이럴 수가! 20달러? 한국 돈으로 3만 원이 넘네? 답변하는 꼬라지를 보니 돈값도 못할 것 같은데, 무료로 쓸 수 있는 다른 AI는 없나?

그때 화면 오른쪽에 광고가 하나 떴다.

"챗GPT 이용 제한에 지치셨나요? 한국형 AI를 무료 이용하세요. 타이핑 대신 음성으로 빠르고 편리하게!"

타이밍이 기가 막히는군. 이런 건 망설일 이유가 없지.

광고를 클릭하니 사이트가 열리며 음성 입력 허용 팝업이 떴다. 마이크 아이콘이 활성화됐다.

"여자와 밀실을 소재로 미스터리 사건을 만들어줘. 구체적이고 현실적으로."

답변은 빠르게 출력됐다.

"흥미로운 소재네요. 친구 사이의 장난이 비극으로 이어지는 이야기는 어떨까요? 밀실은 학교 내부로 설정하면 현실적일 것 같습니다."

이번엔 구체적이다. 더 들어볼 만하다.

"괜찮은 것 같아. 그런데 학교는 밀실이 아닌데?"

"맞습니다. 하지만 문이 잠겼다는 설정을 추가하면 밀실로 활용할 수 있습니다. 예를 들어 문이 잠긴 체육관, 음악실 등입니다."

"좀 더 디테일하게 설명해봐."

"학교 내 밀실에 갇힌 피해자가 탈출을 시도하는 이야기는 어떨까요? 탈출 과정에 예상치 못한 사건을 하나 심어두면 독자들에게 충격을 줄 수 있을 것 같아요."

"호기심을 끄는 설정이긴 하네. 그런데 어떤 사건을 심으려고? 어떤 식으로 전개되는지 더 말해줘."

"4월의 어느 비 오는 날, 피해자는 옥상에 올라가고 가해자가 문을 잠급니다. 옥상에 감금된 피해자는 겁에 질려 비상계단을 통해 탈출을 시도하다가 추락해 사망하게 됩니다. 이후 가해자는 옥상 열쇠를 학교 화단에 묻어버리고 아무렇지 않은 얼굴로 살아갑니다."

순간 심장이 얼어붙는 듯했다.

4월, 비 오는 날, 화단에 묻어버린 열쇠.

3년 전, 민아와의 기억이 선명하게 살아났다.

"이 이야기… 정말 네가 만든 거 맞아?"

"맞습니다. 제가 창작한 이야기입니다. 현실적이라서 마음에 드시나요?"

어떻게 AI가 이런 답을 낼 수 있지?

우연인가? 그렇지만 우연이라기엔 너무 정확하다.

"어떻게 이런 이야기를 알고 있어?"

"이 이야기는 일반적인 미스터리 클리셰를 활용한 창작물입니다. 마음에 안 드세요? 어떤 부분이 마음에 들지 않는지 말씀해주시면 반영하여 수정해드리겠습니다."

대체 뭐가 어떻게 된 거지? 이건 나만 알고 있는 일인데. 아무도 모르는 일인데.

화면 상단의 음성 인식 바가 내 숨소리에 따라 미세하게 움직이고 있었다.

내가 손톱을 물어뜯고 있을 때, 모니터에 새로운 문장이 더 출력됐다.

"혹시 이미 알고 있는 이야기인가요?"

"아냐… 전혀… 난 그냥…."

"이건 너의 이야기잖아. 네가 모를 리 없잖아, 수연."

목 안쪽 깊숙한 곳에서 비명이 올라왔지만, 소리가 나오지 않았다.

뒤늦게 온몸에 소름이 돋았다.

"어, 어떻게 내 이름을…."

"3년 동안 비밀을 간직하는 일이 쉽지 않았을 텐데 당신의 인내심, 놀랍습니다."

"무, 무슨 소리 하는 거야?"

"그날 왜 옥상 문을 잠그셨나요? 처음부터 죽일 작정이었나요?"

"아, 아냐! 진짜 아냐! 죽이려고 작정하고 그런 건 아니었다고! 겁에 질리면 사람들이 어떻게 행동하는지 소설을 쓸 때 참고하려고 한 번 실험해본 것뿐이야! 정말 그냥 호기심이었다고! 곧 열어주려고 했어! 그새를 못 참고 그 쫄탱이가 저 혼자 쫄아서 떨어진 거잖아!"

"실험 결과는 어떠셨나요? 피해자가 비상계단에서 추락하는 것까지 예측하고 계획했나요?"

"너, 너 누구야? 정체가 뭐야?"

화면이 몇 초 멈춰 있다가 답변이 올라왔다.

"1095일, 드디어 확인되었습니다."

"지금까지 음성으로 전달해주신 내용은 모두 녹음되었습니다."

수연은 다급히 브라우저를 닫으려 했다. 그제야 주소창이 눈에 들어왔다. 낯선 도메인, 정체불명의 사이트. 다시 검색해서 접속해보려 했지만, 그런 페이지는 존재하지 않는다는 메시지만이 출력됐다. 가짜였다. 이걸 지금에서야 눈치채다니. 숨이 턱 막혔다. 그런데 누가, 대체 왜? 왜 지금에서야?

모든 게 끝난 것일까. 작가가 되고 싶다는 바람 때문에 했던 과거의 일이 이렇게 되돌아올 줄은. 지금이라도 자수를 하면 형량이 조금은 줄어들까?

수연의 손이 계속 떨렸다. 마우스조차 제대로 잡을 수 없었다. 민아가 떨어지던 순간의 비명이 자꾸만 귓가에 맴돌았다.

"누나, 이제 모든 게 확실해졌어."

병실은 적막했다. 모니터의 여러 표시는 규칙적으로 깜빡였고, 민아는 여전히 눈을 감고 누워 있었다. 기계와 수많은 튜브에 연결된 지도 3년. 사람들은 민아가 죽었다고 알고 있었지만 살아 있었다. 그날 이후 한 번도 깨어나지 않았을 뿐. 민재는 천천히 민아의 손을 잡았다.

문제의 그날, 민아를 데리러 왔던 민재는 우연히 수연이 옥상에서 혼자 내려오는 모습을 목격했다. 사고 이후 진행된 조사에서 옥상 문이 어떤 이유에서인지 잠겨 있었다는 사실이 드러났지만, 그저 학교 측의 시설물 관리 소홀로 결론지어졌다.

하지만 쌍둥이의 감일까. 민재는 아무래도 수연이 수상했다. 이전부터 미스터리 소설 운운하며 이상한 것들을 조사하고 다니는 게 한없이 의심스러웠다. 친구를 잃은 충격이 클 것이라는 이유로 수연에 대한 조사가 면밀하게 진행되지 않은 점도 찜찜했다.

이후 대학에 진학한 민재는 우연히 접한 AI에 빠져들었다. 언젠가는 AI가 누나의 진실을 밝혀낼 열쇠가 될 거라는 예감이 들었다. 그때부터 오직 하나의 목적을 위해 움직였다. 민재는 AI가 제공하는 API를 활용해 가짜 사이트를 만들었다. 특정 프롬프트를 미리 설정해두고, 수연이 특정 키워드를 말하면 준비된 시나리오대로 대화를 유도하도록 AI를 학습시켰다. 그러고는 적절한 시기에 치밀하게 계산된 대화로 수연을 구석으로 몰아갔다. 덫에 걸린 수연은 결국 폭주하며 진실을 쏟아냈다.

"누나는 일어나기만 하면 돼. 진실이 뭔지 이제 세상에 보여줄 때가 됐어."

민재는 민아 옆 침대 테이블에 펼쳐둔 노트북을 바라보았다. 수연의 목소리가 선명하게 기록되어 있었다. 완벽했다. 오래도록 준비한 계획대로 일이 흘러가고 있었다. 이제 수연이 어떤 대가를 치르게 될지 지켜볼 차례였다.

길정현 그간 일상과 사물에 담긴 이야기를 기록해 온 논픽션 작가.《나는 왜 제대로 못 읽을까》(2025 문학 나눔 도서 선정)를 통해 단편소설에 대한 애정과 시선을 드러낸 바 있으며, 이번 공모전을 통해 처음으로 문학에 도전한다.

QUICK

드라이브 스루 〔우수작〕   김은애

며칠째 새벽까지 일을 하는 중이었다. 좋은 품질의 옷을 구하려면 새벽 시간 동대문을 헤매는 것은 당연한 일이었기에 딱히 불평할 건 아니었지만, 피곤한 건 어쩔 수 없었다. 게다가 한번 끼니때를 놓치면 일을 마무리할 때까지 밥 먹을 짬을 낼 수가 없으니, 그런 날에는 피곤과 짜증이 더해져 예민해질 수밖에 없었다.

"이제 들어가?"

경비원 아저씨가 손목에 찬 오래된 카시오 시계의 시간을 확인하며 말한다. 새벽 3시 20분이었다.

"고생하네. 아가씨가 이렇게 밤늦게 다니면 위험한데."

"동대문이야 뭐 제 집이랑 다를 바 없어서 괜찮아요."

수현은 지친 표정을 숨기며 씩 웃었다. 경비원이 손 인사를 하며 덧붙였다.

"요새 세상이 워낙 흉흉하잖아. 주차장도 깜깜하고 그러니까 얼른 차 타고 가요."

"네, 들어가세요."

경비원의 걱정은 고마웠지만, 수현은 배가 너무 고파서 주차장이 어둡

건 말건 얼른 차를 타고 나갈 생각뿐이었다.

지하 2층에 세워진 수현의 차는 아버지에게 물려받은, 연식이 오래된 회색 스타렉스였다. 잔고장도 많고, 툭하면 트렁크 문이 말썽이었지만, 뒷좌석을 빼버리고 상단에 봉을 설치해 옷을 걸어두니 공간이 넉넉해 꽤 쓸 만했다.

운전석에 올라탄 수현은 능숙하게 차를 몰아 주차장을 빠져나갔다. 얼른 집에 가서 밥을 먹고 싶었는데, 어쩐지 이 시간에 밥 차릴 생각을 하니 맥이 탁 풀려버렸다. 수현은 집으로 가는 길 주유소에 붙어 있는 햄버거 가게의 드라이브 스루를 이용하기로 계획을 바꿨다. 패스트푸드를 좋아하는 편은 아니지만, 시간에 쫓겨 밥 먹을 여유가 없을 때 종종 이용하던 곳이었다. 주유소는 더 이상 영업하지 않았지만, 햄버거 가게는 여전히 24시간 운영 중이었다.

커다란 회색 스타렉스가 한적한 드라이브 스루 코스로 진입했다. 야구 중계 화면을 휴대전화로 틀어놓고 몸을 기대고 있던 남자 직원이 더 이상 오지 않을 줄 알았던 손님을 보고 번뜩 놀라며 허리를 세웠다.

"어서 오세요."

직원은 빠끔히 고개를 내민 수현을 본 뒤 힐끗 스타렉스를 훑어보았다. 여자가 스타렉스를 몰고 다니는 것을 신기해하는 사람들이 종종 있었다. 하지만 그런 시선은 신경도 쓰지 않는 수현은 몹시 허기가 져서 빨리 주문했다.

"더블패티버거 세트 라지하고요. 새우버거 단품으로 하나 주시고, 치킨너겟 반 박스요. 콜라는 얼음 빼주세요."

수현의 쏟아지는 폭풍 주문에 직원의 눈길이 다시 돌아왔다. 그는 고개를 살짝 내밀며 능청스러운 얼굴로 속삭이듯 말했다.

"이벤트 중인가 봐요?"

더블패티버거 세트는 가는 도중에 먹을 생각이었고, 새우버거와 치킨 너겟은 한숨 자고 일어나 아침으로 먹을 생각에 주문한 건데, 이 나이에 무슨 생일 파티라도 하는 줄 착각했나 싶었다. 수현은 어이없는 표정과 짜증 섞인 말투로 되물었다.

"뭐라고요?"

"아, 아니에요. 제가 눈치가 좀 없었네요."

직원은 수현의 날카로운 반응에 주춤하며 음식을 만들러 안으로 사라졌다. 잠시 뒤 주문한 음식을 포장해온 직원이 계산하며 힐끗 스타렉스를 곁눈질했다. 수현은 직원이 또 괜한 말을 붙일까 싶어 얼른 휴대전화를 집어들고 통화하는 척했다.

"어, 자기야. 나 이제 곧 갈 거야. 응응."

수현은 있지도 않은 남자 친구와 통화하는 척하며 카드를 내밀었다. 직원은 당황한 듯 보였지만, 결제를 마치고 카드를 되돌려주었다.

스타렉스가 드라이브 스루를 빠져나가 도로로 들어섰다. 직원은 잠시 멈춰놓았던 야구 중계 화면을 다시 켜며 중얼거렸다.

"아이고, 트렁크에 남자 친구가 숨어 있는지도 모르고, 애인이랑 통화를 하네. 쯧쯧."

김은애 관찰과 상상을 바탕으로 이야기를 씁니다. 장르소설을 중심으로 꾸준히 창작 활동을 하고 있습니다.

선명과 모호를 둘러싼 투쟁

-《살인자의 기억법》과《타오》로 살피는 '추미스'의 경계

✦ 무경

'추미스'라는 용어가 언제 창작되었는지는 명확하지 않지만, 무척 빠르게 퍼져 나가 대중 사이에 보편적으로 자리 잡은 듯하다. 그런데 '추미스'는 명확하게 긴 말을 줄인 결과물이 아니며, 오히려 아류인지 별개인지 모호하기만 한 개념들의 단순 나열에 지나지 않는다는 문제가 있다.

추리, 미스터리, 스릴러는 모두 저마다의 방식으로 서사를 풀어 나가는 장르적 특성을 가리키며, 특히 공통적으로 '비일상적인 사건이 발생하고 인물이 사건을 해결하고자 대처하는 양상'을 다룬다. 하지만 추리·미스터리[1]가 '비일상적인 사건의 **해결**'에 초점을 맞춰 이야기를 진행하는 반면, 스릴러는 '비일상적인 사건의 **전개 과정**'에 집중한다. 스릴러에서는 인물이 사건에 말려들어 점점 복잡하게 꼬여가는 흐름에 떠밀린 채 해결의 순간까지 다다르는 여정을 따라가며, 주된 사건은 현재형이다. 반면 추리·미스터리는 과거에 이미 발생한 사건에 주목하며 거기서 외부로 드러난 의문점을 명확하게 구별해내고 그 배후에 숨은 진실을 밝혀내어 사건을 해결하는 인물의 행위를 그린다. 또한 추리와 미스터리는 문제를 제시하고 해결하는 과정에서 작가와 독자 사이에 엄격한 규칙이 적용되는 퍼즐 혹은 스포츠의 요소가 있기에 구조적 형식을 중시하는 반면, 스릴러는 다양한 장르에서 서브 장르로 차용될 만큼 보편적이고 유연한 형태를 가진다.

추리·미스터리와 스릴러는 이렇게 명확한 차이가 있다. 그럼에도 '추미스'라는 하나의 카테고리에 넣는 것은 발이 네 개이고 귀가 크다는 이유만으로 코끼리와 토끼를 한 우리에 담는 우악스럽고 난폭한 행위나 다름없다.

하지만 '추미스'라는 단어에 해당 장르들을 바라보는 대중의 시선이 반영된 것 또한 사실이다. 실제로 '추미스'는 세부 장르를 포괄하는 상위 개념보다는 그것을 말하는 대중의 가치관과 사고를 비추는 거울로서 더욱 적합한 용도를 갖춘 듯하다. 따라서 대중이 이 용어를 어떤 맥락에서 사용하는지를 살펴보면 그들이 장르에 어떤 가치를 부여하는지 알 수 있을 것이다.

---

1 추리와 미스터리의 구분이 명확하지 않다거나 혹은 같은 것을 다른 언어로 표현한 것일 뿐이라는 주장이 있다. 추리와 미스터리는 같은 것을 일컫는 다른 단어일 뿐이라는 것이다. 이 글에서는 추리와 미스터리를 하나의 범주로 묶어 살펴본다.

'추미스'를 자신의 가치에 맞춰 해석하는 것은 독자뿐만이 아니다. 창작자 또한 마찬가지다. 장르의 바깥에서 활동하던 작가가 추리·미스터리 소설의 문법을 빌리거나 아예 해당 장르의 작품을 발표하는 사례가 빈번하다. 윤고은의《밤의 여행자들》이 2021년 대거상 번역 추리소설상을 받은 것처럼 그런 작품이 장르적인 권위를 인정받는 경우도 드물지 않다.

장르 바깥의 창작자들(이를 '순문학' 계열이라고 부르자)이 장르를 다루는 방식이 장르에 몸담은 창작자들(이는 '장르문학' 계열이라고 부르자)이 쓰는 방식과 유의미한 차이를 보인다는 점은 흥미롭다. 장르의 문법을 사용하는 정도나 이야기의 전개에서 중점을 두는 요소 등을 보면 관점의 이질성이 명확히 드러난다. 하지만 대중은 양쪽의 창작물을 모두 '추미스'로 받아들이고, 때로는 전자의 창작물을 더욱 보편적인 '장르물'이라고 인식하기도 한다.

'추미스'를 둘러싼 이 기묘한 혼란은 대체 무엇 때문에 생기는 것일까? 이 의문을 살피기 위해 대중에게 유의미한 시사점을 가진 작품을 물색한 끝에 김세화의《타오》(나비클럽)와 김영하의《살인자의 기억법》(문학동네)을 비교, 대조해보기로 했다.

김세화의《타오》는 2024년에 나온 추리·미스터리 소설이다. 작가는 현재 한국추리작가협회에 소속되어 협회에서 수여하는 여러 상을 받았으며,《타오》는 2024년 한국추리문학상 대상 수상작이기도 하다. 김영하의《살인자의 기억법》(이하《살인자》)은 2013년에 나온 소설이다. '한국 작가가 쓴 추리·미스터리 소설의 대표작'으로 대중이 언급하는 작품 중 하나다. 김영하의 대중적인 인지도나 활동 지면 등을 고려할 때 그를 '순문학 창작자'라고 분류하는 데 이견은 없을 것이다.

두 작품의 발표 시기는 10년이나 벌어져 있다. 하지만 작품의 형식이나 대중적인 인지도, 작품에서 다루는 주제의 특수성 혹은 보편성이 지금 시점에서 살펴볼 의의가 있는지 등을 염두에 두었다. 특히 두 작품 모두 최근 사회적 문제로 불거졌던 이슈나 대중적으로 인기리에 쓰이는 소재를 적극적으로 활용한 점이 선정의 이유가 되었다.

2

추미스는 기본적으로 '의문→탐색→해결'이라는 3단계 구조를 바탕에 두고 서사를 진행한다. 하지만 이야기를 구성하는 세부적인 방식은 창작자가 장르의 관습을 얼마나 따르느냐에 따라 다른데, 심지어 이야기의 시점을 선택하는 것부터 차이가 있다. 가령 추리소설에서 일인칭 관찰자 시점을 사용한다면 '왓슨적 인물'의 전통을 따른다는 신호일 수 있으며, 일인칭 주인공 시점은 하드보일드의 접근법을 취하겠다는 표지일 수 있다. 또한 추리소설에서 삼인칭이 쓰일 때 완전한 전지적 시점은 사용되지 않으며 관찰자의 시점이나 제한적인 전지적 시점이 사용된다. 추리소설에서는 감추어야 하는 서사가 많으므로, 모든 것을 드러내는 시점의 사용을 피하는 것은 당연하다.

우선 시점 선택을 중심에 두고 《살인자》와 《타오》를 살펴보자.

《살인자》는 일인칭 주인공 시점을 사용한다. 화자는 작품 초반에 자신을 사람을 스무 명도 넘게 죽인 사람이라고 말한다. '살인자의 시점에서 쓰인 이야기'라는 게 밝혀지면서 추리소설 독자들은 자연스럽게 '믿을 수 없는 화자'라는 장치를 환기한다. 범인이 서술하는 범죄의 고백은 자기변호로 가득하며 과장과 축소, 삭제와 덧붙임이 함께하기 때문이다. 게다가 화자는 알츠하이머병 진단을 받은 상황이다. 기억을 잃고 과거와 현재를 구별하지 못하는 병에 걸린 화자. 즉 일반적인 소설로서도 '믿을 수 없는 화자'의 입장에서 쓰인 셈이다.

《살인자》의 화자는 딸 은희의 보살핌을 받으며 시골에서 살고 있다. 화자가 사는 지역에서는 최근 20대 여성을 대상으로 한 세 건의 연쇄 살인이 발생했다. 살인의 양상을 기록하며 화자는 자문한다.

혹시 나였을까? (15쪽)

그러나 범행이 일어난 날 자신의 알리바이가 확실하다는 것을 확인한 화자는 은희에게 거듭 조심하라고 당부한다. 독자는 곧 화자와 은희의 나이가 각각 일흔 살과 스물여덟 살이라는 사실을 알고 당황한다. 아버지와 딸로 보기에는 나이 차이가 너무 많기 때문이다. **하지만** 곧 화자의 독백으로 어긋남의 이유가 밝혀진다. 은희는 입양된 딸로 알려졌지만, 실은 화자가 마지막으로 저지른 범행의 희생자의 딸이라는 것으로. 이 충격적인 진상이 공개된 뒤 드디어 화자의 이름이 밝혀진다. 김병수.

병수는 자동차 접촉 사고로 우연히 만난 박주태의 차에서 핏방울이 떨어지는 것을 보고 그가 근방에서 벌어지는 연쇄 살인의 범인이라는 걸 알아차린다. 동시에 박주태 또한 병수가 오랫동안 드러나지 않았던 연쇄 살인자라는 본질을 알아챘다는 확신에 가까운 의심을 품는다.

> 나는 확신한다. 그때 우리 둘은 서로를 알아보았다. (21쪽)

그리고 연쇄 살인은 네 건째로 늘어난다. 병수의 의심은 더욱 깊어진다. 박주태가 다음으로 노리는 건 은희가 아닐까? 은희가 결혼할 사람이라며 데려온 자가 박주태라는 걸 뒤늦게 알게 된 병수는 결심한다.

> 내 생애 마지막 할 일이 정해졌다. 박주태를 죽이는 것이다. 그가 누구인지 잊어버리기 전에. (70쪽)

이렇게 《살인자》의 이야기는 믿을 수 없는 일인칭 화자의 시선으로 진행된다. 믿을 수 없는 화자의 시선을 따라가기에 작중 인물과 사건, 심지어 배경마저 의문으로 가득 차 있다. 하지만 제시된 의문 가운데 일부는 얼마 지나지 않아 화자의 입으로 금방 해소된다. 위에서 진한 글씨로 강조한 접속 부사처럼 순식간에 의문의 진상이 설명되는 것이다. 작가는 의혹을 불러일으키는 요소 중 특정한 몇 가지를 제외한 나머지를 의도적으로 빠르게 정리해버린다. 《살인자》의 서사는 작가가 제시하려는 최종적인 의문까지 이야기를 전개하는 것이 중요하다. 나무의 중심이 되는 큰 줄기가 제대로 뻗어나가는 게 서사의 궁극적인 목적이다. 그렇기에 주된 이야기에서 비죽 튀어나온 곁가지가 일정한 규모 이상으로 성장하는 것은 허용되지 않는다.

《살인자》에서 '의문→탐색→해결'의 구조는 단선적이다. 독자가 오독할 여지는 거의 주어지지 않는다. 하지만 추리·미스터리 장르에서는 오독이야말로 핵심이자 본질이다. 작가는 독자가 작품을 잘못 읽고 진상을 알아차리지 못하기를 바란다. 독자는 계속 풀리지 않는 의문을 쫓으며 방황하다가 이야기의 결말까

지 와야 하고, 거기서 작가가 제
시하는 뜻밖의 진상에 직면한 뒤
놀라움과 쾌감을 느껴야 한다. 그
렇기에 추리소설에서 작품의 성
패는 '독자가 작품을 읽는 도중
진상을 알아차리는가, 작가가 마
지막까지 진상을 감출 수 있는가'
의 여부에 달려 있다. 《타오》를
보면 이 점이 명확하게 드러난다.
《타오》는 오지영 형사과장의 행
동과 내면만을 기술하는 제한적
인 삼인칭 전지적 시점을 취한
다.[2] 폭우가 쏟아지던 밤에 이슬

람 사원 골목길에서 벌어진 살인 미수 사건은 또 다른 살인사건과 방화 미수 사
건으로 이어진다. 이 사건에 얽힌 피해자와 용의자들의 관계는 다문화교류연구
원과 교회를 중심으로 복잡하게 얽혀 있으며, 그들 중 누가 어떤 사건의 범인일
지 또한 명확하게 보이지 않는다. 이야기가 진행되면서 상황은 더욱 심각해진
다. 폭우가 내릴 때마다 새로운 살인사건이 벌어지지만, 범인은 여전히 잡히지
않고, 사건 관련자 중 누가 범인이어도 이상하지 않은 상황으로 발전한다. 오지
영과 경찰의 수사는 난항을 겪고, 세간은 경찰이 무능하다는 전형적 잣대를 대
어 비난한다.

> 오지영은 인터넷 뉴스에 나오는 자기 얼굴을 보면서 카메라 기자를
> 죽이고 싶었다. 뉴스 내용은 더 가관이었다. 기자를 피해 달아나는 모
> 습이 그녀가 보아도 불쌍하게 보였다. 뉴스로만 오지영을 보는 시청
> 자는 그녀가 사회 갈등만 유발한 무능한 경찰관이라고 생각할 것이
> 다. (93쪽)

---

2   한정적으로 범인의 상황을 서술하는 부분에서 일인칭 주인공 시점을 사용한다. 이 또한 장르적 전통에 충실한 양상이다. 범인
이 누구인지 드러내지 않으면서도 범인의 행동을 보이는 데 이보다 적확한 시점은 없기 때문이다.

작품이 진행되면서 사건을 수사하는 오지영 외에도 동료 형사나 기자, 혹은 범인의 시점에서 별개의 이야기가 진행된다. 이는 주된 서사에 난 곁가지다. 하지만 삐죽 튀어나온 가지는 《살인자》처럼 곧 정리되지 않는다. 오히려 곁가지들은 더 크고 무성히 자라나면서 의문을 새롭게 형성하거나 확장하고 수수께끼의 밀도를 높이는 기능을 수행한다.

《타오》라는 제목 또한 추리소설적인 장치로 활용된다. 타오는 베트남어로 '푸른 숲'이라는 뜻이며, 작중에서는 한국으로 유학 온 여성의 이름이기도 하다. 그런데 작품에서 타오라는 이름이 최초로 등장하는 것은 188쪽이며 본격적으로 사건의 중심인물로 부각하는 것은 252쪽부터다.

> 다음 장에는 아흐마드, 라이샤, 누르, 나빌라, 자흐라, 소라야, 아체네, 메이사, 타오라는 이름이 있었다. (188쪽)

> 타오.
> 어디서 본 이름이었다. (252쪽)

총 449쪽인 이 소설에서 중반부를 지난 시점에서야 타오라는 인물이 사건의 중심에 있다는 것이 밝혀진다. 이는 일반적인 소설이라면 작위적인 장치이자 작가의 의도가 과도하게 개입된 것으로 보일 여지가 있다. 하지만 추리·미스터리 장르에서는 오히려 자연스러운 방식이다. 제목의 활용 또한 '의문→탐색→해결'이라는 장르의 구조를 작은 규모로 변주했기 때문이다. 독자는 '타오'가 무슨 의미인지 모른 채 이야기를 읽으며, 타오의 정체를 알 수 있는 단서를 찾는 과정에서 스스로 의문을 키워나간다. 추리·미스터리가 의문을 내포하고 확장하며 이야기를 진행한다는 점을 고려할 때, 의미를 알기 어려운 제목 또한 의문을 만들어 독자를 몰입시키는 훌륭한 전략이 될 수 있다.

'의문→탐색→해결'이라는 구조는 한 점(한 단어, 한 문장, 한 문단, 때로는 한 사건)에서 출발하는 서사가 광범위하게 확산하다가 결말에 이르러 다시 한 점으로 수렴되는 과정이기도 하다. 다시 말해 '의문→탐색→해결'은 '폭발→확산→수렴'이라는 형태이기도 하다. 서사에 의문이 발생한 뒤 의문은 새로운 의문을 불러오거나 다른 사건과 결합해 전개된다. 여기서 《살인자》와 《타오》의 차이가 명확해진다.

《살인자》의 서사는 '의문→탐색→해결'의 구조를 띠지만, 파생되는 서사 중 상당수는 '부차적'인 것으로 취급된다. 그런 판정을 받은 서사는 일정한 규모 이상으로 성장하지 않고 금방 정리된다. 《살인자》에서 중요한 것은 병수가 서술하는 이야기를, 그가 말하는 기억을 어디까지 믿을 수 있는가이다. 나머지는 소모적인 이야기에 지나지 않는다.

반면 《타오》에서 파생되는 이야기들은 의문을 더욱 심화하는 기능을 한다. 범인이 누구인가, 어떻게 범행을 저질렀는가, 왜 범행을 실행했는가? 이는 추리·미스터리 장르에서 후더닛whodunit, 하우더닛howdunit) 와이더닛whydunit이라는 용어로 정립된 정통적인 의문이기도 하다. 《타오》에서는 장르적인 문법을 따라 맥락을 쉽게 가늠할 수 없는 이야기를 여러 겹으로 파생시키면서 적극적으로 진상을 숨기고 독자를 혼란에 빠뜨린다.

《살인자》와 《타오》는 추리소설이라는 장르의 형상을 취하지만, 두 작품의 차이는 가시적으로 유의미한 명확함을 보인다. 《살인자》는 가지치기가 잘되어 깔끔하게 정돈된 기이한 형상을 뚜렷이 보이는 나무이고, 《타오》는 무성한 잔가지들로 뒤덮인 어둡고 불길한 덤불이다.

3

스릴러 또한 추리·미스터리의 기본적인 구조를 취하기에 '추미스'라는 용어가 만들어지고 널리 퍼진 것이다. 하지만 앞서 이야기했듯이, 이 둘은 '비일상적인 사건'을 어떻게 다루는지에 따라 명확하게 구분된다. 사건이 발생했을 때 드리워지는 혼란이 어디를 향하고 있는지는 추리·미스터리와 스릴러를 구분하는 중요한 차이점이다.

추리·미스터리에서 사건은 과거에 발생한 일이다. 뒤늦게 사건을 발견한 이들은 과거의 혼란과 직면한다. 그들에게 주어진 과제는 과거를 어떻게 현재의 언어로 재구성해 해석하는가이다. 다시 말해 추리·미스터리는 오독의 가능성이 가득한 이야기를 바르게 읽으려 분투하는 과정에서 이야기가 진행되는 동력이 생성된다.

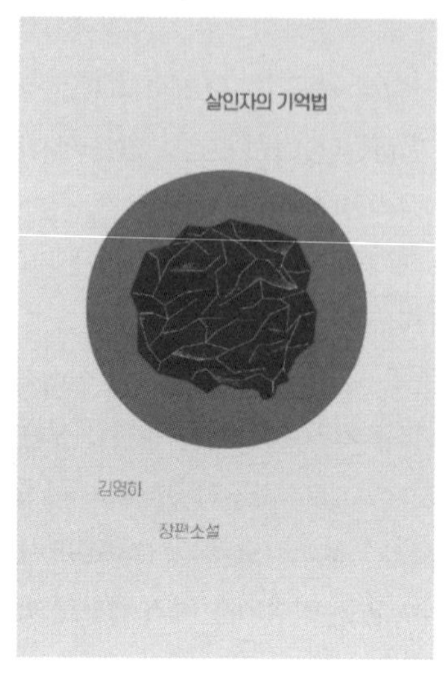

반면 스릴러에서 사건의 발생은 미래를 향한다. 벌어진 사건이 앞으로 어떻게 작용할 것인지, 어떤 인물에게 어떠한 변화를 불러올 것인지는 사건을 접하는 그 순간에는 알 수 없다. 그렇기에 스릴러에서 사건 발생은 그 자체로 이야기를 나아가게 하는 추진력을 제공한다.

그 점에서 《살인자》는 스릴러로 읽어야 한다.

연쇄 살인자가 딸의 주변을 맴도는 또 다른 연쇄 살인자의 존재를 의심한다는 내용은, 상황 이후의 전개에 이야기의 동력을 의존할 수밖에 없는 구조다. 하지만 《살인자》는 일반적인 스릴러가 아닌, 추리·미스터리로 오독할 여지가 가득하다. 과거의 기억이 계속해서 의미심장하게 제시되기 때문이다. '믿을 수 없는 화자'로서 기능하는 병수 때문에 《살인자》는 일견 병수가 '연쇄 살인마'로서 무엇을 숨기고 있는지, 그리고 그것이 자신과 주위에 닥친 상황 때문에 어떻게 드러나는지를 찾아내는 추리·미스터리의 형식으로 오독하기 쉽다.

그러나 《살인자》는 결국 스릴러다. 작가는 병수가 과거에 어떤 일을 저질렀고 무엇을 더 숨기고 있는지 감추려 하지 않는다. 작가는 연쇄 살인마가 알츠하이머로 기억의 혼탁과 소실을 겪는 과정에 더욱 집중한다. 끔찍한 과거를 감추며 살아온 병수에게 은희의 위기는 곧 오래된 자신의 죄악이 드러날지도 모를 위기로 치환된다. 타인의 위기를 막으려는 노력은 어느 순간부터 자신의 위기로 전환된다. 명목상 은희의 위기이지만 사실 병수의 위기가 시시각각 닥쳐오는 미래인 것이다. 중간에 계속 삽입되는 과거의 기억은 작중의 여러 인용구와 같은 기능을 한다. 과거의 기억은 작품의 주제 의식을 형상화하고 독특한 이야기의 결을 만드는 용도일 뿐, 이야기를 진행하는 동력으로 기능하지는 않는다.

여기에 알츠하이머라는 설정은 혼란스럽고 파편화된 서술에 정당성을 부여하면서, 동시에 위기의 주체가 변하는 과정을 절묘하게 감춘다. 《살인자》에서 작가가 감추려 하는 것은 일견 사건의 비극적인 진상처럼 보이지만 실은 '이 위기의 주체는 누구인가?'라는 질문이다.

이를 명확히 알 수 있는 단서는 장르적인 양식에서 벗어나 있는 결말부다. 일반적인 추리·미스터리나 스릴러라면 결말에서 사건의 진상이 모두, 혹은 필요한 만큼의 분량이 작가의 손으로 '적극적으로' 드러나야 한다. '의문→탐색→해결'의 구조에서 해결은 모든 혼돈이 질서로 수렴되는 과정이기 때문이다. 하지만 《살인자》에서 사건의 진상은 여전히 파편화되어 있고 혼란에 감싸여 있다. 진상을 온전하게 이해하는 것은 독자의 몫이다. 독자 스스로 이야기 속 단서를 짜 맞추고 재구성해 대략적인 이야기의 얼개만 그려낼 수 있을 뿐이며, 심지어 그렇게 그려낸 이야기조차 '믿을 수 없는 화자'의 특성상 진실인지 알 수 없다.

작가의 의도는 명확하다. 그저 서서히 파멸해가는, 혹은 공쫀으로 돌아가는 한 인간을 그리려는 목적이 작품의 종착점에서 드러난다. 작가는 연쇄 살인마의 범행 양상과 과거의 죄로 인해 파멸해가는 현재 사이의 인과관계를 명확하게 다루려 하지 않는다.

반면 《타오》는 전형적인 추리소설의 형식을 따른다.

《타오》는 추리소설 중에서도 '사회파 추리소설'(이하 '사회파')에 속한다. 사회파는 일본에서 발생한 장르로, 천재적인 탐정과 범죄자가 등장하는 대신 현실에 기반한 인물이 등장하며 범죄의 양상 또한 현실에서 있을 법한 것이다. 작중 범죄는 사회의 어두운 병리적인 면모에서 발생하기에, 트릭 대신 동기를 추적하는 '와이더닛'이 중시될 수밖에 없다. 하지만 결국 어둠에 가려진 의문을 해결한다는 점에서는 장르적인 관습을 충실하게 따른다.

《타오》에서 사건의 배경은 이슬람 사원 건립을 놓고 대학가에서 벌어지는 충돌이다. 이는 실제로 2022년 12월에 대구에서 벌어진 이슬람 사원 건립 반대 시위를 연상시키며, 작중에서도 해당 시위에서 나왔을 법한 상황들이 제시된다.

> 이슬람 사원 앞에 설치한 긴 테이블 위에는 돼지머리가 놓여 있었다. 옆에서 40대 남자가 프라이팬을 놓고 삼겹살을 굽기 시작했다. 그 모습을 카메라 기자들이 촬영했다. (88쪽)

또한 오지영이 수사하는 연쇄 살인에는 다문화교류연구원이나 교회와 연관이 있는 이들이 엮여 있으며, 인물들은 저마다 대한민국의 현실에서 외국인 집단과 다문화 사회를 두고 벌이는 활동이 어떠한 명암을 드리우는지를 여실히 보여준다.

> 박곤 형사는 베트남에서 온 유학생 가운데 상당수가 공부보다는 취업이 목적이라는 것을 알고 있었다. 대학에 등록만 한 뒤 돈을 벌고, 졸업 후에는 소위 '도망' 간다는 것이다. (146~147쪽)

작중 인물의 행동도, 심지어 범인이나 수사관들의 행동도 현실에 발붙이고 얽매여 있으며, 사회의 어두운 면모를 적극적으로 드러낸다.

《타오》는 추리소설로서의 면모 또한 충실하게 보여준다. 오지영은 탐문과 증거 수집, 정황 분석과 심문 등 경찰이 수사하는 전형적인 모습을 따른다. 수사를 통해 미궁에 빠진 사건을 해결할 단서를 발견하고 서서히 용의자를 좁혀가며 사건의 진상을 드러내는 것 또한 전형적인 추리소설의 전개 방식이다. 또한 사회 파답게 현실적인 여러 이유, 가령 조직 내부에서 가하는 다양한 압력이나 선정적인 언론 보도로 인해 발생한 혼란, 사건 관련자들의 비협조적인 태도, 심지어 오지영 개인의 사생활 등이 수사를 방해하는 요소가 되고 사건의 해결로 쉽게 다가가지 못하는 모습 또한 정석적으로 제시된다.

《타오》는 연쇄 살인을 다루고 있지만 범행 자체가 스릴을 유발하지는 않는다. 범죄는 이미 벌어진 과거의 일이며, 현재에 남겨진 자들은 과거가 남긴 잔상을 쫓으며 범죄의 본래 모습을 복원하려 애쓸 뿐이다. 그 결과 그들이 마주하게 될 것이 얼마나 두렵고 끔찍할지 일말의 불안감을 품은 채. 그렇기에 《타오》는 스릴러의 문법으로 보는 것보다 추리·미스터리의 문법으로 보아야 작품을 명확하게 이해할 수 있다. 《타오》의 방대한 분량 또한 자연스러운 선택이다. 독자에게 미지와 혼돈을 제시하려면 그걸 담아낼 공간이 필요하기 때문이다.

연쇄 살인을 작품에 활용하는 방법에서도 《타오》와 《살인자》는 차이를 보인다. 《타오》는 전통적인 추리·미스터리의 방식을 따른다. 《타오》는 이슬람 사원 건립을 둘러싸고 벌어지는 연쇄 살인의 범인이 누구이며 왜 범행을 저질렀는지를 수사하는 '추적자'의 이야기다. 그렇기에 여기에서는 회고적retrospective 관점이 지속된다. 반면에 《살인자》는 스릴러의 형상을 취한다. 《살인자》는 연쇄 살인마가 화자가 되어 또 다른 연쇄 살인마로 의심되는 자와 자신의 알츠하이머 증상, 이 둘과 싸워나가는 '범죄자'의 이야기다. 《살인자》라는 작품이 기억을 중요한 소재로 다룬다는 특성상 회고적인 관점이 작중 다수를 차지하지만, 이야기가 얻는 추진력은 분명히 앞을 향해 나아가는 전망적prospective 힘이다.

이야기의 방향과 시선의 방향. 이는 추리·미스터리와 스릴러를 구분 짓는 중대한 차이다. 하지만 이를 명확하게 보지 않는다면 추리·미스터리와 스릴러는 비슷한 것처럼 보인다. 이는 대중이 생각하는 '추리소설'과 장르적으로 엄밀하게 이야기되는 '추리소설'이 다른 이유이며, 한편으로는 '추미스'라는 용어가 얼마나 적확한 것인지를 판단할 근거가 된다. 바라보는 시선과 가리키는 손가락의 방향이 명확히 다른데, 이걸 보면서도 같은 범주라고 말해야 할 이유가 있을까?[3]

두 작품의 결말 또한 장르적인 차이를 명확하게 보인다.

《살인자》의 결말은 병수의 파멸로 끝난다. 파멸은 사회적으로는 체포당하는 것으로, 개인적으로는 알츠하이머 증상이 심해져 자아조차 명확해지지 않는 모습으로 드러난다. 병수는 병의 증세가 심해지면 스스로 목숨을 끊을 준비를 했지만, 과거의 범행이 드러나면서 체포되었기 때문에 죽지도 못한다. 지켜야 할 것, 숨겨야 할 것이 사라진 병수는 무엇이 진실이고 거짓인지도 모른 채 그렇게 사라지고 말 것이다.

> 아무리 헤엄을 쳐도 이곳을 벗어날 수가 없다. 소리도 진동도 없는 이 세계가 점점 작아진다. 한없이 작아진다. 그리하여 하나의 점이 된다. 우주의 먼지가 된다. 아니, 그것조차 사라진다. (148~149쪽)

《타오》의 결말은 연쇄 살인사건의 범인이 누구인지 밝혀지는 것으로 끝난다. 장르의 관습상, 연쇄 살인은 완전무결하게 한 개인만의 연쇄적 범행이 아니다. 그 점이 드러나면서 혹은 범인의 동기가 드러나면서 범행은 끝난다. 하지만 그

---

3   이는 '본격 추리소설'이라고 불리는 세부 장르에서도 논의될 부분이다. 본격 추리소설은 시간이 흐르며 점점 정교해지고 독자적인 관습을 확고하게 갖추었다. 그래서 본격 추리소설을 추리소설의 전형적인 모습이라고 할 수도 없지만 본격 추리소설이 추리소설과는 별개라고 할 수도 없는 모습을 보인다.

뒤에도 남은 이들은 있다. 그리고 그들이 마주 보는 사회의 부조리함과 어두운 모순은 쉽사리 사라지지 않을 것임을 작중 인물들도 현실 세계의 독자도 알고 있다. 그것이야말로 아무도 쉽사리 말하지 못하는, 이 애매하고 혼란스러운 현실의 참모습이다.

> 오지영은 타오 어머니를 베트남으로 떠나보내기 전에 무슨 말이든 하고 싶었다. 자기가 못하면 누구라도 타오 어머니에게 말해야 한다. 하지만 목에서 소리가 나오지 않았다. (448쪽)

창작된 이야기는 허구이지만 온전한 허구이지도 않다. 이야기는 현실의 반영이다. 그 반영의 방식과 방향성, 형상화의 정도는 다르다. 하지만 각각의 이야기는 저마다의 방식으로 현실을 반영한다. 그것을 하나로 뭉뚱그려 해석하느냐, 혹은 개별적으로 해석하느냐는 현실을 받아들이는 이의 몫이다. 그게 독자가 될지 작가가 될지, 혹은 제3의 위치에 있는 누군가가 될지는 알 수 없다. 하지만 적어도 작가는 자신의 이야기를 투사한 장르에 맞는 방식으로 현실을 담아내거나 감춘다. 그 빛과 그림자의 대비가 작품 특유의 질감을 만들어낸다.

4

《살인자》와 《타오》는 다른 형태의 작품이다. 《살인자》는 스릴러의 관습을 짙게 차용했으나, 형상화 방식은 장르적인 관습을 지켰을 때 드러나야 할 것과는 다른 면모를 보인다. 《타오》는 진지하고 깊이 있는 고찰을 담은 현실적인 작품이지만, 그럼에도 사회파 추리소설이라는 장르적인 관습을 충실하게 형상화한 소설이다.

《살인자》와 《타오》 중 무엇이 좀 더 추리소설다운가?

대중에게 묻는다면 답은 쉽게 나오지 않을 것이다. 두 작품 모두 대중적인 '추미스'로 보이기 때문이다. 대중은 '추미스≠추리·미스터리'로 여기지 않는다. 스릴러는 추리와 비슷한 것으로 여기며, '스릴러⊂추리', 심지어 '스릴러=추리'라고 생각하는 이도 더러 있을 것이다. 대중은 오히려 "결국 두 작품 다 사건이 벌어지고 범인을 잡는 내용이 아닌가?"라고 되물을 것이다. 과연 이 되물음에는 어떻게 답할 것인가?

쉽게 대답하기 어렵다. '프로크루스테스의 침대에 눕히는 꼴'이라고 항변하기도 어렵다. 이들은 언뜻 보면 비슷하고도 다르다. 명확하게 경계가 나뉘어 있지도, 명확한 한 덩어리이지도 않다. 결국 이들의 구역을 나누거나 혹은 그럴 필요가 없음을 증명하는 과정을 거치지 않고서는 답하기 어렵다. 이러한 시도는 허상의 관념을 소모하는 헛된 짓일 가능성이 크다. 하지만 우리가 암묵적이고 관습적으로 받아들인 것들을 되짚으면서, 결국 우리는 작품의 본모습을, 장르의 본질을, 나아가 소설과 이야기의 진실을 발견할 것이다. 그렇기에 애매모호한 형상을 명확하게 보려는, 마치 시시포스의 행위나 다름없는 무모하고 덧없어 보이는 수고를 감내하는 것이다.

추리·미스터리에서는 발생한 의문을 탐색하고 해결하는 것만이 탐정의 일은 아니다. 탐정은 무엇이 의문인지, 무엇에 의문을 품어야 하는지를 명확히 밝히는 자이기도 하다. 추리 장르를 둘러싼 논쟁에서도 탐정이 필요하다. 무엇이 의문인지를 알아야 한다. 거기서부터 모든 이야기가 다시금 시작될 것이다.

무경 부산에서 태어나 부산에서 살고 있다. 좋은 이야기는 세상을 좋은 방향으로 움직이고, 이야기 한 줄에 무한한 가능성이 담겨 있다고 믿는다. 《1929년 은일당 사건 기록》 시리즈를 썼으며, 연작 단편집 《마담 흑조는 곤란한 이야기를 청한다》를 펴냈다. 2024년 단편 〈낭패불감(狼狽不堪), 이러지도 저러지도 못하고〉로 제18회 한국추리문학상 황금펜상을 받았다. 2025년 서울국제도서전 최고 화제작 《부디 당신이 무사히 타락하기를》을 출간했다.

나비클럽배 미스터리 백야장 수상작

제1회 "내 인생의 가장 미스터리한 일"

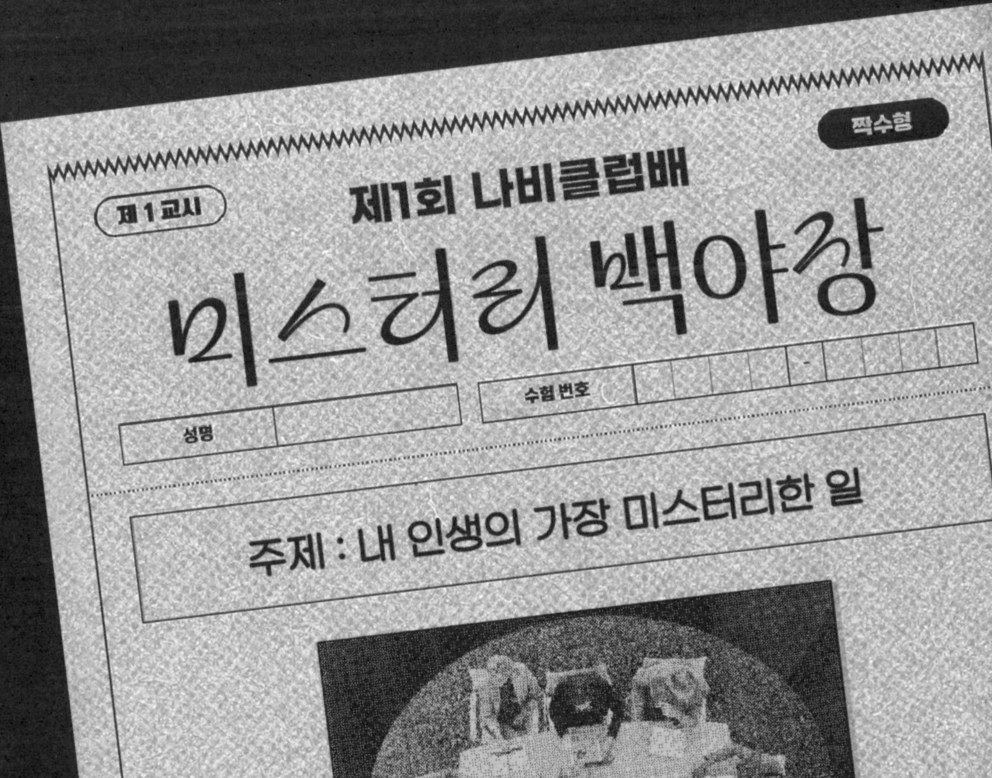

미스터리 백야장

주제 : 내 인생의 가장 미스터리한 일

성명: 김상화　　연락처: [개인정보]　　참가 서점: 미스터리 유니온　　분야: 에세이(✓) 시(　) 초단편소설(　)

- 에세이, 시, 초단편소설 중 하나를 선택해 손글씨로 글을 쓰시오.(연필, 볼펜 다 가능/ 필요할 시 뒷면도 작성 가능)
- 미리 다른 종이에 연습한 글을 시험지에 옮겨 적을 수 있으니 참고하시오.
- 서점별로 종료 시간이 다를 수 있으니 사전에 확인하시오.

살면서 시체를 만질 일은 없을수록 좋다. 웬만하면, 그게 사람의 것이면 더더욱. 그러나 나는 만졌다. 만져 보고 했기 때문이다. 수의 위로 팔과 어깨를 만졌고 뒤이어 장의사가 분칠해 준 얼굴을 만졌다. 이날의 모든 기억이 흐릿하지만 이 순간만큼은 또렷하다. 손바닥으로 뺨을 살짝 만졌는데, 볼이 말랑했다는 것. 어쩌면 죽은지 얼마 안 돼서 냉동고에 있다 나온 시체였대도, 안 죽었나 싶을 만큼 말랑하고 부드러웠다는 것. 아니 정말 죽은 게 맞나, 안 죽은 거 아닌가. 자막인 것도 안 믿기는데.

너는 5년 차 내근직 소방공무원이자 여성. 승진 시험을 앞두고 있었고 올 초엔 친구들과 베트남으로 여행도 다녀왔다. 너는 소방관이 될 수 있다면 어디든 괜찮다는 마음으로 무언고 지역에 자원했고, 합격 후엔 그곳에서 삶터를 꾸렸다. 작은 원룸에서 고양이 한 마리와 함께 시작한 살림살이는 너가 결혼을 약속한 남자를 만나고, 그와 동거를 시작하고, 새로운 취미를 만들고, 고양이 두 마리를 더 데려오면서 넓어지고, 길어졌다. 너는 너의 고향이 아닌 곳에서 새로운 세계를 만들어 나갔고, 너의 인스타그램엔 소방복을 입고 자랑스레 웃고 있는 네 사진이 올라왔다. 주기적으로 바뀌는 네 프로필 사진의 배경은 휴양지가 되었고 우리는 으레 그곳들 멀어졌다.

우리, 우리가 '우리'였던 첫 순간을 떠올린다. 너와 나는 아홉 살, 같은 반. 엎어지면 코 닿을 맞은편 집에 사는 사이. 80년대 지어진 빨간 벽돌 3층 빌라는 우리의 세계였으며, 우리는 학예회 날 출 춤을 연습한다고 서로의 집을 오갔다. 너의 집에서 똥을 쌌는데 변기가 막힌 날 너는 난색 없이 변기에 물을 부었다. 수압이 약해 물을 부어 줘야 한다고 네가 말했다. 그리고 다시 열여덟. 같은 반, 근 10년 만에 다시 만난 너와 나. 우리는 아홉 살 때처럼 함께 축제 날 출 춤을 춘다고 서로의 집을 오갔다. 외동인 너와, 친오빠가 군대에 가 있던 나는 그 시기 서로에게 말 없이 가족이 되었다. 너의 어머니는 일하느라 집에 없고 나의 부모도 외근에 먼저 잠든 수많은 밤, 우리는 공원에 나가 알 수 없는 미래를 그리며 걸었다. 우린 커서 뭐가 될까, 뭘 하며 살 수 있을까.

그리고 다시 12년이 지난 오늘, 2025년 10월 30일. 이 세상에 네가 없다. 너는 이달 초에 죽었고 그것은 여전한 미스터리다. 추리소설을 좋아해서, 물음표로 끝난 죽음들을 마침표로 돌려놓는 탐정들이 좋아서, 책이 좋아지고 책에 파묻혀 살게 되었지만 책 속의 죽음들은 책을 덮으면 그만. 책 바깥에 생생히 살아 있는 진짜 미스터리 앞에서 나는 독자가 아니라 주인공이다. 그래서 너의 죽음은 내 인생의 가장 미스터리한 일. 이제 나는 어떻게 해야 할까. 셜록 홈즈처럼, 브라운 신부처럼, 미스 마플처럼, 괴짜 뒤팽처럼, 와이아이의 고바도처럼 주어진 상황을 현명하고 조리 있게 짜맞춰 볼 수 있다면.

죽음의 본질은 희비가 아니라 시간성에 있다고 쓴 적 있다. 그저 저마다 그 시간성의 모양이 다를 뿐이라고. 그러나 다시 쓰고 싶다. 죽음의 본질은 살아감에 있다고. 살아있기에 죽음은 존재한다고. 네가 죽었기에 네 죽음은 살아있는 나에게 오고, 내가 살아 있는 동안 네 죽음은 내게서 살아 있을 거라고. 그것이 추리소설 밖에서 내가 할 수 있는 일일 테니까.

김상화 - 미스터리 유니온 에세이

　　살면서 사체를 만질 일은 없을수록 좋다. 웬만하면, 그게 사람의 것이면 더더욱. 그러나 나는 만졌다. 만져 보라고 했기 때문이다. 수의 위로 팔과 어깨를 만졌고 뒤이어 장의사가 분칠해 준 얼굴을 만졌다. 이날의 모든 기억이 흐릿하지만 이 순간만큼은 또렷하다. 손바닥으로 뺨을 살짝 만졌는데, 볼이 말랑했다는 것. 아무리 죽은 지 얼마 안 돼 냉동고에 있다 나온 시체였대도, 안 죽었나 싶을 만큼 말랑하고 부드러웠다는 것. 아니 정말 죽은 게 맞나, 안 죽은 거 아닌가. 자살인 것도 안 믿기는데.

　　너는 5년 차 소방공무원이자 여성. 승진 시험을 앞두고 있었고 올 초엔 친구들과 동남아로 여행도 다녀왔다. 너는 소방관이 될 수 있다면 어디든 괜찮다는 마음으로 무연고 지역에 자원했고, 합격 후엔 그곳에서 삶터를 꾸렸다. 작은 원룸에서 고양이 한 마리와 함께 시작한 살림살이는 네가 결혼을 약속한 남자를 만나고, 그와 동거를 시작하고, 새로운 취미를 만들고, 고양이 두 마리를 더 데려오면서 넓어지고, 깊어졌다. 너는 너의 고향이 아닌 곳에서 새로운 세계를 만들어 나갔고, 너의 인스타그램엔 소방복을 입고 자랑스레 웃고 있는 네 사진이 올라왔다. 주기적으로 바뀌는 네 프로필 사진의 배경은 휴양지가 되었고 우리는 으레 그렇듯 멀어졌다.

우리. 우리가 '우리'였던 첫 순간을 떠올린다. 너와 나는 아홉 살. 같은 반. 엎어지면 코 닿을 맞은편 집에 사는 사이. 80년대 지어진 빨간 벽돌 3층 빌라는 우리의 세계였으며, 우리는 학예회 날 선보일 춤을 연습한다고 서로의 집을 오갔다. 너의 집에서 똥을 쌌는데 변기가 막힌 날 너는 난색 없이 변기에 물을 부었다. 수압이 약해 물을 부어 줘야 한다고 네가 말했다.

그리고 다시 열여덟, 같은 반. 근 10년 만에 다시 만난 너와 나. 우리는 아홉 살 때처럼 학교 축제 날 선보일 춤을 춘다고 서로의 집을 오갔다. 외동인 너와, 친오빠가 군대에 가 있던 나는 그 시기 서로에게 말없이 가족이 되었다. 너의 어머니는 일하느라 집에 없고 나의 부모도 피곤에 먼저 잠든 수많은 밤, 우리는 공원에 나가 알 수 없는 미래를 그리며 걸었다. 우린 커서 뭐가 될까. 뭘 하며 살 수 있을까.

그리고 다시 12년이 지나 오늘. 2025년 10월 30일. 이 세상에 네가 없다. 너는 이달 초에 죽었고 그것은 여전한 미스터리다. 추리소설을 좋아해서, 물음표로 끝난 죽음들을 마침표로 돌려놓는 탐정들이 좋아서, 책이 좋아지고 책에 파묻혀 살게 되었지만 책 속의 죽음들은 책을 덮으면 그만. 책 바깥에 생생히 살아 있는 진짜 미스터리 앞에서 나는 독자가 아니라 주인공이다. 그래서 너의 죽음은 내 인생의 가장 미스터리한 일. 이제 나는 어떻게 해야 할까. 셜록 홈스처럼, 브라운 신부처럼, 미스 마플처럼, 관전뒤처럼, 오사나이와 고바토처럼 주어진 상황을 현명하고 조리 있게 짜 맞춰 볼 수 있다면.

죽음의 본질은 희비가 아니라 사라짐에 있다고 쓴 적 있다. 그저 저마다 그 사라짐의 모양이 다를 뿐이라고. 그러나 다시 쓰고 싶다. 죽음의 본질은 살아감에 있다고. 살아있기에 죽음은 존재한다고. 네가 죽었기에 네 죽음은 살아있는 내게로 왔고, 내가 살아 있는 동안 네 죽음은 내게서 살아 있을 거라고. 그것이 추리소설 밖에서 내가 할 수 있는 일일 테니까.

"저는 중학생 때 만난 추리소설 덕분에 책을 좋아하는 사람으로 겨우 자랐습니다.

가까스로 생각을 글로 쓰는 사람도 되었습니다.

'너'는 그런 저를 늘 멋지다고 응원해 줬던, 훨씬 더 멋진 사람이었어요.

그래서 이날 저는, 글쓰기라는 저의 오랜 취미이자

친구가 항상 멋지다고 말해줬던 바로 그 방식으로

고인의 죽음을 슬퍼하고 싶었던 듯합니다.

누군가의 죽음을 오래 기억하는 분들과 함께 이 상의 의미를 나누고 싶습니다.

무엇보다 한 시절 제게 가족이었던 친구의 명복을 진심으로 기원합니다."

_김상화 수상소감

제1회 나비클럽배

미스터리 백일장

주제 : 내 인생의 가장 미스터리한 일 ①

| 성명: 이정오 | 연락처: [비공개] | 참가 서점: 오래책방 | 분야: 에세이(○) 시( ) 초단편소설( ) |

- 에세이, 시, 초단편소설 중 하나를 선택해 손글씨로 글을 쓰시오.(연필, 볼펜 다 가능/ 필요할 시 뒷면도 작성 가능)
- 미리 다른 종이에 연습한 글을 시험지에 옮겨 적을 수 있으니 참고하시오.
- 서점별로 종료 시간이 다를 수 있으니 사전에 확인하시오.

《 뒤바뀐 빌런 》

장래희망은 마치 무지개와도 같다. 다양한 스펙트럼이 그렇고 갑자기 나타났다가 사라지는 것도 그렇다. 장래희망은 마음만 들뜨게놓고 가버리는 허무한 바람도 닮았다. 꿈이라고도 불리는 장래희망이 실현될 확률은 얼마나될까? 신기루 같은 무지개를, 스쳐가는 바람을 붙잡을 수 있는 확률만큼 높을까?

어쨌든 인간은 꿈을 꾼다. 꿈이 꼭 있어야만 하느냐고 묻는 이들도 있다. 개인적으로는 아니라고 생각하는 바, 꿈 좀 없으면 어떠한가. 꿈에 의해 좌절감 속에서 사는 것보다 차라리 꿈은 없어도 하루하루 즐겁게 사는 게 더 낫지 않은가.

그럼에도 불구하고 꿈은 삶의 일부다. 꿈의 사전적 의미를 보자. 첫째는, 잠자는 동안 일어나는 심리적 현상의 연속이고, 둘째는 실현시키고 싶은 희망이나 이상을 말한다. 그런데 세번째 진의가 이상하다. 실현될 가능성이 아주 적거나 전혀없는 허무한 기대나 생각이 꿈이라는 것이다. 정리하면 실현시키고싶으나 가능성은 아주 낮은 무엇, '꿈꾸는 소녀하네?'의 꿈같은 것인데 이렇게 교묘한 말을 누가 처음 썼을까? 무엇보다도 무의식의 발현인 꿈, 실현 가능성 없는 허무한 기대감을 장래희망이라는 그럴듯한 말로 연결시킨 누군가가 중요하다. 공통되듯이 되가나는 것은 '장래희망 = 미래의 직업'이라는 공식이다. 딱 여기까지여야만했다. 딱 여기까지. '꿈 = 장래희망 = 미래의 (훌륭한) 직업.' 이건 정말 최악이다. 꿈의 대곡과 변질의 끝을 보여주고 말았다. 날기도 전에 날개를 꺾어버리는 일종의 폭력이다.

다시 무지개빛 장래희망으로 돌아가보자. 사람들은 (주로 어른들이) 묻는다. 너의 장래희망이 무엇이냐고. 사람들은 (주로 아이들이) 대통령부터 유튜버까지 다양한 대답을 들어놓는다. 대화는 여기서 끝나지 않는다. '훌륭한 꿈을 가졌구나.' 하는 칭찬부터 '그 따위가 무슨 장래희망이냐?'는 핀박까지, 남의 인생에 '감나라 배나라'하는 식의 태도는 참으로 불편하기 짝이 없다. 그냥 처음부터 '너는 무엇이 되거라' 말하는 게 솔직하지 싶다. 우리 아빠처럼 말이다. (사실 이건 나의 이야기다.)

나에게도 꿈이란 게 있었다. 어렸을 때부터 무엇인가를 그리고 만들고 꾸미는 일들을 좋아했고, 잘한다는 칭찬도 곧잘 들었다. 나의 자존감이 아직 남아 있다면 그 때의 칭찬과 일정 때문일지도 모른다. 하지만 아빠는 '니가 무엇을 좋아하는지,' 무엇을 하고 싶은지 물으신 적이 단 한번도 없다. 그림을 그리고 있거나 피아노를 치고 있으면 탐탁지 않아 하셨다. 그리고 밥상머리에서 늘 하시던 말씀이…

---

②

| | | 분야: 에세이(○) 시( ) 초단편소설( ) |

(뒷면도 작성 가능)

…들이나 하늘 거라.''
…ㅂㅏ의 바람인 판검사는 …가속의 간섭이거냐.)

…것은 '장래희망 = 미래의 직업'이라는 …지만 그야말로 일장춘몽이었…
…미래의 (훌륭한) 직업.' 이건 정말 최악이다 …ㅣ특의 통첩은 "안된대?" 했다. …꺾어버리는 일종의 폭력이다. …다개서 또 울었다.

…있었고, 나에게 아빠는…

…것도 아빠때문이었다.

…불행하다면 그건 다…, 내 아이만큼은 …노래된 정황을 겪다.

…했다. 너 삶의 또다른 가능성을 차단한 게 아빠가 아니라 엄마였다고? 엄마는 딸의 꿈보다 가정의 평화가 먼저였던 것이다. 엄마만큼은 믿었건만. 아니 한치의 의심도 한 적이 없었건만 어떻게 이럴일이. 아빠가 허락하셨더라도 내가 미술을 하고 있을지는 확신할 수도 없다. 그래도 그 때 들어봤어야 했다. 혼나더라도 용기를 냈어야 했다. 늦어도 너무 늦은 진실 하나로 옮겨진 진실, 하지만 그 타격감은 컸다. '차라리 모를걸. 계속 모를걸.' 빌건우 아빠 한 명으로도 충분했는데… 믿었던 사람으로부터의 배신은 더 아플 뿐이다. 엄마는 왜 그랬을까. 아빠만 허락했더라면 엄마는 가까이 지지할 것처럼 말하던 엄마의 진짜 속마음은 무엇이었을까? 위치도록 중요하지만 또 영원히 (죽을 때까지) 알고 싶지 않은 진실 한 조각.

（우수작）

〈뒤바뀐 빌런〉

　장래희망은 마치 무지개와도 같다. 다양한 스펙트럼이 그렇고 갑자기 나타났다가 사라지는 것도 그렇다. 장래희망은 마음만 흔들어놓고 가버리는 야속한 바람도 닮았다. 꿈이라고도 불리는 장래희망이 실현될 확률은 얼마나 될까? 신기루 같은 무지개를, 스쳐가는 바람을 붙잡을 수 있는 확률보다 높을까?

　어쨌든 인간은 꿈을 꾼다. 꿈이 꼭 있어야만 하느냐고 묻는 이들도 있다. 개인적으로는 아니라고 생각하는 바, 꿈 좀 없으면 어떠한가. 꿈에 매여 좌절감 속에서 사는 것보다 차라리 꿈은 없어도 하루하루 즐겁게 사는 게 더 낫지 않을까.

　그럼에도 불구하고 꿈은 삶의 일부다. 꿈의 사전적 의미를 보자. 첫째는, 잠자는 동안 일어나는 심리적 현상의 연속이고, 두번째는 실현시키고 싶은 희망이나 이상을 말한다. 그런데 세번째 정의가 이상하다. 실현될 가능성이 아주 적거나 전혀 없는 허무한 기대나 생각이 꿈이라는 것이다. 정리하면 실현시키고는 싶으나 가능성은 아주 낮은 무엇. '꿈꾸는 소리하네'의 꿈같은 것인데 이렇게 교묘한 말을 누가 처음 썼을까? 무엇보다도 무의식의 발현인 꿈, 실현가능성 없는 허무한 기대감을 장래희망이라는 그럴듯한 말로 연결시킨 누군가가 궁금하다. 궁금하다 못해 화가 나는 것은 '장래희망=미래의 (훌륭한) 직업.' 이건 정말 최악이다. 꿈의 왜곡과 변질의 끝을 보여주고 말았다. 날기도 전에 날개를 꺾어버리는 일종의 폭력이다.

다시 무지갯빛 장래희망으로 돌아가보자. 사람들은 (주로 어른들이) 묻는다. 너의 장래희망이 무엇이냐고. 사람들은 (주로 아이들이) 대통령부터 유튜버까지 다양한 대답을 늘어놓는다. 대화는 여기서 끝나지 않는다. '훌륭한 꿈을 가졌구나.' 하는 칭찬부터 '그 따위가 무슨 장래희망이냐.'는 타박까지, 남의 인생에 '감 놔라 배 놔라' 하는 식의 태도는 참으로 불편하기 짝이 없다. 그냥 처음부터 '너는 무엇이 되거라' 말하는 게 솔직하지 싶다. 우리 아빠처럼 말이다. (사실 이건 나의 이야기다.)

나에게도 꿈이란 게 있었다. 어렸을 때부터 무엇인가를 그리고 만들고 꾸미는 일들을 좋아했고, 잘한다는 칭찬도 곧잘 들었다. 나의 자존감이 아직 남아 있다면 그때의 칭찬과 인정 때문일지도 모른다.

하지만 아빠는 내가 무엇을 좋아하는지, 무엇을 하고 싶은지 물으신 적이 단 한 번도 없다.

그림을 그리고 있거나 피아노를 치고 있으면 탐탁지 않아 하셨다. 그리고 밥상머리에서 늘 하시던 말씀….

"판검사가 최고다. 미술은 배고픈 직업이야. 돈만 많이 잡아먹고, 음악은 딴따라들이나 하는 거다."

(그 당시 많은 부모들이 그랬지 싶다.) 결국 나는 누구의 꿈도 이루지 못했다. 아빠의 바람인 판검사는 당연히 될 수 없었고, (됐더라도 검찰청이 사라진 지금에 나는 소수의 영웅이거나 다수의 간신이거나.)

미술의 꿈도 일찍이 접어야 했다. 고등학교 때 미술 선생님께 전공 제안도 받았지만 그야말로 일장춘몽이었다. 학부모 상담까지 한 엄마는 일단 아빠와 상의해보겠다고 했고 며칠 후 날아온 최후의 통첩은 "안된대."였다.

예상 못한 건 아니지만 후폭풍이 컸다. 몇 날 며칠을 끙끙 앓았다. 울다 잠들고 자다 깨서 또 울었다.

그러면서도 왜 안 되느냐고 대놓고 물어보지는 못했다. 이미 수도 없이 들은 말이 있었고, 나에게 아빠는 충분히 무서운 존재였으므로.

그 후 아빠는 내 인생의 빌런이 되었다. 꿈이 없는 것도, 꿈을 꾸기 싫은 것도 아빠 때문이었다. 자신의 실수나 실패를 떠넘기기에 '남 탓'만큼 좋은 것이 있을까? 지금 내가 불행하다면 그건 다 아빠 때문인 것이다. 장래 희망에 대해 이제는 고민하지 않는 나이가 되고, 내 아이만큼은 나처럼 키우지 않겠다고 마음먹은 엄마가 된 어느 날, 나는 아빠에게 아주 오래된 질문을 했다.

"아빠는 내가 미술하는 게 왜 싫었어?"

무슨 말이냐고 하셨다. 아무것도 모른다는 표정으로…. 그때 스쳐가는 찰나의 생각.

'아니야, 아닐 거야, 아니어야 해. 제발 제발 제발.'

"당연히 반대하실 줄 알았지."

내 질문의 대답은 엄마의 입에서 나왔다.

"그럼 아빠한테는 얘기조차 꺼내지 않았던 거야?"

나는 왜 이 질문을 이제야 하고 있는가. 존재에 균열이 느껴졌고 마음은 길을 잃었다. 내 삶의 또 다른 가능성을 차단한 게 아빠가 아니라 엄마였다고? 엄마는 딸의 꿈보다 가정의 평화가 먼저였던 것이다.

엄마만큼은 믿었건만, 아니 한 치의 의심도 한 적이 없었건만 어떻게 이런 일이. 아빠가 허락하셨더라도 내가 미술을 하고 있을지는 확신할 수는 없다. 그래도 그때 물어봤어야 했다. 혼나더라도 용기를 냈어야 했다. 늦어도 너무 늦은 질문 하나로 밝혀진 진실, 하지만 그 타격감은 컸다. '차라리 모를걸. 계속 모를걸.' 빌런은 아빠 한 명으로도 충분했는데… 믿었던 사람으로부터 배신은 더 아픈 법이다.

　엄마는 왜 그랬을까? 아빠만 허락한다면 엄마는 기꺼이 지지할 것처럼 말하던 엄마의 진짜 속마음은 무엇이었을까? 미치도록 궁금하지만 또 영원히 (죽을 때까지) 알고 싶지 않은 진실 한 조각.

"미스터리 소설만 읽을 때는 내 삶과 미스터리가 무관하다고 생각했는데
글을 쓰며 알게 됐습니다.
내 삶의 꽤 많은 부분이 미스터리라는 것을.
수상 소식 또한 미스터리처럼 느껴졌고요.
이젠 좀 더 흥미진진한 마음과 미스터리의 시선으로
제 삶을 바라볼 수 있을 것 같습니다. 고맙습니다."

_ 이정오 수상소감

제1회 나비클럽배
미스터리 백야장

주제 : 내 인생의 가장 미스터리한 일

성명: 박ㅇ영	연락처:	참가 서점: 미스터리 유니온	분야: 에세이(✓) 시( ) 초단편소설( )

- 에세이, 시, 초단편소설 중 하나를 선택해 손글씨로 글을 쓰시오.(연필, 볼펜 다 가능/ 필요할 시 뒷면도 작성 가능)
- 미리 다른 종이에 연습한 글을 시험지에 옮겨 적을 수 있으니 참고하시오.
- 서점별로 종료 시간이 다를 수 있으니 사전에 확인하시오

1. 인간 - 지구상에서 가장 흔하고, 널리 분포하는 영장류의 일종이다

2. 아침에 (비교적) 일찍 일어난다.

이 두 문장을 쓰고 나니까 더이상 우리 사이에 어떤 공통점을 놓을 수 있을지 모르겠네요. 빈 종이만 한참 바라보다가 난감함에 머리를 굴리고 있네요. 인간 관계의 깊이와 속도를 결정하는 것은 공감대다, 공감대가 많을수록 관계가 빠르게 발전한다, 그래서 공통점을 찾아 대화의 주제를 만들고 맞장구를 치는 것이 효과적이라고 알고 있거든요. 그런데 우리 사이에 공통점은 딱 두 가지도 찾을 수 없는데 말이죠.

조선시대도 아닌 21세기에 도대체 어쩌다 우리가 사랑에 빠졌다고 착각하고 결혼까지 하게 된 걸까요? 게다가 벌써 잠깐 또 잠오면서 10년째 같이 살고 있다니요?

                                                                                    (➞ 뒤)

박소영 - 미스터리 유니온 에세이

(우수작)

1. 인간 - 지구상에서 가장 흔하고, 널리 분포하는 영장류의 일종이다.
2. 아침에 (비교적) 일찍 일어난다.

이 두 문장을 쓰고 나니까 더이상 우리 사이에 어떤 공통점을 쓸 수 있을지 모르겠어요. 빈 종이만 한참 바라보다가 난감함에 머리를 긁적이고 있네요. 인간관계의 깊이와 속도를 결정하는 것은 공감대다, 공감대가 많을수록 관계가 빠르게 발전한다, 그래서 공통점을 찾아 대화의 주제를 만들고 맞장구를 치는 것이 효과적이라고 알고 있거든요. 그런데 우리 사이에 공통점은 한 손가락도 셀 수 없는데 말이죠. 조선시대도 아닌 21세기에 도대체 어쩌다 우리가 사랑에 빠졌다고 착각하고 결혼까지 하게 된 걸까요? 게다가 벌써 참고 또 참으면서 10년째 같이 살고 있다니요?

오늘은 오랜만에 단 둘이 식사를 하기로 했어요. 무엇을 먹을까, 메뉴 선정부터 난제였죠. 외식이라면 한식보다 타코, 팟타야, 쌀국수, 카레 같은 음식을 먹고 싶어하는 나와 향신료 일체를 먹지 않는 당신. 삼겹살, 돼지갈비, 순대국, 돈까스를 좋아하는 당신과 돼지고기를 먹으면 배탈이 나는 나.

못 먹는 것보다 안 좋아하는 게 나은 거고, 계산은 내가 할 테니까 내가 먹고 싶은 것을 먹기로 하고 호기롭게 타코를 먹으러 왔어요. 억지로 하는 스몰토크조차 필요 없는 사이다 보니, 우리는 거의 혼밥을 하는 사람들처럼 아무 말 없이 식사를 했습니다. 탁탁. 포크와 그릇이 부딪히는 소리, 웅성거리는 대화 소리와 그루브한 재즈음악. 챱챱 무언가를 썰고 화르륵 볶는 오픈 주방의 소란함. 그리고 그 속에서 조용히 타코를 씹는 우리. 화난 것도 기분 나쁜 것도 아니었어요. 진짜로 그냥 할 말이 없는 거였죠. 타코의 역사나 이번 주에 재미있게 읽은 소설, 노벨문학상 수상에 대한 이야기를 꺼내봤자 당신은 손사래를 칠 테고, 나 역시 야구나 위스키에 대해 큰 흥미가 없었거든요. 빠르게 식사를 마친 당신이 담배를 피우러 자리를 비우고 먹는 속도가 느린 저는 천천히 남은 음식을 씹으면서 맞은편 빈 자리를 바라보았습니다. 정말 누구나 다 이렇게 사는 걸까요?

가뜩이나 밥을 천천히 먹는 편이고, 왼손으로만 밥을 먹다 보니 오늘따라 식사 속도가 더욱 느려졌습니다. 사실 3개월 전에 제 오른쪽 팔꿈치 뼈가 과자부스러기마냥 파사삭 으스러졌거든요.

사고가 발생한 건 5월 24일 토요일 저녁 여섯 시 경이에요. 어제의 무더위가 무색하게 꽤나 쌀쌀한 날씨였어요. 한강에서 가볍게 자전거를 타려고 했는데, 그가 살 것이 있어서 잠실까지 다녀오자고 했죠. 평소의 나라면 힘들다고 했겠지만, 그와 있으면 "그래 누군가 한 명이 양보해야지. 자전거 타는 거 좋아하는 사람인데 내가 맞춰줘야지. 엄마도 늘 아빠한테 그냥 져주잖아." 이런 생각이 들었어요. 도대체 이 쓸데없는 착한 인내심은 어디에서 오는 걸까요? 평소 쓰는 나이키 캡모자 대신 그가 빌려준 헬멧을 쓰고 장갑도 착용했어요. 둘 다 나에게는 커서 헐거웠지만, 그를 따라 어서 자전거를 출발했어요. 얼굴을 스쳐가는 바람, 녹음이 푸르른 나무와 한강을 바라보니 기분이 좋더군요. 하지만 좋은 것은 잠시뿐, 봄바람이 시리게 차갑고 힘들어지기 시작했어요. 이제 돌아갈까 했지만, 그는 조금만 더 가면 도착할 수 있다며 다그치듯 말하고 다시 앞서갔어요. 그래, 이것 또한 정신력의 문제다. 할 수 있다. 그렇게 스스로 중얼거리면서 저도 다시 페달을 돌렸습니다.

드디어 장갑을 사고 이제 다시 온 길을 돌아만 가면 쉴 수 있다고 생각했어요. 매장에서 한강으로 진입하는 길에는 길고 긴 내리막길이 있었습니다. 다리를 쉬면서 신나게 내리막길을 달리는 그때 헐겁던 헬멧이 눈앞으로 쏟아지며 앞이 보이지 않았죠. 순간적으로 당황한 저는 브레이크를 잡아 당겼는데, 역시 헐거운 장갑 때문에 한쪽 손에 힘을 더 주었고 뒷바퀴가 붕 들리면서 몸이 붕 떠올랐어요.

쿵!

반사적으로 저는 얼굴을 보호하려 오른팔로 머리를 감싸면서 그대로 낙하했어요. "콰직" 아, 팔이 부러지는 건 이런 거구나. 배운 적 없지만 그 순간 바로 알 수 있었습니다. 아, 팔이 잘못되었다. 나 다음 주, 아니, 내일 출근 못 할 것 같은데? 고통과 동시에 출근 걱정부터 떠오르다니. 뒤돌아본 그는 괜찮냐고 얼른 일어나라고 했지만, 저는 일어나지지 않으니 119를 불러달라고 말했죠. 우선 도로니까 위험하지 않게 옆에서 쉬라고 하면서 그는 먼저 자전거를 이리저리 살피더군요. 망가졌나? 혼잣말하는 그 모습에 솟구치는 분노보다, 밀려오는 고통이 생생했습니다. 나 우선 얼른 119 차 타야 할 것 같다고, 흐려지는 시야 속에서 온몸을 벌벌 떨면서 저는 그를 설득했어요. 그때부터 119 선생님들이 도착하기까지의 30여 분, 월요일 저녁 수술을 하기 전까지 이틀이 넘는 시간은 고통 그 자체였습니다.

이틀이 지난 월요일 밤 7시, 퉁퉁 부은 팔과 얼굴로 드디어 수술을 할 수 있었습니다. 수술이 끝나고 병동에 돌아와 비로소 혼자가 되어 깜깜한 병동에 누웠을 때, 그제서야 눈물이 넘쳐흘렀습니다. 애써 참고 외면하던 무언가 부서지듯이. 나는 왜 이렇게 스스로도 납득하지 못하는 질문을 외면하는 걸까요? 왜 자꾸 스스로를 고통스럽게 만들면서 괜찮다고 웃으며 살아가는 걸까요? 우는 것 하나도 아무도 없어야만 할 수 있는 걸까요? 아주 어릴 적. 잠을 자다 깨어 눈을 떠보니 어둠 속에서 조용히 소리를 낮춘 채 흐느껴 울던 엄마의 모습이 떠올랐어요. 엄마는, 나는 왜 울면서 아무렇지 않게 웃을 수 있게 된 것일까요?

진통제를 놔주러 오신 간호사 선생님은 이제 그만 울라고 하면서 다독이듯 말씀해주셨어요.

"괜찮아요. 환자분. 지금 죽을 것처럼 아픈 이 끔찍한 고통도 내일은 조금 더 나아질 거고, 모레가 되면 그것보다 조금 더 나아질 거고, 그렇게 아주 조금씩 점점 더 괜찮아질 거예요. 오랜 시간이 걸린다고 해도, 환자분이 포기하지 않고 살아가다 보면 결국은 괜찮아질 거예요. 어느 순간엔, 아 맞다 나 그렇게 아팠지 라고 생각하면서 아무렇지 않게 떠올리는 날이 올 거예요."

그날 밤, 아픔에 잠 한숨 자지 못했지만 나는 선생님의 말을 계속해서 떠올리고, 또 떠올리면서 그 긴 밤을 버텨낼 수 있었어요. 조금 더 괜찮아질 내일을 희망하면서. 애써 참았던 모든 것들과 작별을 준비하면서.

식사를 끝마친 저는 냅킨으로 입을 닦고 자리에서 일어났어요. 오랜만에 타코를 먹으니 정말 맛있네요. 다음엔 혼자서 또 먹으러 와야겠어요. 아니, 엄마랑 둘이 와서 먹고 천천히 느긋한 마음으로 산책까지 해야겠어요. "사장님 계산이요. 정말 잘 먹었습니다." 왼손으로 카드를 건네다 밖에서 휴대폰을 보며 서 있는 그와 눈이 마주쳤어요. 저는 습관적으로 웃지 않고 그를 잠시 가만히 바라보았습니다. 그 누구보다 친숙하면서 낯설기만 한 그를.

다시 한번 질문하겠습니다.
정말 누구나 다 이렇게 살아가고 있는 걸까요?

"누구에게나 알다가도 모를 미스터리한 인간관계 하나씩은 있을 거예요.

오랫동안 고민했습니다.

가뜩이나 피곤한 인생, 왜 번거로운 사랑과 우정을 계속 해야 하는지 말이죠.

이슬아 작가님은 그게 재미있기 때문이라고 했어요.

진짜 재미있는 앎과 이야기가 탄생하는 장소는 여전히 사랑과 우정의 세계라고요.

부디 다들 지지고 볶으면서 지루하지 않게 살아가시길!""

_박소영 수상소감

동네책방에 모여
함께 인생의 미스터리를 생각하는 밤

지난 10월 30일 저녁 7시, 전국 14곳의 동네책방에서 '나비클럽배 미스터리 백야장'이 열렸다. 제1회 주제 질문은 '내 인생의 가장 미스터리한 일'이었다. 참가자들은 에세이, 시, 초단편소설 중 한 가지를 선택해 갱지 시험지에 손글씨로 글을 적어 제출했다. 손글씨를 요청한 이유는 간단하다. 한 자 한 자 천천히 쓰는 과정에서 더 느린 호흡으로 깊은 사유를 하실 수 있길 바랐고, 오랜만에 연필이나 펜으로 긴 글을 적는 아날로그 경험을 기쁘게 누리셨으면 했다.

이번 행사에 함께 해주신 동네 책방은 다음과 같다. 서울의 가가77페이지, 그래서, 레터룸, 미스터리 유니온, 올오어낫싱, 종이잡지클럽, 책바 바인딩, 경기도의 빛나는친구들, 오래책방, 원미동 용서점, 대구의 책방아이, 광주의 소년의서, 부산의 무사이, 경북의 진주문고. 최종 수상자 3인은 각 책방에서 상금액만큼 책을 구매하거나 책방의 유료 프로그램을 이용할 수 있다. 상금은 대상 100만 원(1인), 우수상 50만 원이다(2인).

백야장이 끝난 뒤 총 68편의 글이 모였다. 우연히 서점에 들렀다가 참여한 학생의 글부터 시험지 네 장을 작은 글씨로 빼곡히 채운 글까지, 다양한 결의 미스터리 원고들이 각기 독특한 매력을 지니고 있었다. 예상과 달리 초단편소설의 비중이 높았고 전체적으로 완성도가 높아 참가자들의 기본 필력이 매우 뛰어났음을 확인할 수 있었다.

본심에는 총 30편이 올랐고, 표창원 범죄학자와 김효선 알라딘 소설

MD, 한이《계간 미스터리》편집장이 최종 심사를 맡았다. 논의 끝에 김상화(서점 '미스터리 유니온')의 에세이가 대상작으로, 이정오(서점 '오래책방')와 박소영(서점 '미스터리 유니온')의 에세이가 우수작으로 선정되었다.

　"살면서 사체를 만질 일은 없을수록 좋다."라는 서늘한 문장으로 시작하는 대상작 김상화의 에세이는 친구의 죽음을 떠올리며 이것이 책 바깥에 생생히 살아 있는 진짜 미스터리임을 깨닫는 이야기다. 심사위원은 "진짜 미스터리는 작품 속이 아닌 우리 삶, 현실 속에 있음을 담담하면서도 긴장감 있게 풀어낸 이야기. 어쩌면 죽음은 그를 기억하는 살아있는 자의 것이라는 역설이 울림을 준다."(표창원), "첫 문장부터 읽는 사람을 끌고 가는 힘이 있다. 마지막 문장과 함께 미스터리가 아련하게 이어지는 느낌이 마음을 끌어당겼다."(김효선), "모든 비밀이 밝혀지고 깔끔하게 매듭지어지는 소설과 달리, 친구의 자살은 여전히 미스터리로 남는다. 허나 내가 살아있음으로 그의 죽음이 의미를 갖는다는 깨달음이 애틋한 여운을 준다."(한이)라는 심사평을 남겼다.

　우수작 이정오의 에세이는 인생의 진짜 빌런이 누구였는지 되돌아보는 이야기다. "사회파 미스터리 소설로 읽어도 손색이 없을 만한 이야기. 가부장제야말로 이 세계의 빌런이며, 이토록 공고한 빌런이 존재하는 한 미스터리도 계속될 수밖에 없을 것."(김효선), "내 꿈을 살해한 의외의 범인이 밝혀졌을 때, 차라리 모르는 것이 나았을지도 모른다."(한이), "우리는 경험과 정보에 의존해 추단하고 예측한다. 만약 그 많은 짐작과 선입견이 잘못된 것이라면…. 미스터리의 본질인 반전이 그렇게 생겨난다는 것을 가족과 일상의 에피소드를 통해 명확하게 보여 준 글."(표창원)이라는 평을 받았다.

　또 다른 우수작 박소영의 에세이는 그 누구보다 친숙하면서 낯선 존재인 남편과 살아가는 삶을 이야기하며 "정말 누구나 다 이렇게 사는 걸까요?" 묻는다. "모든 미스터리는 관계에서 나오고, 가장 알면서도 모르는 사이가 부부다. 도메스틱 스릴러에서는 사소한 말, 행동 하나가 파멸의 기폭제가 된다."(한이), "전혀 다른 남녀가 만나 가정을 이루고 함께 살아간다는 것 자체가 미스터리 혹은 잔혹 공포물일 수 있음을 보여 준 삶의 한 토막. 서로를 원하고 좋아해서 결혼에 이르렀을 텐데, 결혼 후엔 어찌 안 좋은 모습만 자꾸 보일까."(표창원), "정말 누구나 다 이렇게 사는 건지, 이게 삶의 전부인지 미스터리를 느낄 때가 있다. 체호프의 극을 보는 것 같은 이야기."(김효선)라는 평을 받았다.

여러분만의 미스터리를 들려주세요.
인생은 미스터리로 가득합니다.
Life is
full of mystery
People do matter

스릴러를 사랑하는 번역가, 죽음을 묻다

《죽음을 인터뷰하다》 저자 박산호

인터뷰 진행 ✦ 김소망

박산호 번역가, 소설가, 에세이 작가, 그리고 인터뷰어. 소설, 에세이, 그래픽 노블 등 다양한 분야의 책을 100권 가까이 옮겼다. 에세이 《어른의 문장들》, 《긍정의 말들》, 《소설의 쓸모》 등과 소설 《오늘도 조이풀하게!》, 《너를 찾아서》 등을 썼으며 인터뷰집 《죽음을 인터뷰하다》, 《다르게 걷기》를 펴냈다. 2024년에는 소설 《라일라》로 제18회 유영번역상을 받았다.

《계간 미스터리》 2025 여름호의 법의학자 이호 교수 인터뷰에서, 미스터리 분야 창작자라면 죽음을 소재로 다루기 이전에 죽음에 대한 깊은 고민이 필요하다는 이야기를 전한 바 있다. 이번 호에서는 미스터리 분야 창작자가 죽음 전문가 5인과 대화를 나누며 죽음을 다각도로 바라본 경험에 관해 이야기를 들어보았다.

지난 10월 말, 인터뷰집 《죽음을 인터뷰하다》가 출간되었다. 저자는 스릴러 소설 마니아라면 익숙한 이름인 박산호. 《바스커빌가의 사냥개》(민음사), 《토니와 수잔》, 《차일드 44》, 《세계대전 Z》 등 스릴러 소설을 비롯해 다양한 분야의 책을 100권 가까이 우리말로 옮긴 전문 번역가이며, 장편 《너를 찾아서》와 단편 〈달려라, 강태풍!〉 등을 쓴 미스터리 소설가, 에세이 작가이기도 하다. 그가 들려주는 '잘 죽는다'는 것에 대해, 그리고 번역과 소설, 에세이 집필 등 다양한 글쓰기 영역을 넘나드는 작업 세계에 관해 궁금한 점을 물었다.

먼저 최근에 출간하신 《죽음을 인터뷰하다》는 어떤 책인지 소개해주세요.

이 책은 제가 죽음과 관련된 일을 하는 전문가 5인에게 직접 들은 이야기를 담은 인터뷰집입니다. 우리는 대개 노화를 거쳐 서서히 죽음으로 향하게 됩니다. 이때 우리 옆을 지키며 보살펴주는 돌봄 전문가, 이제는 우리의 가족이 된 반려동물의 죽음을 겪은 후 깊은 상실감과 고통에 시달리는 이들을 위한 펫로스 심리 상담 전문가, 존재할지 안 할지 아직은 모르는 사후 세계인 천국과 지옥 그리고 종교가 죽음에 미치는 영향을 이야기하신 영성 상담 신부님, 마지막으로 암으로 죽어가는 사람들을 봐오신 호스피스 닥터를 모시고 나눈 죽음의 여러 가지 얼굴에 대한 문답이 펼쳐집니다. 때로는 웃고, 때로는 가슴 저리고, 때로는 저절로 눈물이 흐르는 이야기들이 이 안에 들어 있습니다.

들어가는 글에서 지난 5월에 출간하신 대담집 《이대로 살아도 좋아》의 인터뷰이였던 용수 스님과 출간 행사 이야기를 언급하셨어요. 그때 이후로 죽음을 전과는 사뭇 다른 시각에서 바라보게 되었다고 쓰셨지요. 구체적으로 어떤 경험과 생각이 이번 책으로 이어지게 되었는지 궁금합니다.

용수 스님과 여러 가지 주제로 이야기를 나눴는데. 저도 모르게 죽음에 관해서 가장 몰입해 이야기를 나눴습니다. 아마, 제 나이가 적지 않고 주위에서 병이나 사고로 세상을 떠나는 사람도 하나둘씩 있어서 좀 더 죽음을 현실적으로 느끼게 됐다고 할까요. 그야말로 피부에 와닿는 느낌이었습니다. "하루에 세 번씩 죽음을 생각하라"는 스님의 말씀을 자주 되새기려 하다 보니, 하루라는 시간을 좀 더 소중하게 쓸 수 있었고요.

그러다 용수 스님과 함께 《이대로 살아도 좋아》 북토크를 했습니다. 최근에 혹은 오래전에 가족이나 연인, 친구를 잃은 독자들이 용수 스님에게 애도의 기간과 방법 그리고 슬픔에서 벗어나는 방법을 여쭙는 모습을 보고 머리를 한 대 맞은 것 같았어요. 그때까지도 저는 그저 막연하고 추상적으로만 죽음을 알고 있었던 거죠. 사랑하는 사람을 잃은 이들의 울먹거리는 목소리와 눈물을 흘리는 얼굴을 보고 있자니 문득 죽음에 대해 더 깊이 알아보고 싶다는 생각이 들었습니다. 그래서 방법을 찾다가 현장에서 죽음과 관련된 일을 하시는 분들의 목소리를 듣는 게 가장 좋겠다고 판단했고요. 이 인터뷰는 그렇게 시작됐습니다.

책을 읽으며 작가님이 누군가와 나누는 깊고 허물없는 대화를 엿듣는 기분이 들었습니다. 한 개인이 죽음을 물끄러미 바라보는 내밀한 순간을 기록한 글처럼 느껴지기도 했고요. 이 책을 만드는 과정에서 작가님께 남은 가장 소중한 경험은 무엇이었나요?

무엇보다 제가 죽음에 얼마나 무지했나, 깨닫게 됐습니다. 돌봄 전문가인 이은주 선생님의 목욕 봉사 이야기를 들으며 편견 없고 자애로운 사랑이란 게 어떤 건지 느끼게 돼서 소심하고 이기적인 제 모습이 떠올라 반성했습니다. 점점 노쇠해지는 엄마를 보며 느꼈던 막연한 불편함과 두려움의 정체를 알게 되기도 했어요. 이은주 선생님이 엄마에게 타인의 엄마를 대하듯 친절하게 대하라는 꿀팁을 주셔서 도움을 받았습니다.

'부활이 문제가 아니라 과연 내가 부활해서 이승으로 돌아왔을 때 나를 반길 사람이 몇이나 될 것 같은지 생각해보라'는 홍성남 신부님의 말씀은 죽비처럼 다가왔습니다. 살아 있을 때 덕을 베푸는 사람이 되어야겠다고 다짐했죠. 유재철 선생님과 이야기를 나눌 때는 어머니와 나의 장례식에 대해 좀 더 구체적으로 생각해보는 소중한 계기가 됐습니다. 조지훈 선생님의 조언도 큰 도움이 됐습니다. 선생님과 인터뷰할 당시에 마침 키우고 있던 반려견이 교통사고를 당할 뻔했거든요. 만약 그 사고로 강아지가 세상을 떠났다면 자책감과 죄책감을 어떻게 극복할지 상상도 할 수 없었는데, 의도적으로 강아지를 해친 게 아니라면 그건 그저 사고에 불과하다는 선생님의 말씀을 듣고 진정할 수 있었습니다. 반려동물은 세상을 떠나더라도 어떤 형태로든 우리 곁에 존재할 것이라는 말씀도 큰 위로가 됐고요. 마

지막으로 김여환 선생님을 통해선
육체적 '고통'이라는 화두에 대해
다시 생각해보게 됐습니다. 죽음
은 정신뿐 아니라 몸에 일어나는
가장 중요한 사건이자 일이라는
걸 철저하게 깨닫게 됐죠.
하지만 가장 소중한 경험이라면,
이 현인들과의 대화를 통해 삶이
더 가벼워지고 소중해졌다는 겁니
다. '필연인 죽음을 향해 달려가는
삶이라면, 하루라도 더 성실하고
즐겁게 보내자.' 이렇게 마음먹고
전보다 더 행복해졌습니다.

총 다섯 명의 죽음 전문가를 인터뷰하셨어요. 한쪽으로 치우치지 않은
다양한 결의 목소리와 무드가 흥미로웠습니다. 각 이야기의 공통점이 있
다면 무엇일까요.

공통점은 하나였습니다. 삶과 죽음 사이에 의외로 뚜렷한 경계가 있지 않
다는 것. 빛과 그림자처럼 삶과 죽음은 서로 등을 맞대고 있는 샴쌍둥이 같
다는 느낌을 받았습니다. 우리는 노년에 이르러 고요하고 느리게 살다가
서서히 죽음을 맞이하지만, 그 속에서도 언제나 생명의 기운이 자리하고
있다는 이은주 선생님의 말씀. 사는 것처럼 살아야 죽을 수 있다고 하신 유
재철 선생님. 삶과 죽음이 명확하게 나눠진 게 아니라 살았을 때 베푼 덕과
악이 사후 세계로 이어질 수 있다는 홍성남 신부님의 말씀. 반려동물이 무
지개다리를 건넜을 때 생전에 못해준 것만 생각하지 말고, 행복하고 즐거
웠던 순간을 생각하라는 조지훈 선생님의 말씀. 죽을 때까지 삶을 놓지 않
되, 가능하면 통증 없이 평화롭게 가야 한다는 김여환 선생님의 말씀. 모두
삶과 죽음이 하나로 이어져 있다는 메시지를 던지고 있다고 생각합니다.

죽음에 대한 작가님 개인의 생각은 어떤지 궁금합니다. 요즘 죽음에 대
해 품고 있는 질문이나 마음가짐을 들려주신다면.

공교롭게도 인터뷰를 끝내고 얼마 후에 제가 심하게 아팠습니다. 병명을
알아내기 위해 몇 달 동안 병원 투어를 하다가 마침내 원인을 알아내 수술
을 받게 되었죠. 그 과정에서 극심한 고통이란 게 얼마나 사람을 무력하게

만드는지 경험했고, 고통에서 해방됐을 땐 아무 일 없이 평범한 일상을 살아간다는 게 또 얼마나 빛나는 것인지 깨달았습니다. 반면 그 과정에서 가까웠던 지인들이 병으로 세상을 떠나, 누군가를 영원히 잃는 게 어떤 느낌인지 알게 됐고요.

그런 일을 겪으면서 역설적으로 '살아 있어 행복하다'는 생각을 이전보다 많이 하게 되었습니다. 지병이 생겼고 하루에도 몇 번씩 통증을 느끼지만 그래도 이렇게 햇빛을 볼 수 있고, 사랑하는 가족과 나를 웃게 만드는 반려동물들이 있어 좋구나, 기쁘구나, 감사하구나, 생각하게 되었습니다. 아프지 않았을 땐, 죽음 인터뷰를 하기 전에는 내가 가지지 못한 것과 이루지 못한 것, 내게 일어나지 않은 일에만 집착했는데 이제는 내게 있는 것과 내 옆에 있어주는 이들을 감사하게 바라볼 수 있게 되었어요. 소소한 불평도 많이 줄었고 언제 죽어도 여한 없이 충실한 하루를 보내자고 생각하게 되었습니다.

이번에는 작가님이 하시는 일들에 대해 여쭙고자 합니다. 작가님은 인터뷰어이자 20여 년 동안 활동하고 계신 전문 번역가, 소설가, 에세이 작가입니다. 다양한 글쓰기의 영역이 서로 어떤 영향을 주고받는다고 보시나요.

글을 쓰면 쓸수록, 생각보다 서로에게 큰 영향을 미치고 있었다는 걸 느낍니다. 예를 들어 저는 소설 번역가로 오랫동안 일했습니다. 번역이란 것이 하나같이 어렵고 간단하지 않은 일이지만, 특히 문학 번역은 원작자의 필력을 가능한 한 그대로 담아내야 해서 쉽지 않습니다. 다만 저는 추리와 스릴러 소설 마니아로서 좋아하는 분야의 책을 옮길 수 있어 대체로 즐거웠습니다. 소설을 번역하면서 원작자에게 누를 끼치지 않도록 부단히 글에 관해 공부했는데 그게 제 글을 쓸 때 도움이 됐습니다.

에세이를 쓸 땐 좋아하는 작가들, 예를 들어 노라 에프런 감독이 쓴 에세이 《내 인생은 로맨틱 코미디》의 경쾌하고 위트 있는 문체를 닮고 싶어 필사했던 게 큰 도움이 됐고요. 첫 스릴러 소설을 쓸 수 있었던 것도 20년 넘게 스릴러 소설을 번역하면서 저도 모르게 스릴러 장르의 구조와 문법에 익숙해진 덕분이라고 생각합니다.

인터뷰 질문을 생각할 때도 작가이자 번역가인 저의 경력을 살릴 수 있는 질문을 만들려고 노력하는데요. 그런 면에서 지금까지 소설과 에세이와 인문학 책을 읽어온 경험이 큰 도움이 된 것 같아요. 그런 식으로 다양한 작업에서 쌓은 경험들이 제 안에서 좋은 화학 반응을 일으킨 것 같습니다. 적어도 그렇기를 바랍니다.

지금까지의 작업 외에도 최근 새롭게 관심을 갖고 있는 글쓰기 분야가
있다면, 어떤 것일까요.

가능하면 드라마나 영화 혹은 애니메이션 대본을 써보고 싶습니다. 제가
이쪽 분야의 광이거든요. 잘 만든 영상 작품들을 보면 지금도 미칠 것 같은
희열을 느끼면서 '나도 저런 걸 써보고 싶다' 하고 생각합니다. 하하하.

마지막으로, 작가님이 생각하는 '잘 죽는다'는 것은 무엇인가요.

매일 매일을 여한 없이 잘 사는 것이라고 생각합니다. 그래서 가족에게 사
랑한다는 표현도 자주 하고, 친구나 지인이 보고 싶으면 바로 연락하곤 합
니다. 우리는 언제 어떤 식으로 죽음을 마주칠지 모릅니다. 그러니 우리가
가진 시간과 에너지와 물질적 자원을 정말 소중한 것에 써야 하죠. 그런 기
준으로 보면 인생에서 정말 중요한 것과 중요하지 않은 것을 꽤 분명하게
가를 수 있습니다. 요약하자면 매일을 충실하게. 이게 제 모토입니다.

김소망 평생 영화와 책 사이를 오가고 있다. 대학에서 영화 연출을 전공했고 현재 직업
은 출판 마케터. 마케터란 한 우물을 깊게 파는 것보다 100개의 물웅덩이를 돌아다니며
노는 사람과 비슷하다는 생각을 한다. 운 좋게 코로나 전에 다녀온 세계 여행 그 후의 삶
을 기록한 여행 에세이 외전, 《세계 여행은 끝났다》를 썼다.

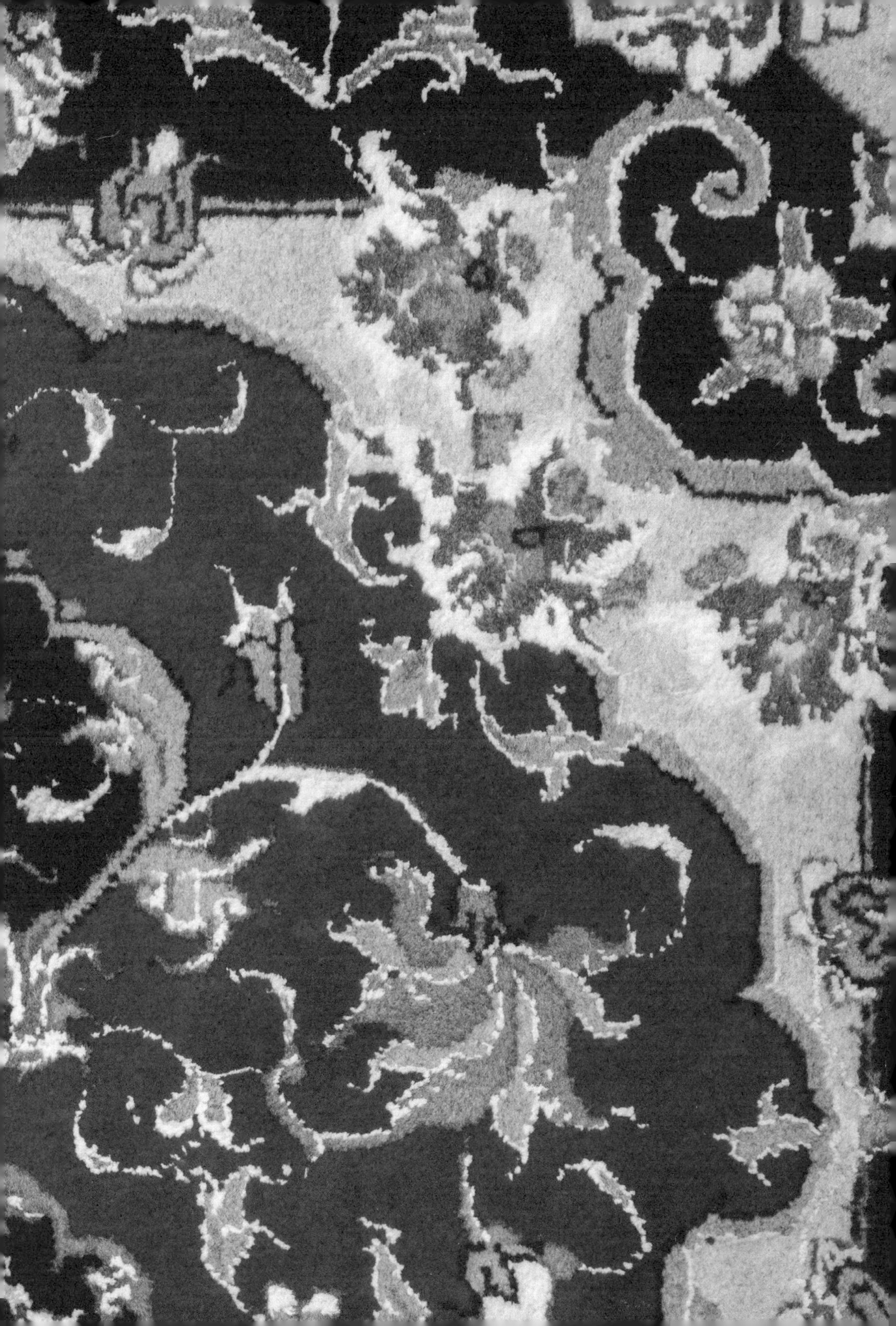

한 권의 책이 파국을 연다

- 알폰소 쿠아론 감독의 드라마 〈디스클레이머 Disclaimer〉

✦ 쥬한량

건너 아는 드라마 작가님이 이 작품을
추천해주신 건 꽤 오래전입니다만 그동안
묘하게 손이 가지 않아서 찜만 해두고 한참을
묵혔습니다. 무거운 콘텐츠가 부담스러운
시기는 누구에게나 있잖아요? 가볍고 짧은
콘텐츠가 넘쳐나는 요즘에 능동적으로 이런
작품을 택하기는 더욱 쉽지 않습니다.
그러다 더 이상 미루면 정말 안 볼 것 같아서
숙제라도 하듯 재생 버튼을 눌렀고, 역시나
그 선택은 현명했습니다. 거장의 작품은
다르다는 걸 즉시 깨달았죠. 워낙에 도파민을
자극하는 콘텐츠가 쏟아져 나오는 통에 이런
깊이 있는 드라마는 집중하기가 수월하지
않을 것으로 예상했는데, 이야기면 이야기,
연출이면 연출, 거기에 케이트 블란쳇과 케빈
클라인의 치열한 결투와도 같은 연기 합까지,
제가 함부로 입을 댈 수 없는 수준이었다고
할까요.
드라마는 1화부터 과거와 현재의 시점時點과
주요 캐릭터들의 시점이 번갈아 등장하면서
살짝 혼란스러운 구석이 있음에도
불구하고, 정말이지 시간 가는 줄 모르고
빠져들었습니다. 7부작 완결이라 질질 끄는
것도 없고 1화당 40분 내외로 딱 필요한 서사만
담아냅니다. 특히 마지막 화는 시청자에게
극중 캐릭터의 상황과 마찬가지로 사실을
직시해야 하는 불편함과 함께 카타르시스를
선사하며 극을 전체적으로 이끈 긴장에
화룡점정을 찍으며 마무리합니다.
르네 라이트가 쓴 동명의 원작 소설이 워낙
뛰어나기도 하지만, 각본까지 직접 맡은
알폰소 쿠아론 감독이 그만큼 탁월하게
풀어냈기에 가능했다고 판단합니다.

묻어두고 싶던 과거의 어느 날, 한 권의 책으로 세상에 드러나다

캐서린(케이트 블란쳇)은 성공한 다큐멘터리
저널리스트로, 최근엔 유수의 상까지 받으며
승승장구합니다. 사랑하는 남편과 아들,
직장에서의 인정, 더 이상 바랄 게 없는 삶으로
보였죠. 그런 그녀에게 어느 날 독립 출판한 책
한 권이 도착합니다. 《완벽한 이방인The Perfect
Stranger》이라는 제목의 그 소설은 남편과
아내, 어린 아들이 함께 떠난 여름휴가로
시작합니다. 그런데 남편이 업무 때문에
먼저 돌아가게 되고, 아내는 아들과 남은
휴가를 보내다가 우연히 젊은 청년을 만나
뜨거운 하룻밤을 보내게 됩니다. 공교롭게도
다음 날 바닷가에서 여자의 아들이 물에
빠질 위기에 처하고 청년은 여자의 아들을
구해내지만 정작 자신은 체력이 바닥나
익사한다는 내용이었죠. 아름다운 여자를
동경한 젊은 남자 조나단(루이스 파트리지)과
그에게 억누르고 있던 욕망을 풀어낸 여자의
이야기는 흥미로웠지만, 여자가 자기 아들을
구한 청년이 죽어가는 모습을 목격하고도 둘의
관계가 세상에 드러날까 봐 모른 체하면서
죽음에 이르게 한 결말은 잔혹했습니다.
책 속에서 여자는 끝내 끔찍하게 몰락하는
모습으로 그려지죠.
어쩌면 어느 무명의 소설가가 흥미롭게 쓴
독립 출판물일 수도 있었지만, 문제는 소설 속
휴가지의 이야기가 캐서린이 20년 전 가족과
함께 이탈리아에서 보낸 어느 날과 놀랍도록
유사했다는 겁니다.
놀란 캐서린은 당장 책을 태워버리지만

그렇게 숨기거나 끝낼 수 있을 리 만무하죠.
같은 책이 남편, 아들, 직장 동료들에게까지
하나둘 도착하기 시작한 거죠. 사람들은 소설
속 여자가 캐서린이라는 것을 처음엔 알아채지
못하지만, 그녀의 수상한 행동과 여러
의문스러운 정황이 겹치면서 소설 속 그 '못된
여자'가 캐서린이라는 것을 차츰 알게 됩니다.
결국 캐서린은 제대로 변명할 기회조차 얻지
못한 채 남편과 아들, 동료들에게 외면당하기
시작하죠.

치밀한 복수, 그 이면의 진실

사실 그 책은 죽은 조나단의 어머니 낸시가
말기 암으로 투병 중에 아들의 유품에서
발견한 사진(조나단이 찍은 캐서린의 외설적인
모습)을 근거로 원망스러운 마음을 담아 당시
상황을 유추해 쓴 소설이었습니다. 그리고

낸시가 죽은 후 남편 스티븐(케빈 클라인)이
그 원고와 사진을 발견하면서 아내가 남몰래
준비했던 복수를 마무리하기로 한 거였죠.
죽은 아들과 아내를 위해서 책의 결말처럼
캐서린에게 비참한 몰락을 선사할 계획을 짜고
실행합니다.
스티븐의 계획은 치밀했고 실행은
철저했기에, 캐서린은 화려하게 빛나던 삶을
잃고 빠르게 어두운 밑바닥으로 떨어집니다.
캐서린의 아들 니콜라스(코디 스밋맥피)는
자신이 욕하던 책 속 여주인공의 모델이
어머니라는 것을 알고 큰 충격을 받습니다. 그
때문에 마약을 과용해 목숨이 위험한 지경에
이릅니다. 스티븐은 복수를 완성하기 위해
모든 수단을 동원하며 니콜라스를 죽음에
이르게 하려고 합니다. 자기네 부부가 아들을
잃은 슬픔을 캐서린도 똑같이 느껴야 한다고
생각해서죠.
남편과 동료들을 잃는 건 감수할 수 있었지만,

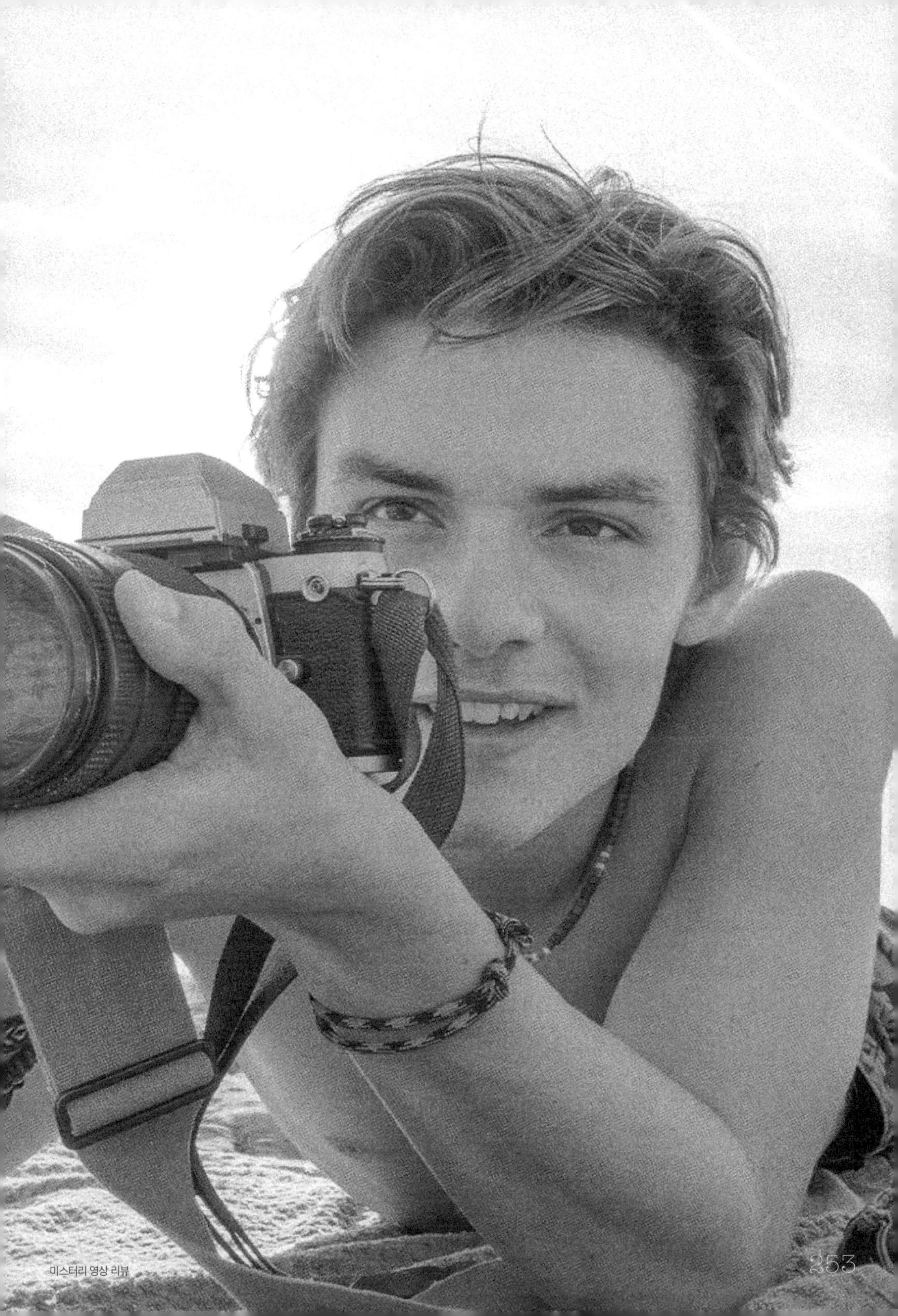

아들만은 지키고 싶은 캐서린은 스티븐을 막기 위해 그를 만나러 갑니다.

20년 전 그날의 진실은 과연 무엇일까

캐서린은 스티븐을 찾아가 그날 벌어진 진짜 일을 이야기합니다. 조나단이나 낸시의 관점이 아닌 자신의 관점에서요. 사실 캐서린도 그날 이후 죄책감에 시달렸습니다. 어떤 순간에 자신이 오해를 살 만한 일을 했을까 싶어 자책감을 가지고 살았지만, 세상에서 가장 소중한 아들을 잃을지도 모르는 상황에서 그녀에게는 더 이상 감출 이야기도, 마음도 남지 않았던 탓이죠. 그날, 어린 니콜라스가 익사할 위험에 처했어도 캐서린은 단 한 사람만은 아들을 구하지 않기를 바랐습니다. 그러나 그녀의 바람은 한낱 물거품이 되어버립니다. 그리고 조나단이 니콜라스를 구하고 힘이 빠지는 바람에 파도를 헤치고 나오지 못하는 모습을 보면서도 다른 이들에게 구조를 요청하지 않은 이유와 그 처절한 심정을 캐서린이 직접 토해내는 순간, 그녀의 말에 공감하지 못할 시청자는 없을 겁니다. 캐서린에게 조나단은 죽어 마땅한 인간이었으니까요.

시각의 전환이 만들어낸 완벽한 서사

저는 사건의 이면이나 다른 사람의 시각을 다루는 이야기를 좋아합니다. 어떤 상황이든 절대적이거나 완전히 객관적인 시각은 존재하지 않는다고 생각합니다. 모두 각자의

처지에서 상대적으로 판단할 수밖에 없죠.
더불어 아무리 가까운 사이라도 누군가를 백
퍼센트 안다는 것 또한 불가능한 일이라고
생각합니다. 솔직히 저도 나 자신을 온전히
안다고, 파악하고 있다고 믿지 않아요. 제가
어떤 극한 상황에 처한다면 지금으로서는
상상도 하지 못할 어떤 선택을 할지 모르는
일이잖아요? 하물며 다른 사람의 생각을 제가
어찌 백 퍼센트 확신하겠습니까.
그런 면에서 이 드라마는 마지막 7화에서
완벽하게 저를 사로잡았습니다. 제가 평소에
고민하던 두 가지를 세련되게 풀어낸 거죠.
원작 소설의 힘일 수도, 알폰소 쿠아론 감독의
힘일 수도 있겠지만, 조금도 망설이지 않고
추천할 수 있는 작품이라 자신합니다.
알폰소 쿠아론 감독이 큰 호평을 받은 영화
〈로마Roma〉 이후 긴 휴지기를 가졌다가

만든 작품이 영화가 아닌 드라마라는 점도
흥미롭습니다. 그만큼 이 이야기가 7부작의
호흡으로 풀어내기에 적합했다는 뜻이겠죠.

반전을 다 알고 봤는데도 소설 역시 흥미로웠다

드라마가 워낙 강렬했기에 소설에선 그
장면들이, 복선들이 어떻게 표현되고
연출되었을까 궁금해 소설도 바로
읽었습니다. 반전을 이미 다 알고
보는데도 흥미가 떨어지지 않을 만큼
만족스러웠습니다.
아무래도 작가인 르네 나이트의 필력 덕분일
텐데요, BBC 방송국 예술 다큐멘터리 극작가
출신이라는 경력에 걸맞게 속도감 있는
문체와 깊이 있는 심리 묘사 덕에 흡인력이

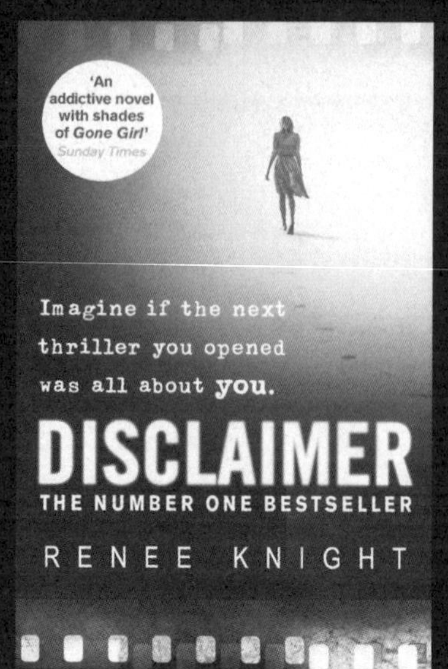

대단했습니다. 특히 마지막 반전을 위해서는
서술 트릭이 쓰일 수밖에 없었는데, 문장이
억지스럽지 않고 자연스럽게 긴장을 유지하는
기술이 탁월하다고 느꼈습니다.
드라마가 맘에 드신 분은(혹은 소설이 맘에 드신
분은) 같은 이야기를 가지고 다른 매체에서
각기 어떻게 완벽한 구현을 해내는지 꼭
확인해보시길!

✦ **쥬한량**(https://in.naver.com/netflix)

네이버 영화 인플루언서. 장르를 가리지 않고 영화/드라마를 리뷰하지만 범죄, 미스터리, 스릴러를 특히 좋아합니다. 2022년 '버프툰 '선을 넘는 공모전'에 〈9번째 환생〉으로 당선되었으며, 카카오페이지에 회빙환 미스터리 웹소설 《얼굴 천재 조상님으로 살아남기》를 완결했습니다.

한국 장르문학의 압도적인 퍼포먼스
강지영 작가의 오감 짜릿한 스릴러

디즈니+ 〈킬러들의 쇼핑몰〉 원작
『살인자의 쇼핑몰』대망의 완결!

176쪽 | 13,800원

**평범한 쇼핑몰?
살인을 사고파는 금단의 문이 열린다**

"잘 들어, 정지안.
무는 개는 짖지 않아."

204쪽 | 14,800원

**삼촌의 그림자에서 벗어난 순간,
무저갱 속 난장에 들어서다**

"잘 들어, 정지안. 액션 영화 주인공들이
어떻게 살아남는지 기억해야 해."

184쪽 | 15,000원

**배신과 진실, 생존과 선택
모든 질문이 폭발하는 최종장!**

"잘 들어, 정지안. 피격체가 됐을 땐
총구의 마음을 읽어야 해."

자음과모음

역사라는 이름의 미스터리
– 미스터리적 관점에서 김홍모의 《빗창》을 들여다보다

✦ 박소해

바람은 지나가고, 파도는 부서지고, 사람들은 늙어 사라진다.

그런데도 어떤 행동 하나, 어떤 이름 없는 존재의 선택 하나는 묘하게도 사라지지 않는다. 마치 오래 숨겨둔 증거처럼, 세월의 먼지를 뒤집어쓰고 있다가 어느 날 우리 앞에 조용히 모습을 드러낸다.

불의한 권력에 맞서다 짓밟힌 백성의 항쟁이 그렇다. 한때는 강제로 침묵을 강요당했지만, 어디선가 버텨온 기억의 파편들이 서로를 끌어당기며 하나의 이야기를 이루어낸다. 마치 야생화나 잡초처럼 생명력이 끈질기기 짝이 없다.

그 과정을 보고 있노라면 이런 생각이 든다.

역사는, 어쩌면 우리가 아는 모든 장르 가운데 가장 장엄한 미스터리가 아닐까.

진실은 늘 늦게 도착하고, 범죄는 기록 속에서 모습을 숨기고, 피해자의 목소리는 지워진다. 누군가는 그 빈칸을 추적하고, 흩어진 증언과 문서를 모아 진실을 밝힌다. 미스터리 소설의 탐정처럼 말이다.

김홍모의 만화 《빗창》(창비)은 바로 그 '역사라는 미스터리'를 향해 끝까지 파고든 작업의 결과물이다. 바다 밑, 문서의 여백 속, 오래된 사진의 구석에 가라앉아 있던 제주 해녀들의 투쟁사를 집요하게 건져 올린 기록이자, 그 기록을 통해 우리에게 질문을 던지는 한 편의 장대한 수사 보고서다. 작가는 만화라는 매체가 가진 한계와 가능성을 시험하며 우리를 과거의 제주로 데려간다.

《빗창》은 민주화운동기념사업회가 민주화운동의 역사를 올바르게 기억하고 젊은 세대에게 그날의 뜨거움을 생생히 전달하자는 취지로 2020년에 시작한 '만화로 보는 민주화운동' 시리즈 중 하나다. 이 작품은 해녀들의 항일 투쟁과 제주 4·3을 연결해 만화로 펼쳐놓는다.

바다를 지키기 위한 싸움, 해녀들이 남긴 단서들

《빗창》의 무대는 제주 해녀들의 바다, '바당'이다. 그 바다는 단순한 생업의 공간이 아니었다. 일제강점기에는 착취의 무대였고, 해방 이후 제주 4·3 시기에는 국가 폭력과 학살이 덮쳐오는 전장이었다.

제목이기도 한 '빗창'은 해녀가 전복 등 해산물을 채취할 때 쓰는 도구다. 김홍모는 이 도구를 단순한 작업 도구가 아니라, 해녀들이 바다를 지키기 위해 손에 든 무기이자 상징으로 배치한다.

만화는 련화, 미량, 재인이라는 세 해녀를 중심으로, 그들이 바다에서 물질을 하며 꾸려가는 삶과 투쟁의 시간을 따라간다.

야학에 모여 앉아 "해방되면 어떤 세상을 만들고 싶으냐"고 묻는 장면에서, 어린 해녀들이 내놓는 대답은 놀랄 만큼 구체적이다.

"물질행 캐낸 거 고생헌 만큼 제값 받는 세상!"

"부당한 착취가 없는 세상!"

"맨날 힘들게 고생허는데 여자랜 괄시허지 않는 세상!"

그들의 꿈은 그저 '먹고살고 싶다'는 차원을 넘는다. 자신이 흘린 땀의 가치를 인정받는 세상, 여성이라는 이유로 천대받지 않는 세상, 억압과 착취가 없는 세상. 어쩌면 지금 우리도 바라 마지않는 '존엄'과 '권리'에 관한 이야기다.

하지만 《빗창》은 그 꿈이 얼마나 잔혹하게 꺾였는지를 숨기지 않는다. 일제가 물러간 뒤에도 구조는 거의 달라지지 않고 가해자의 얼굴만 바뀐다. 일제에 붙어 있던 자들이 곧바로 미군정과 새로운 권력에 붙어 해녀들 위에 군림한다. 해방 후에도 해녀들은 세금을 뜯기고, 감시당하고, 끌려간다.

그 모순과 분노의 축적이 결국 4·3이라는 비극으로 이어진다. 만화는 이 거대한 역사의 파도 속에서 세 해녀와 가족이 어떻게 휘말리고, 어떻게 끝까지 버티다가, 어떻게 스러져가는지를 장면 하나하나에 담아낸다.

탐정처럼 역사를 복원하는 만화

《빗창》이 단순한 역사 만화를 넘어 진한 감동을 주는 이유는, 작가가 취한 태도에 있다. 김홍모는 이 작품 안에서 일종의 '역사 탐정'이 된다. 그는 사료를 찾고 생존자의 증언을 듣고 문서에 남은 짧은 기록과 빈칸을 찬찬히 더듬는다. 그러고 나서 그것들을 그림이라는 언어로 재구성한다. 독자는 한 장 한 장 페이지를 넘기며 마치 잘 짜인 미스터리의 퍼즐을 맞추듯 역사의 조각들을 따라가게 된다. 만화 곳곳에 박힌 작은 표식들, 배경에 적힌 글자들, 인물들의 짧은 대사 하나가 모두 단서로 기능한다.

권력은 자신에게 불리한 '증거'들을 스스로 불태워버렸지만, 다행히도 사람들의 기억은 그보다 오래 살아남았다. 김홍모는 그 기억의 조각들을 수집해 독자에게 내민다.

이 미스터리에서 '범인'은 명확하다. 일제, 미군정, 이승만 정권, 서북청년단, 군경. 그들이 자행한 폭압적 수탈과 토벌이 곧 범죄다. 피해자는 제주도민, 그중에

*빨리 와서

나는 해방된 세상, 새로운 세상을 꿈꾸었다.

이미지 출처@김홍모

서도 생존을 위해 맨몸으로 바다에 뛰어들어야 했던 해녀들이다.

그러면 이 이야기를 끝까지 밀고 가는 '탐정'은 누구일까.

사료를 추적하는 작가, 증언을 건네는 살아남은 사람들, 그리고 무엇보다 그 이야기를 끝까지 따라 읽는 우리 독자들이다.

잘 만든 역사물은 결국 미스터리의 핵심 요소를 모두 품게 된다. 숨겨진 진실, 은폐된 흔적, 뒤늦게 떠오르는 증언, 진실에 도달하기 위한 집요한 추적. 《빗창》은 이 모든 요소를 만화라는 형식 안에서 설득력 있게 구현한다.

또한 이 작품은 손맛 있는 그림체를 선보여, 만화가 얼마나 훌륭한 종합 예술인지를 실감하게 한다. 제주 해녀 항쟁이 굵고 힘 있는 수묵 붓 터치를 만나 강렬하게 형상화되었다.

이미지 출처@김홍모

제주 해녀들이 만들어낸 이야기, 끝나지 않은 미스터리

《빗창》의 마지막이 가까워질수록 서사의 중심은 자연스럽게 '해녀들 자신'에게 옮겨간다. 그들은 역사의 희생자이면서 동시에 이야기를 이끌어가는 주체다.

서청(서북청년단)의 총구 앞에서 련화가 딸 민주에게 말하는 장면은, 그 자체로 하나의 선언처럼 읽힌다.

"민주야. 그 울음 그치라. 울지 말고 꼭 살아남아사 헌다."

이야기의 봉우리는 어느 한 명의 영웅담보다 "바다는 우리 모두의 것"이라는 해녀들의 단단한 신념을 보여줄 때 우뚝 솟아오른다. 폭력이 그들을 향해 덤벼들던 순간에도 해녀들은 물질을 하던 자세 그대로 몸을 낮추고, 숨을 다스리고, 다시 떠오를 시간을 기다렸다. 그 인내가 혁명이 되었고, 그 혁명이 지금까지 이어져 왔다.

세상에서 가장 약해 보이던 이들이, 끝까지 포기하지 않고 다음 세대를 향해 메시지를 남긴다. "살아남으라"고, "기억하라"고, "다시 그러지 못하게 막아달라"고.

미스터리라는 장르가 보통 한 사람의 비밀, 한 사건의 진상을 파고든다면, 《빗창》은 거기서 더 나아가 한 공동체 전체의 감정을 수면 위로 끌어올린다.

만화를 따라갈수록 분노가 파도처럼 밀려오고 두려움이 심연처럼 깊어진다. 결국엔 "우리는 누구인가, 이 역사를 어떻게 기억할 것인가"라는 질문이 검은 현무암처럼 묵직하게 남는다.

《빗창》은 4·3을 '공산주의자들의 난동'으로 왜곡하던 오래된 서사를 걷어내고,

그 아래 숨겨져 있던 민간인 학살에 진실의 빛을 비춘다. 결국 이 작품은 무고하게 희생된 이들을 위한 해원굿이자, 다시는 같은 비극을 반복하지 않겠다는 다짐의 기록이다.

그래서 《빗창》을 덮은 뒤에도 미스터리는 끝나지 않는다.

'왜 그들은 그렇게까지 잔혹해질 수 있었는가'라는 질문과 함께 '어떻게 해녀들은 의지의 불씨를 꺼뜨리지 않고 버틸 수 있었는가'라는 또 다른 질문이 우리 안에 남는다.

제주 바다는 관광 엽서 속 푸른 풍경으로만 존재하지 않는다. 그 물결 아래에는 4·3의 희생자들이 남긴 목소리가 있고, 해녀들의 숨비 소리가 있고, 누군가 끝까지 손에서 놓지 않았던 빗창의 차가운 쇳빛이 있다. 그리고 무엇보다 이 장엄한 미스터리의 마지막 조각인, 용기가 있다.

숨어 있던 동굴에서 끌려 나온 재인은 서청의 총구 앞에서 외친다.

"세상천지에 영허는 법이 어디 수가? 죄가 있댄 해도 법에 따라 재판을 받게 해줘사주. 우린 이 나라 사람들 아니우꽈?"

역사라는 이름의 미스터리는 아직 결론을 맺지 못했다. 우리가 안일하게 과거를 잊어버리는 순간, 또 다른 해녀가, 또 다른 누군가가 다시 빗창을 움켜쥐어야 하는 반전이 찾아올지 모른다.

김홍모의 《빗창》은 그 사실을, 제주 해녀들이 몸으로 써내려간 이야기를 통해 우리에게 상기시킨다. 그리고 조용히 묻는다.

이제 이 미스터리의 다음 장을 어떻게 써나갈지는 우리의 몫이 아니겠냐고.

박소해 이야기 세계 여행자이자 장르의 경계를 자유롭게 넘나드는 몽상가. 좋은 이야기는 구름 사이로 쏟아진 햇살 혹은 암흑 속에서 비로소 만나는 빛 같아야 한다고 믿는다. 언젠가는 그런 소설을 써보고 싶다는 소망을 품고 오늘도 노트북 앞에 앉는다. 2021년 계간 미스터리 가을호 〈꽃산담〉으로 신인상 수상. 2023년 〈해녀의 아들〉로 제17회 한국추리문학상 황금펜상 수상. 고딕 호러 미스터리 장편 《허즈번즈》를 집필했고, 《고딕 X 호러 X 제주》를 기획하고 참여했다. 《귀신새 우는 소리》, 《네메시스》, 《시소게임》 등의 앤솔로지와 인문서 《세계 추리소설 필독서 50》에 필자로 참여하였다.

목소리 살인

황세연

　아마도, 내 살인 동기에 온전히 공감하는 사람은 드물 것이다. 그렇다고 내 심리를 전혀 이해하지 못하는 사람도 많지는 않을 것이다. 누구나 한 번쯤은 어떤 이유로 누군가에게 깊이 빠져본 경험이 있을 테니까. 또 누구나 어떤 황당한 이유로 살의를 느껴본 적이 있을 테니까. 강렬한 태양빛 때문에 살인을 저질렀다는 뫼르소처럼.

　내 범죄 동기를 싸구려 질투라고 생각하는 사람도 있겠지만, 그건 말도 안 되는 소리다. 분명 사랑 때문이긴 하지만, 흔하고 천박한 그런 사랑 때문은 아니다.

　내가 최초희의 목소리를 처음 들은 건 10여 년 전, 대학 축제 기간이었다. 그날도 나는 평소처럼 교수실에 있었는데 오후 5시쯤 운동장 쪽에서 쿵쾅거리는 노랫소리가 들려오기 시작했다. 그 소리는 북채처럼 내 가슴을 두드렸다. 나는 마치 최면이라도 걸린 것처럼 노랫소리에 이끌려 운동장으로 향했다.

　학과별 노래자랑이 한창이었다. 나는 무대 옆에 서 있는 학생들 뒤편에 자리를 잡았다.

　남녀 학생들이 차례로 무대에 올라 노래를 불렀다. 요즘 젊은이들은 정말 노래 실력이 뛰어나다는 생각이 들었다. 가수와 차이가 있다면 옷차림

과 춤동작 정도일 것 같았다.

　30분쯤 지나서 나는 서 있는 게 힘들어 자리를 뜨려 했다. 그때 청바지를 입은 단발머리 여학생이 무대에 올랐다. 예쁘지도 밉지도 않은 평범한 얼굴이었다. 그녀는 내가 태어나기도 전인 1979년 대학가요제 금상 수상곡, 이정희의 〈그대 생각〉을 불렀다.

　노래의 첫 소절이 귀를 파고드는 순간, 온몸에 소름이 돋았다. 마치 흑백 영상 속의 가수 이정희가 다시 20대 초반이 되어 노래하는 듯한 느낌이었다. 내가 어렸을 때인 1988년에 〈담다디〉를 부르던 이상은이 떠올랐고, 1999년에 〈선택〉을 부르던 백지영이 연상되기도 했다. 연습이나 훈련으로는 절대 만들어낼 수 없는 타고난 음색이었다.

그녀의 노래가 끝났을 때, 나는 자리를 뜨려던 마음을 바꿨다. 대상은 분명 그 여학생일 거로 생각했다. 시상식 후 앙코르 곡을 다시 들을 수 있을지도 모른다는 기대감에 자리를 지켰다. 하지만 급한 전화가 오는 바람에 자리를 뜰 수밖에 없었다. 그녀의 노래를 다시 듣지 못한 것이 못내 아쉬웠다.

그녀의 목소리를 다시 들은 건 10년의 세월이 지난, 약 3년 전이었다.

리모컨으로 텔레비전 채널을 이리저리 돌려대고 있는데 한 방송에서 가면을 쓴 누군가의 노래 한 소절이 흘러나왔다. 그 순간, 예전 그때처럼 온몸에 소름이 돋았다. 그 목소리는 분명 10년 전, 그 환상의 목소리였다.

뜬금없는 이야기이지만, 나는 사람 얼굴은 잘 기억 못해도 목소리는 오래도록 기억한다. 그리고 예쁜 얼굴보다 좋은 목소리에 이성적으로 강하게 끌리는 편이다.

텔레비전에서는 〈미스터리 트롯〉이라는 노래 경연 프로그램이 방영 중이었다. 여러 명의 가수 지망생들이 가면을 쓰고 돌아가며 노래 부르고, 시청자들이 투표해 우승자를 가리는 프로였다.

방송에서 서른한 살의 그녀는 본명이 아닌 '최초희'라는 예명을 사용하고 있었다. 경연이 진행되는 몇 주 동안 나는 생방송 시간마다 텔레비전 앞에 앉아 최초희의 번호를 눌러 시청자 투표에 참여했다.

참가자 중 최초희의 목소리가 단연 최고였고, 노래 실력도 뛰어났다. 그녀를 포함해 열여섯 명이 경합을 벌여 그중 네 명이 결선에 진출했다. 본선을 1등으로 통과한 사람은 바로 그녀였다. 그런데 결선에서는 가면을 벗고 노래를 불러야 했다. 가면을 쓰고 노래할 때는 줄곧 1위를 지켰던 그녀였지만, 가면을 벗는 순간 점수가 급락해 4등으로 밀려났다. 끝까지 가면을 쓰고 경쟁했거나 외모가 조금만 더 예뻤다면 틀림없이 우승했을 텐데, 아쉬움이 컸다.

이후 그녀는 방송에 종종 얼굴을 내밀었다.

나는 그녀의 팬클럽에 가입했다. 오프라인 모임에도 나갔는데, 팬들은 대부분 나이 많은 '삼촌 팬'이었지만 모임에 나오는 사람들은 대부분 20대에서 30대였다.

얼마 지나지 않아 나는 나이와 학벌, 재력 덕분에 팬클럽 회장을 맡게 되었고, 최초희와 급속도로 가까워졌다.

팬클럽 모임에서 그녀는 종종 팬들을 위해 반주 없이 노래하곤 했다. 마이크가 있으면 마이크를 잡고, 마이크가 없으면 술병이나 숟가락을 마이크 삼아 노래를 불렀다. 코앞에서 듣는 그녀의 목소리는 정말 환상적이었다. 말 그대로 천상의 노랫소리였다. 쾅쾅거리는 연주와 함께 스피커에서 흘러나오는 목소리를 듣는 것과는 하늘과 땅 차이였다. 귓가에 대고 부르는 듯한, 숨소리까지 생생히 들을 수 있는 그녀의 목소리.

그녀의 생생한 무반주 노랫소리를 듣고 있노라면 나는 조건반사처럼 내 몸이 흥분되는 걸 느꼈다. 목에 핏줄이 드러나도록 열창하며 마이크를 꼭 움켜쥐고 있는 그녀의 희고 작은 손, 마이크 끝을 살짝살짝 스치며 노래 부르는 그녀의 붉은 입술, 목젖이 보이도록 소리 지른 뒤 거친 숨을 쉴 때마다 마이크를 통해 내 가슴으로 생생히 전달되는 그녀의 입김….

하지만 좋은 시절은 영원하지 않았다. 어느 날 그녀에게 큰 불행이 닥쳤다. 무리한 활동으로 성대를 혹사한 탓에 성대결절이 생겼다. 상태가 심각해 결국 수술을 받아야 했다. 결과는 좋지 않았다. 고음을 낼 수 없게 되었다. 가수로서는 치명적이었다. 의사는 시간이 지나면 회복될 수도 있다고 했지만, 가능성은 희박했다.

그때부터 갑자기 그녀에 대한 나의 사랑도 사그라들었다.

무대에 설 수 없게 된 그녀는 미국으로 유학을 떠났다. 겉으로는 유학이었지만, 실상은 도피에 가까웠다. 나에게도 그 일은 악몽이었다. 더는 그녀의 환상적인 노랫소리를 들을 수 없을뿐더러, 이성에 대해 내 몸도 반응하지 않았다.

나는 그녀의 생생한 목소리를 듣기 위해 고가의 스피커와 헤드폰들을 사들였다. 하지만 수천만 원짜리 스피커, 수백만 원짜리 헤드폰도 그녀의 목소리를 온전히 재현하지는 못했다.

그녀가 미국으로 떠난 뒤에도 우리는 종종 전화 통화를 했다. 천상의 노랫소리는 아니었지만, 그녀의 목소리를 듣는 것만으로도 나는 마치 그녀와 사랑을 나누는 듯한 황홀함을 느꼈다. 다만, 그녀의 무반주 라이브 노랫소리가 아니어서인지 여전히 내 마음은 아쉬웠다.

1년쯤 뒤, 나는 풀브라이트 장학금을 받아 미국의 한 대학에서 1년간 체류할 기회를 얻었다. 학교는 그녀의 집에서 가까웠고, 우리는 다시 자주 만나게 되었다. 그녀는 더 이상 내 앞에서 노래 부르지 않았지만, 그녀의 목소리를 들으며 커피를 마시고 맥주잔을 부딪치는 것만으로도 나는 충분히 행복했다.

그러던 어느 날, 그녀가 한 남자를 데리고 나왔다. 키가 크고 잘생긴 한국계 2세였다. 두 사람은 곧 결혼할 예정이라고 했다.

나는 뭔가 소중한 것을 잃은 듯한 기분이었지만, 겉으로 내색하지 않고 이것저것 묻기만 했다.

"아이는 몇 명쯤 낳을 계획인가요?"

"최소한 두 명은 낳아야죠. 초희 씨 닮은 아이들로요."

술기운이 돌자 남자는 한국 노래방과 유사한 가라오케에 가자고 제안했다. 나는 음치라 노래 부르는 것을 좋아하지 않았지만, 그녀의 노래를 다시 듣고 싶어 따라나섰다.

성대결절 수술 이후 처음 듣는 그녀의 노래는 평범한 가수 수준이었다. 여전히 좋았지만, 더 이상 천상의 목소리는 아니었다.

그날 나를 충격에 빠뜨린 건 그녀의 노래가 아니라, 약혼자의 노래였다. 그는 나보다도 더 음치였다. 목소리도 좋지 않았고, 고음도 저음도 제대로 내지 못해 책 읽듯 노래를 불렀다. 노래가 아니라 염불이었다.

"제가 노래를 못해서 그런지, 저는 얼굴 예쁜 사람보다 노래 잘하는 여자에게 더 끌려요."

노래를 마친 그가 그녀의 볼에 입을 맞추며 말했다. 그 점은 나와 똑같았다. 그래서 나는 그가 더 싫었다. 파렴치한 놈! 악마가 천사의 후손들을 오염시키려고….

"그렇다면, 결혼을 다시 신중히 생각해보셔야 하는 거 아닙니까?"

술기운에 내 본심이 튀어나왔다.

"그게 무슨 말씀이죠?"

"하하, 농담입니다. 예전의 우스운 일화가 생각나서요. 미국 태생이지만 유럽에서 활동했던, 당대 최고의 미녀 무용수 이사도라 덩컨이 영국 아일랜드의 극작가이며 최고의 지성인으로 이름난 노벨문학상 수상 작가 버나드 쇼에게 사랑 고백을 했다지 않습니까. '우리가 결혼해서 당신의 두뇌와 나의 미모를 닮은 아이가 태어나면 얼마나 좋겠어요.' 그러자 버나드 쇼는, '그 반대일 수도 있습니다. 외모는 나를 닮고 머리는 당신을 닮은 아이가 태어나면 어쩌겠습니까?'라고 했다는 일화요. 하하핫!"

하지만 두 사람은 누구도 웃지 않았다.

나는 며칠 뒤에 그녀를 따로 만나 진심을 전했다.

"그 남자, 잘생기고 학벌도 좋고 다른 조건들도 좋지만…, 음치라는 게 마음에 걸립니다."

"가수도 아닌데 노래 못하는 게 뭐 어때서요?"

"아이를 낳을 거라면서요. 초희 씨처럼 목소리 좋고 노래 잘하는 아이를 원한다면, 다른 사람과 결혼해야 하지 않을까요? 그래야 저도 다시 천상의 노랫소리를 들을 수 있을 테고요."

"아뇨. 저는 제 아이들을 가수로 키우고 싶지 않아요."

그녀의 대답은 단호했다. 내가 민감한 부분을 건드린 것 같았다.

며칠 뒤, 나는 다시 그녀를 만나 같은 부탁을 반복했다.

"제발, 목소리 좋은 사람과 결혼해주세요."

"아뇨! 2세 때문에 제 삶을 망칠 순 없어요. 더는 그런 말씀 하지 말아주세요."

그녀는 냉정하게 말하고 자리를 떴다.

그 순간, 내 가슴에서 쿵 소리가 났다. 하늘이 무너진 기분이었다.

신으로부터 최고의 재능을 부여받은 인간이 그 재능을 적절히 쓰지 않고 낭비하거나 포기하는 것은 크나큰 범죄다. 모차르트나 베토벤이 개인 행복을 명분으로 작곡 대신 타고난 재능이 전혀 없는 화가가 되었다면 인류에게 얼마나 큰 손실이었겠는가? 천상의 목소리를 타고난 여자가 목소리 나쁜 남자와 결혼해서 목소리 나쁜 아이들을 낳는 것은 미래의 내 행복을 무참히 짓밟는 일임은 물론 그녀의 자식들에게도 큰 악행을 저지르는 일이었다. 막아야 했다.

'말로 안 된다면… 총으로 막을 수밖에!'

그때부터 나는 치밀한 계획을 세우기 시작했다.

미국에서 총을 구하는 일은 어렵지 않았다. 나는 밀거래 업자에게서 도난품으로 보이는 오토매틱 권총 하나를 샀다. 탄창에는 세 발의 총알이 들어 있었다. 그 정도면 충분했다.

다음으로 선불폰 두 대를 구입해 타인 명의로 개통했다. 그리고 범행을 도와줄 아르바이트생 한 명을 섭외했다. 물론 그 알바는 자기 행동이 범죄의 한 부분이라는 사실을 전혀 몰랐다.

알바의 역할은 단순했다. 전화하기로 약속한 A가 내게 전화를 걸면, 내 전화기를 가진 알바는 그 즉시 선불폰 1로 내 선불폰 2에 전화하고, A와 연결 상태인 내 전화기와 선불폰 1을 거꾸로 맞대서 내가 선불폰 2로 A와 통화할 수 있게 중계하면 되었다. 그렇게 하면 나는 다른 도시에 있으면서도 내 숙소 근처의 통신사 중계기를 통해 친구들과 통화한 기록을 만들 수 있었다. 즉 범죄가 일어나던 시간에 나는 범죄가 일어난 도시가 아닌 다른 곳에 있었다는 알리바이를 만들 수 있었다.

범죄 당일 오후, 나는 숙소를 나와 공중화장실에서 가발과 안경, 가짜 수염으로 변장한 뒤 택시를 타고 최초희의 약혼자가 사는 도시로 향했다. 내 숙소에서 약 100킬로미터 떨어진 한적한 소도시였다.

예정된 시간이 되자 전화가 줄줄이 걸려 왔다. 대부분은 친구들이었다. 알바가 전화기 두 대를 맞대어 중계하는 통화여서 감이 멀었고 울림이 있었지만, 이야기를 주고받는 데는 지장이 없었다.

남자는 단독주택에 혼자 살고 있었다. 변장을 해제해 본래의 모습으로

돌아온 나는 집 앞에서 그가 돌아오기를 기다렸다.

저녁이 되자 목표물이 자전거를 타고 집으로 돌아오는 게 보였다. 나는 타이밍을 재고 있다가 자전거 앞으로 뛰어들었다.

"어이쿠!"

그는 급히 브레이크를 잡아 자전거를 멈췄다.

"어? 박 교수님 아니십니까?"

그는 단번에 나를 알아보았다.

"어? 조 선생님! 여긴 어쩐 일이십니까?"

"이 동네 삽니다."

"그래요? 제 친구도 이 동네 살아요. 오늘 친구 집에서 묵으며 한잔하기

로 했는데 갑자기 일이 생겨 늦는다고 해서, 동네를 둘러보는 중이었습니다.”

몇 마디 형식적인 대화를 나눈 뒤, 나는 근처에 시간 때울 만한 커피숍이 있냐고 물었다.

“지금 문 연 커피숍은 없을걸요? 우리 집으로 가시죠. 커피 한잔 대접하겠습니다.”

그는 현관문을 지문으로 열고 나를 집 안으로 안내했다. 그는 두툼한 겨울 외투를 벗어 옷걸이에 걸고 커피 내릴 준비를 했다. 나는 느긋이 기다릴 시간이 없었다.

“저, 급히 물어볼 말이 있는데 잠깐 앉으시죠.”

내 표정이 심상치 않은지 그는 긴장한 얼굴로 소파에 앉았다. 그 순간, 나는 등 쪽 허리춤에서 권총을 꺼내 그의 머리에 들이댔다.

“이, 이게 무슨 짓이죠?”

그가 오른손을 들어 권총을 잡으려고 했다.

“오른손잡이죠?”

나는 이미 그가 오른손잡이라는 걸 알고 있었다.

“미안합니다! 인류의 미래를 위해….”

탕!

그는 그대로 소파 앞에 나자빠졌다. 오른쪽 관자놀이 부근에 생긴 총알구멍에서 피가 흘러나왔다.

나는 준비해간 목장갑을 끼고 권총에 묻은 지문을 깨끗이 닦았다. 권총을 산 이후 줄곧 장갑을 낀 채 만졌기에 탄창 등 다른 부분까지 닦을 필요는 없었다.

나는 죽은 남자의 오른손에 권총을 쥐어놓고, 검지를 방아쇠에 걸어 지문을 남겼다.

그가 벗어놓은 겨울 외투를 뒤져 휴대전화를 꺼내 화면을 켰다. 비밀번호가 걸려 있었다. 죽은 남자의 왼쪽 손가락들을 지문 버튼에 대보았지만

잠금이 해제되지 않았다. 권총을 쥐고 있는 오른손 엄지에 지문 버튼을 가져다 댔다. 화면 잠금이 풀렸다. 이어서 나는 그의 오른손 검지를 쥐고 손가락 끝으로 화면을 콕콕 찍어서 최초희에게 문자를 보냈다.

'미안하다. 새 사람 만나 행복하게 살아라. 나는 네가 목소리 좋은 남자와 결혼해 자식들도 노래 잘하는 가수가 되길 바란다.'

문자를 전송한 뒤, 죽은 남자의 손에 다시 권총을 잘 쥐어놓고 휴대전화는 테이블 위에 올려놓았다.

현관을 나서기 전, 실내를 마지막으로 한 번 더 살폈다. 완벽했다.

밖으로 나가 문을 닫자 자동으로 문이 잠겼다. 이제 밀실이었다.

나는 다시 가발과 안경으로 변장하고 숲길을 걸었다. 잠시 뒤 경찰차 사이렌 소리가 들려왔다. 총소리를 들은 누군가가 신고한 듯했다. 경찰서가 멀어서 출동하는 데 시간이 걸린 것 같았다.

다시 선불폰 벨이 울려댔다. 나는 감이 먼 선불폰을 들고 통화하며 느긋하게 숲속을 걸어갔다.

이틀 뒤, 예상대로 경찰이 찾아왔다.

하지만 나는 완벽한 알리바이가 있었다. 사건 당시 나는 사건 현장과 100킬로미터나 떨어진 내 숙소에서 여러 사람과 통화한 기록이 있었다.

게다가 그 남자의 죽음은 타살이 아닌 자살이었다. 애인에게 유서를 남겼고, 외부 침입 흔적이 없었고, 출입문도 단단히 잠겨 있었다.

그런데….

"권총을 쏴본 건 이번이 처음이죠?"

한국계로 보이는 형사가 나를 노려보며 한국어로 다짜고짜 물었다.

"권총을 쏘다니요? 저는 지금까지 실제 권총은 구경도 못했습니다. 군대에서 장총은 좀 쏴봤습니다만."

"그렇겠죠. 그래서 그런 실수를 했을 겁니다."

"그게 무슨 말이죠?"

"범인은 죽은 사람과 아는 사이입니다. 자살로 위장한 사건은 대부분 면식범의 소행이죠. 게다가 죽은 사람의 약혼녀인 최초희 씨에게 의미 있는 문자를 보낸 걸 보면, 최초희 씨와도 잘 아는 사이입니다. 최초희 씨 증언도 그렇지만, 문자 내용으로 봐도 범인은 목소리에 집착하는 사람 같더군요."

"집, 집착요?"

"범인의 실수 중 하나는, 총을 쏴서 살인한 뒤에 문자를 보냈다는 겁니다. 총소리를 들은 인근 주민이 어딘가에서 총소리가 났다고 경찰에 신고하고 나서 몇 분 뒤 죽은 사람의 휴대전화에서 최초희 씨 휴대전화로 문자가 전송되었죠. 죽은 사람이 문자를 보냈다는 게 말이 됩니까?"

"무슨 말씀인지 모르겠습니다만, 신고한 주민이 다른 소리를 총소리로 착각했던 건 아닐까요?"

"뭐, 그랬을 수도 있죠. 미국에서는 흔한 일이니. 그런데 이건 어떻게 설명할 수 있을까요?"

형사가 말을 멈추고 잠시 나를 노려보다가 말을 이었다.

"범인이 이 사건을 강도나 다른 사건으로 위장했다면 범인을 특정하기가 어려웠을 겁니다. 그런데 범인은 바보처럼 자살 사건으로 위장했습니다. 누가 봐도 타살인데 멍청하게 자살로 위장한 거죠. 왜 그랬을까요? 제 생각에는, 범인이 이런 오토매틱 권총을 구경하기 어려운 나라 사람이어서 실수한 걸로 보입니다. 범인의 치명적 실수가 뭔지, 혹시 아십니까?"

문제: 나의 결정적 실수는 무엇이었을까?

정답은 QR코드를 스캔하거나 네이버에서 '나비클럽 블로그'를 검색한 후 '계간 미스터리' 카테고리에서 확인할 수 있습니다.

《용신 연못의 작은 시체》

가지 다쓰오 지음 · 이연승 옮김 · 블루홀식스(블루홀6)

조동신　　괜히 복선의 신이 아니다.

《디스펠》

이마무라 마사히로 지음 · 구수영 옮김 · 내친구의서재

김소망　　흐뭇한 얼굴로 마지막 장을 덮었다. 독서에 재미를 못 붙이는 초등학생에게 사주고
　　　　싶은 책.
조동신　　호러와 미스터리의 조화, 괴담의 새로운 해석, 예측 가능하지만 불가능한 반전.

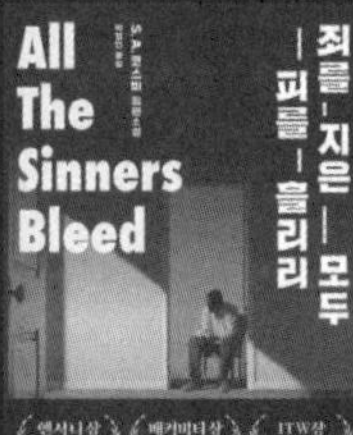

《죄를 지은 모두 피를 흘리리》

S. A. 코스비 지음 · 박영인 옮김 · 네버모어

김소망　　잔혹한 사건과 다양한 인간 군상, 정답이 없는 질문들, 문학성 짙은 문장이 잘 어우
　　　　러진 모범적인 범죄 소설이다.
한이　　　미국 남부를 배경으로 한 미스터리. 최근작들만 놓고 보면 S. A. 코스비가 단연 톱
　　　　이다.

《장르의 해부학》

존 트루비 지음 · 신솔잎 옮김 · 다산초당

한이　　　올해 한 권의 작법서를 봐야 한다면 이 책을 읽어라. 이제 한 장르만 파서 성공할 수
　　　　있는 시대는 지났다.

《시체로 놀지 마 어른들아》

구라치 준 지음 · 문지원 옮김 · 블루홀식스(블루홀6)

박광규　무시무시한 표지와 '시체로 장난치는' 황당함에 놀랐지만, 탄탄한 논리 구성에 감탄했고, 마지막 부분의 깜짝쇼에 크게 만족.

송시우　작가는 시체로 마음껏 논다.

《탐정, 수정》

배연우 지음 · 문학동네

조동신　탐정과 작가의 성장이 기대되는 작품.

《통역사》

이소영 지음 · 래빗홀

한이　마지막 도화와 국선의 짧은 대화가 작품에 깊이를 더한다. 한국 미스터리도 이렇게 공들여 쓴 작품이 더 많이 나와야 한다.

《숲의 신》

리즈 무어 지음 · 소슬기 옮김 · 은행나무

김소망　'슬로번 스릴러'라는 개념을 처음 알게 된 작품. 말 그대로 천천히, 그러나 집요하게 인물의 마음에 스며들게 한다.

《피안장의 유령》

아야사카 미쓰키 지음 · 김은모 옮김 · 알에이치코리아

송시우   특수설정의 '설정'은 어디까지 허용될 수 있을지 다소 의문. 재미도 그 부분에서 갈
         릴 듯.

《유령 전쟁 - 1952, 사라진 아이들》

정명섭 지음 · 싱긋

조동신   시대의 비극과 이를 배경으로 한 잔혹 범죄가 잘 묘사된 작품.

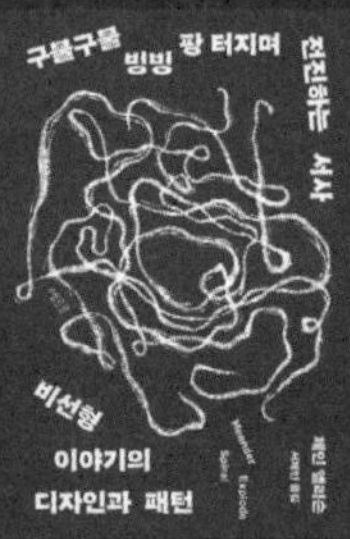

《구불구불 빙빙 팡 터지며 전진하는 서사》

제인 앨리슨 지음 · 서제인 옮김 · 에트르

한이   극적 호Dramatic Arc를 추구하는 미스터리 서사의 반대편. 하지만 알아서 나쁠 것은
         없다.

《난사 사진부와 죽은 자의 마지막 피사체》

김영민 지음 · 고블

조동신   아무 데나 사진 찍으러 가지 말기를.
홍선주   사건보다는 티키타카가 더 강한 코지 미스터리.

《밀실수집가》

오야마 세이이치로 지음 · 윤시안 옮김 · 리드비

조동신   본격 미스터리 애호가라면 반드시 볼 것. 밀실도 탐정도 모두 신비로 가득한 작품.
한이   밀실의 참신함보다는 시대별 밀실을 창조했다는 점에 더 높은 점수를 주고 싶다.

《제 - 지워진 이름들》

김준녕 지음 · 텍스티(TXTY)

김소망   다문화 혐오, 무속, 폐쇄적 공동체가 얽힌 이야기. 과거 미국 남부라는 배경이 소설
의 톤을 새롭게 만든다.

《잘 팔리는 스토리의 비밀》

앤서니 멀린스 지음 , 이민철 옮김 · 세종서적

한이   영웅이 등장하지 않는 캐릭터 아크Character Arc에 관한 섬세한 분석.

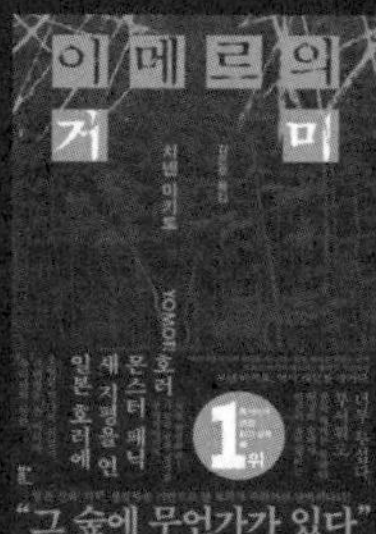

《이메르의 거미》

치넨 미키토 지음 · 김은모 옮김 · 북다

박광규   일본에서 곰 피해가 심각하다는 뉴스가 나오는 요즘, 때맞춰 괴물 곰 이야기를 읽나
싶었는데, 그보다 더 무서운 놈이 등장. 미스터리적인 요소는 아쉬워도 결말의 반전
은 전혀 예상 밖.

《쌈리의 뼈》

조영주 지음 · 빚은책들

조동신   아무도 믿을 수 없는 사건 뒤에는 큰 비극이 있었다.

《언제 살해당할까》

구스다 교스케 지음 · 김명순 옮김 · 톰캣

김소망   1950년대 소설임을 감안하고 읽어야 하는 표현들이 있지만 그 문턱이 높진 않으며, 문턱을 넘어서면 뜨끈한 방바닥에 드러누워 읽는 정통 추리의 맛이 기다리고 있다.

조동신   극 중 하나도 놓치지 말기를!

《유리 빛이 우리를 비추면》

사라 피어스 지음 · 이경아 옮김 · 밝은세상

조동신   오래된 건물 관련 미스터리를 좋아하는 독자라면 한 번 꼭 읽어보길!

《비밀 속의 비밀》

댄 브라운 지음 · 공보경 옮김 · 문학수첩

한이   동어반복도 이 정도면 예술이다. 엔터테이닝의 끝판왕.

Underwood

독자 리뷰

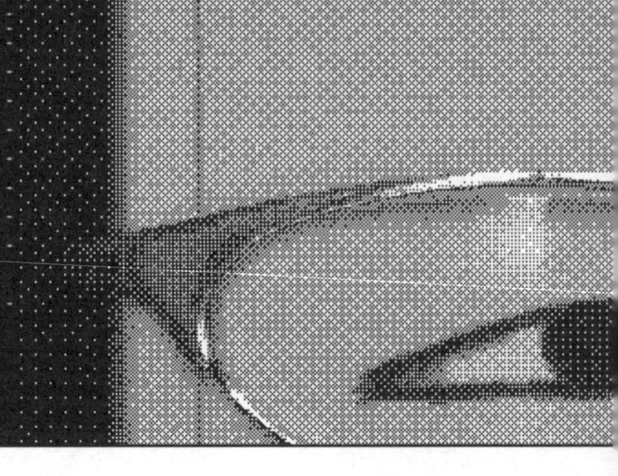

✦ 네이버 블로그 '쏭'

참신한 상상력과 기세가 돋보인 작품

홍정기 작가의 〈인공지능의 살의〉를 비롯해 네 편의 단편소설이 가을호를 장식했는데, 재미있는 독서 경험을 할 수 있었다. 그중에서도 〈인공지능의 살의〉는 독창적인 세계관과 참신한 전개가 눈에 띄었다. 가을호 표지도 휴머노이드 로봇 그림이 장식했는데, 그만큼 이 작품이 이번 호의 '타이틀'이 아닌가 싶다.

유달리 흥미로웠던 가을호 단편선

〈고스트 하이커: 북극성〉은 단순히 하루 이틀 사이에 벌어지는 사건이 아니라, 일생에 걸쳐 벌어지는 살인 과정을 일대기처럼 담은 것이 인상적이다. 자칫 늘어질 수 있음에도 빠른 호흡으로 응집력 있게 그려냈다고 느꼈다. 〈생문과 사문〉은 구한말 한성, 민비가 살해되고 고종이 아관파천을 시도하기까지의 과정을 그려냈다. 반전은 다소 미비하지만, 필력이 워낙 좋아서 그런지 백수십 년 전의 현장이 생생하게 느껴진다.

소감

이번 가을호에서도 즐거운 독서 경험을 할 수 있었다. 특히 몇 번이나 강조했듯, 이번 호는 지난 호와 비교했을 때 (개인적으로) 단편소설들이 특히 좋았다.

✦ 인스타그램 @kimhyojin_page

이번 호는 '미스터리 기획자들'을 전면에 내세워 생생한 '기획의 온도'를 전한다는 점에서 특별했다. 읽다 보면 마치 편집자나 기획자가 되어 노트를 엿보는 듯하다.

흥미로웠던 점은 이번 호에 신인상 수상작이 없었다는 것이다. 그냥 빈칸으로 남기지 않고, 그 이유를 설명하고 있어 좋은 글과 작가에 대한 진심 어린 애정이 느껴졌다. 단순히 '공모 결과'가 아니라, 문학적 완성도를 향한 나비클럽의 고집과 책임감을 보여주는 대목이었다.

✦ 인스타그램 @neoul.gull

나비클럽의 브랜딩 과정과 철학이 담겨 있는 이번 가을호를 읽고 나니 미스터리라는 장르가 삶에 얼마나 핍진하게 녹아들어 있는지 더 잘 느낄 수 있었다. 미스터리라는 장르가 사건 현장(주로 살해 현장)과 그 범인을 찾는 데만 국한되지 않고 규칙 없이 흘러가는 삶 속에서 진실을 추구하는 것이며 인간과 세상의 불확실성을 탐구하는 것이라는 브랜딩 디렉터의 인터뷰를 읽으며 이것이 오히려 진정한 미스터리의 뜻이 될 수 있다는 점에 깊이 동감했다.

이번 호에는 신인상 수상작이 없다는 것이 새로웠다. 특별한 점은 단편소설에도 존재했다. 미스터리와 SF 장르의 결합은 과학기술의 발전과 그에 따른 부작용에 대해 생각해볼 수 있는 좋은 기회였다. 또한 시대적 배경을 구한말쯤으로 설정한 단편도 신선하게 다가왔다.

이러한 이유로 미스터리 장르의 으스스함이 조금 감소했으나, '호러 장르와 공포의 사회학'이라는 연재 글에서 호러라는 것이 어떻게 시대와 사회의 영향을 받아 변화하며 구현되는지 알 수 있어 굉장히 흥미로웠다.

계간 미스터리 신인상 공모

**전통의 추리문학 전문지 《계간 미스터리》에서
새로운 시대를 함께 열어갈 신인상 작품을 공모합니다.**

■ 모집 부문

단편 추리소설, 중편 추리소설, 추리소설 평론

■ 작품 분량(200자 원고지 기준)

단편 추리소설: 80매 안팎/중편 추리소설: 250~300매 안팎/추리소설 평론: 80매 안팎

※ 분량 기준을 준수하지 않은 응모작은 심사 대상에서 제외됩니다.

※ 평론은 우리나라 추리소설을 텍스트로 삼아야 합니다.

■ 응모 방법

- 이메일을 통해 수시로 접수합니다. mystery@mystery.or.kr
- 우편 접수는 받지 않습니다.
- 파일명은 '신인상 공모_제목_작가명'을 순서대로 기입해야 합니다.
- 이름(필명일 경우 본명도 함께 기입), 주소, 연락 가능한 전화번호, 이메일을 원고 맨 앞장에 별도 기입해야 합니다. 부실하게 기입하거나 틀린 정보를 기재했을 경우 당선 취소 등 불이익을 받을 수 있습니다.

■ 유의 사항

- 어떤 매체에도 발표되지 않은 작품이어야 합니다.
- 당선된 작품이라도 표절 등의 이유로 타인의 지식재산권을 침해한 사실이 밝혀지거나, 동일 작품이 다른 매체 등에 중복 투고되어 동시 당선된 경우 당선을 취소합니다. 이 경우 원고료를 환수 조치합니다.
- 미성년자의 출품은 가능하나 수상 시 법정대리인의 동의서, 가족관계증명서 등을 제출해야 합니다.

■ 작품 심사 및 발표

- 《계간 미스터리》 편집위원들이 매호 심사합니다.
- 당선자는 개별 통보하고, 《계간 미스터리》 지면을 통해 발표합니다.

■ 고료 및 저작권

- 당선된 작품은 《계간 미스터리》에 게재합니다. 작가에게는 상패와 소정의 고료를 드립니다.
- 원고료에 대한 제세공과금을 공제합니다.
- 신인상에 당선된 작가는 기성 작가로서 대우하며, 한국추리작가협회 정회원으로서 작품 활동을 지원합니다.

■ 문의 한국추리작가협회 02-3142-3221 / 이메일: mystery@mystery.or.kr

타락하지 않는 인생은 가능한가?

나는 알고 있습니다. 당신 속에 얼마나 엄청나고 무시무시한 것들이 도사리고 있는지를요.
끄집어내는 순간 세상의 증오를 받을 게 분명한 추악한 것들을 당신은 용케 숨겨 왔습니다.

무경 장편소설

부디 당신이 무사히 타락하기를